公爵様のプロポーズ

高峰あいす

幻冬舎ルチル文庫

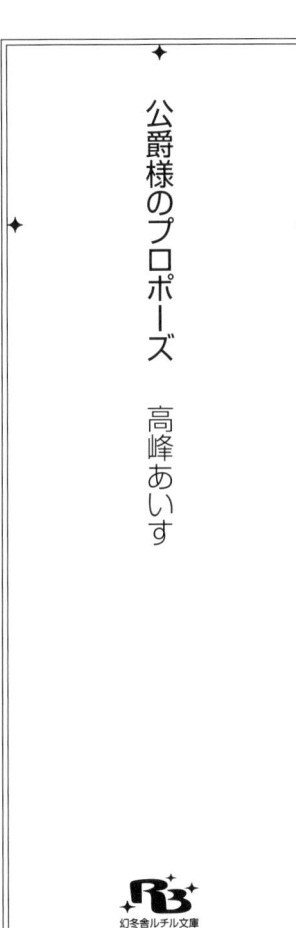

CONTENTS ✦目次✦

公爵様のプロポーズ

✦カバーデザイン＝清水香苗（CoCo.Design）
✦ブックデザイン＝まるか工房

イラスト・中井アオ✦

公爵様のお気に入り

——本当に、いいのか？

ミラノへと向かう飛行機の中で、岩崎蒼一《いわさきそういち》は呆然《ぼうぜん》としていた。

つい一カ月前まで、必死になって就職活動をしていたのが嘘のようだ。

蒼一の在籍する大学は、そこそこ知名度はあるものの、就職に有利といえるほど有名ではない。それに蒼一自身、特別な資格を持っているわけでもないので、来年卒業を迎える多数の学生と同様に面接を受ける日々が続いていた。

だがそんな日常も、日本を代表する商社である『豊原《とよはら》商事』から内定通知を受け取ったことで一変する。

ダメ元で受けた一流企業に通り、卒業後の進路が確定してほっとしたのもつかの間、まだ研修も始まっていないのに豊原商事の本社から呼び出しがかかったのである。

予想もしていなかった連絡に驚きつつ、指定されたオフィスへ出向いてみれば、またそこで信じられない人物が待っていた。

最上階のオフィスに通された蒼一の前に現れたのは、秘書課を統括する柴田光彦《しばたみつひこ》と、彼の上司であり専務の豊原宗一《そういち》。つまり現社長の長男で、次期社長の地位を約束された青年だった。

椅子《いす》に座っている宗一は余裕のある笑みを口元に浮かべているが、まっすぐに蒼一を見据える目は鷹《たか》のように鋭い。

なぜそんな立場の人間が、内定をもらったばかりでまだ学生の身分である自分を呼び出したのか疑問に思ったけれど、慣れないオフィスの雰囲気に疑問の声すら上げられない。とりあえず名前を告げて蒼一が頭を下げると、それまで革張りの椅子にもたれて観察していた宗一は、専務らしからぬ子供のような笑みを浮かべた。途端に張りつめていた空気は四散して、宗一はまるで友人にでも話しかけるような口調で柴田に声をかける。

『写真で見るより、そっくりだな。英会話は日常程度ならできるって資料に書いてあったし、これなら十分、俺の代わりになる。柴田もそう思うだろ？』

『本気で仰《おっしゃ》ってるんですか？』

『俺はいつも本気だよ。名前も一文字違いで、読みは同じ。これって運命だろ！』

にこやかに話しつつ、宗一が後ろに流していた前髪をおろす。すると、蒼一とまるで双子の兄弟と言われても誰も疑わないだろう面立《おもだ》ちになった。

確か宗一の方が四歳ほど年上のはずだが、童顔のせいか二十一の蒼一とさして変わらない。二人とも髪は染めておらず、少し長めに揃《そろ》えてある癖のないストレートの髪質も長さも似ている。鋭かった瞳は面白い玩具《おもちゃ》を手に入れた幼子のように輝いており、よく見れば蒼一と同じように黒目がちの二重と気づく。

歳《とし》と社会的立場を知らない人間が二人を並べて見たら、無邪気な高校生と勘違いをするだろう。

『身長は、一七〇センチちょいか……俺の方が少し高いけど、問題ない範囲だな…うん』

資料を眺めていた宗一が、おもむろに椅子から立ち上がる。そしてゆっくりと蒼一に近づき、スーツの上から肩や腕の肉づきを確かめるようにぽんぽんと叩《たた》く。

近くで見ると、宗一は自分の分身かと思うほどよく似ており、蒼一はまるで鏡を見ているかのような錯覚に陥る。

ただ一つ違うのは、彼が持っているオーラだ。

若くして多くの部下を従え、億単位の取引をこなしてきた者が持つ、独特の雰囲気が宗一には備わっていた。ごく普通の家庭に育ち、特に波乱もない平凡な人生を歩んできた自分には、たぶん一生縁のないものであろうと一般人の蒼一でも分かる。

何が起こっているのか分からずきょとんとしている蒼一を気にする様子もなく、宗一が満足げに頷《うなず》く。そして長年の友人だったかのように蒼一の肩へ腕を回し、柴田に声をかけた。

『見た感じ、体格もそんなに変わらないようだし。服はこっちで用意すれば、ぱっと見は俺じゃないってバレないって。よし、決まり！　岩崎蒼一、君は今日から俺の身代わりね。来週、ミラノで仕事関係のパーティーがあるから、俺の代わりに出ておいて。上手《うま》くやってくれれば、特別手当弾むから。それじゃ俺、バカンス行ってくる！』

あまりにあっけらかんと告げられ、蒼一も柴田も呆然としてしまう。その隙《すき》に、宗一は机の下に隠してあった旅行用のバッグを抱えて、まさに脱兎《だっと》のごとくオフィスから出ていってしまったのである。

——まさか、こんなことになるなんて……考えてもみなかった。

あの日のことを思い出し、無意識にため息をつく。

専務の身代わりとして、こうしてファーストクラスの座席に座っていることが、未《いま》だに信じられない。

おまけに蒼一はまだ内定をもらっただけで、『豊原商事』の正式な社員ではないのだ。仕事の内容もまともに知らない蒼一だが、自分の肩にかかる重責くらいは、なんとなく理解できる。

「岩崎さん、顔色が悪いようですが」

「あ、いえ。ファーストクラスになんて乗ったことないから、緊張しているだけです」

隣から気遣う言葉をかけてくれたのは、本来、宗一の秘書として働くべき柴田だ。七三に分けられた前髪に白髪が目立つが、まだ四十代だと聞いている。いかにも有能な秘書らしい雰囲気を持つ彼だけれど、その表情は蒼一同様に疲れ切っていた。

「本当に、今回の件はすみませんでした……私もできる限りのことはしますので、用があれば気兼ねなく仰ってください」

「ここまで来たら、腹をくくりますよ。それにしても専務は、今頃どこにいるんでしょうね？南の島とかかな？　きっと気分転換したら、すぐに戻ってきますよ」

柴田の心労を軽減したくて話題を振ったが、それは余計に相手の気持ちを暗くさせる効果しか生み出さなかったようだ。

「……専務は、学生時代から社長の片腕として働いてまして、まともな休暇は一年に数日あればいい方でした。思いつめる性格ではないので、適度に息抜きをしていると、こちらも思い込んでいた結果がこれです」

取り残された蒼一は、真っ青になって頭を抱える柴田から信じられない話を聞かされることとなる。

蒼一は面接の段階で、『社長の子息と似ている』と噂《うわさ》になっていたのだという。それを聞きつけた宗一が、『一度会ってみたい。本当に似てるなら、影武者にでもしてみるか』などと言い出して、内定直後の異例の呼び出しとなったのだ。

普段から突拍子もない言動をする宗一だったから、柴田や他の部下たちも『また専務の気まぐれが始まった』くらいにしか捉《とら》えていなかったらしい。

まさか本気で蒼一を身代わりに仕立て上げる計画を練っていたなどとは考えてもおらず、まんまと宗一の逃亡を許してしまったのだ。

宗一は結婚を来年に控えており、独身時代最後の自由を謳歌《おうか》したいがために、こんなろくでもない事件を引き起こしたのではないかというのが柴田の見解である。

男として気持ちは分からないでもないけど、大勢の部下を巻き込んでも平然としていられるのは、やはり感覚の違いがあるからだろうか。もし蒼一が同じ立場に置かれたとしても、心労で疲弊するだろう部下が気になり、きっと休暇どころではなくなる。

――金持ちってのは、何考えてるか分からないな。

それでも周囲が呆《あき》れずにフォローしているのは、宗一の仕事に対する能力が飛び抜けているからだ。親の七光ももちろんあるけれど、本人もかなりの努力をして、専務としての責務を果たしている。

だからこそ、そんな人間がいきなり行方《ゆくえ》をくらませれば、業務に多大な支障が出るのだ。

――でも、柴田さんには悪いけど……いい機会だったかもしれない。

今回の件を承諾したことで、蒼一は大学をしばらく休むこととなった。既に卒業論文も提出しているので問題はない。

けれど蒼一には、日本から離れたい理由があった。

『豊原商事』の内定が出たのと同時に、蒼一は入学当初からの友人である河内《かわうち》と決別している。河内は金にも学業にも少々ルーズな性格で、真面目《まじめ》な蒼一が眉《まゆ》を顰《ひそ》める場面は多々あったが、それでも離れる気にはならないほど気が合った。

髪を明るい茶色に染め、バンドのリーダーもしていた河内の周囲は常ににぎやかで、どうして地味な自分の側《そば》にいるのかいつも不思議に思っていたが、そのたびに彼は、『お前といると落ち着く』と言って屈託のない笑顔を見せてくれた。けれどその笑顔は、作られたものだと蒼一は知ってしまう。

内定が決まった日、何気なくそれを河内に告げた瞬間、『裏切り者』と怒鳴られて、一方的に決別されたのである。何が彼の気に障ったのか理解できなかった蒼一は、それとなく共通の友人たちに聞いてみた。

すると、河内は蒼一を『友達』とは思っておらず、金を借りたりノートのコピーを頼める便利屋程度の認識でいたという、信じられない事実を聞かされたのである。

つまり格下と見ていた蒼一が、いわゆる一流企業である『豊原商事』の内定を得た事実を、河内は受け入れられなかったのだ。

便利な道具として扱われていたことだけでもショックなのに、対等の友人としてすら思われていなかった事実に、蒼一は打ちのめされた。

その後、事情を知った別の友人たちが蒼一の代わりに、貸した金とノートを返却するよう話をしてくれたが、結局、河内に貸したものは何一つ手元へ戻ってくることはなかった。

——いまさらノートを返されても、捨てるだけだろうしな。

一人暮らしをしているアパートにいることさえ、今は辛《つら》い。部屋には飲み会をハシゴして終電を逃《のが》した河内が、よく転がり込んできていた。

河内と過ごした楽しい記憶が染《し》みついてしまっており、何かの拍子に相手のことを思い出してしまうのだ。

——これじゃ、元彼に未練たらたらの女みたいだ。

嫌な記憶にまたため息をつくと、身代わりの件で悩んでいると勘違いしたらしい柴田が慌てて口を開く。

「幸い今回のパーティーには、個人的なつきあいのある相手は招待されていません。それに人も多いですし、隅にいれば目立ちませんよ」

柴田にしてみても、身代わりが発覚しては何を噂されるか分からないので、蒼一が『豊原宗一』ではないことを必死に隠してくれるだろう。

「そうだ……もし話しかけられたら、なんて答えればいいんですか」

「イタリア語の通訳として、私が側につきますから安心してください。今回のパーティーを乗り切ってくだされば、専務からも手当が出ますし、今後のことも保証いたします」

つまり成功すれば、そこそこの出世は望めると柴田は言っているのだ。

——いまさら逃げるわけにもいかないんだし、どうにかするしかないよな。

友人との人間関係に疲れていた蒼一は、無意識に現実逃避を望んでいたのかもしれない。思わぬ形ではあるがそれが叶《かな》って、置かれた立場に混乱しつつも楽しんでいる自分がいることを蒼一は自覚する。

——ちょっと早いけど、卒業旅行だと思えばいいか……あまり真面目に考えすぎるのはよくないって、教授も言ってたもんな。

その真面目すぎる部分を、あの最低な友人に四年近く利用され続けたのだ。

この旅行で、何かを変えられればいいと蒼一は思う。

機内アナウンスが入り、あと一時間ほどでミラノに到着すると告げた。

「英語は、話せますね。招待客はイタリアの方が多いので、会話はイタリア語になると思いますが、念のため……」

「日常会話程度なら、どうにか」

「それで十分です。岩崎さんから話しかける必要はありませんから、何か言われたらこちらへ視線を送ってください。私がフォローします」

パーティー会場である高級ホテルのロビーで、こそこそと打ち合わせをする日本人二人の姿は、自分でも滑稽だと思う。

慣れない高級ブランドのスーツを着て、髪型も宗一と同じように後ろに撫《な》でつけた蒼一は、まさに『豊原宗一』その人だった。

準備期間は実質二日もなかったが、予想以上に『宗一』と似ている蒼一を前にして、柴田の表情からは余裕が窺《うかが》える。

だが反対に蒼一は、いざホテルまで来ると、その豪奢《ごうしゃ》な空気に飲まれてしまっていた。緊張で胃が痛くなり、落ち着かずに周囲をきょろきょろと見回してしまう。

「そんなに緊張しなくても大丈夫ですよ」

招待状を渡してパーティーの催されている広間へ入ると、華やかな雰囲気に圧倒されて足がすくむ。柴田が気遣ってくれるが、緊張で頷くのが精一杯だ。

デコルテの大きく開いたドレスを纏《まと》った女性たちが行き交う傍らで、タキシード姿の男たちがグラスを片手に談笑している。その様子は子供の頃読んだ絵本に描《えが》かれていた、お城の舞踏会を連想させた。

——緊張しないなんて、無理だ！

漂う香水の甘い香りと、女性たちが身につけている宝石の眩《まぶ》しさに、頭がくらくらしてくる。

「専務、グラスを受け取ってください」

「あ、ああ……」

柴田に促《うなが》されて蒼一は、いつの間にか側に立っていたウエイターから、シャンパングラスを受け取る。

「ありがとう」

手渡す際にウエイターがシャンパンの名前を教えてくれたようだが、緊張のせいで耳に入ってこなかった。

――とりあえず、飲めば気が楽になるかも……。

酒は強い方ではないけれど、緊張で口内が乾ききっており、何かで潤さなければまともに喋《しゃべ》れそうにない。

フルートグラスに口をつけ、蒼一は一息に飲み干す。口あたりのよいシャンパンが喉《のど》を潤してくれたことで、いくらか気分が落ち着いたような気がした。

「ざっと見た感じ、日本人はほとんどいませんね。知った顔も見あたりませんし……一時間ほどしたら、抜け出しましょう」

財界人の集まるパーティーなど初めての経験なので、途中で抜けるのが良いのか悪いのか判断がつかない。けれど柴田が大丈夫だと判断したのだから、おとなしく従っていれば問題ないはずだ。

「分かりました」

「そうだ。主催者の政治家には、私が挨拶に行って参ります。専務は歓談中ということにしておけば、大丈夫でしょう。先方も挨拶で忙しくしているでしょうし」

「え、待ってください」

いくら宗一の知り合いがいないといっても、こんな場に一人取り残されるのは心細い。かといって挨拶についていけば、確実にパーティーを主催した政治家と会話をする羽目になる。できるだけリスクを避けるために、柴田もあえて別行動を提案したと頭では分かるが、蒼一は青くなった。

「人が集まっているところを避けて、会場の隅にいれば問題ありません。それでもいづらいようでしたら、ホテルのロビーで待っていてください」

「柴田さん！」

そう言うと、柴田はきらびやかな人混みの中へ入っていってしまう。引き留めることもできず呆然としていた蒼一は、再び通りかかったウエイターに空いたグラスを渡すよう求められる。素直に返すと、その手にまたシャンパンの入ったグラスを押しつけられた。

――酒、そんなに強くないんだけど……『宗一』なんだから、ジュースなんて頼めないだろうし……。

会話をする間柄でなくても、顔が知られている可能性は十分にある。蒼一はため息をつきつつ、後退《あとじさ》るようにして壁際へと向かった。

しばらくすると会場の奥に人が集まり、主催者である政治家のスピーチが始まる。

――あーあ、これじゃ柴田さんと合流するの遅くなるな。

スピーチが終わってすぐに主催者を捕まえられればよいけれど、これだけの人がいるとなると、一言挨拶をするのにもかなり時間がかかるだろう。

蒼一は招待客たちの視線が主催者へ向いている間に、避難できそうな場所を探す。

ちょうど数メートル先にバルコニーへと続く廊下があるのが、蒼一の目に入った。バルコニーは狭い廊下で会場と仕切られた形になっており、ウエイターですらも来そうにない。出てしまえば端にかかっている厚手のカーテンが目隠しになって、パーティー会場からはそこに人がいるのかどうかの確認はまずできないだろう。

――よかった。あそこで時間をつぶそう。

ほっとした蒼一は、バルコニーへと足を向ける。

だが狭い廊下へ出た瞬間、蒼一は何かにぶつかり大きく蹌踉《よろ》めいた。普段なら壁にでも手をついて支えるのだけれど、緊張とシャンパンの酔いで足下がおぼつかず、そのまま床に座り込んでしまう。

細いグラスが床に落ちて割れたが、その音はスピーチの声にかき消され、幸い振り向く者はいなかった。

「すみません！」

咄嗟《とっさ》に日本語が出てしまい、慌てて英語で言い直そうとする。だが顔を上げてぶつかった相手を確認した瞬間、蒼一は息を呑《の》んだ。

肩より少し長く伸ばした金髪と、明るい青の瞳がまず目に飛び込んでくる。人形のように整いすぎている容姿を呆然と見つめていると、青年の凜然《りんぜん》とした表情が微笑に変わる。

「……スミマセン……？　……ああ、日本の方ですね」

「あ、はい」

少し癖はあるものの、ほぼ完璧な日本語が薄い唇からこぼれた。意外と低い声に少し驚いたけれど、耳に心地よく響くバリトンの音に聞き入ってしまう。

「以前、趣味で日本語を習ったことがあったが、こんなところで役に立つとは」

独り言のように続けて、青年が楽しげに目を細める。

——格好いいっていうか、綺麗《きれい》な人だな……あ！　確か柴田さんが用意してくれた書類に載ってた人だ……名前、なんて書いてあったっけ？

『身代わり』の件が決まってから、蒼一は柴田から現在宗一が手がけている仕事の概要と取引相手の資料を渡され、パーティーまでに読んでおくよう言われていた。取引相手の資料は写真付きの丁寧な作りだったが、載っていたのはすべて外国人で、蒼一にはさっぱり見分けがつかない。

その中で目の前にいる彼が特別印象に残ったのは、初老の重役や社長ばかりの中で、一人だけ若かったせいもある。だがそれ以上に、貴族の肖像画をそのまま写真にしたような青年の顔は、一度見たら忘れられないほどのインパクトがあった。

——どうすればいいんだ？　普通に挨拶されたなら逃げようもあるけど、この状況だと何か話をしないとまずいだろうし……。でも、仕事の話をしないといけないよな……。

豊原商事は、貿易から不動産まで幅広く手がけている。中でも宗一が力を入れているのはリゾート開発で、最近の仕事は新しく建てる予定の複合施設ビルへのテナント誘致だ。主に海外の有名ブランドや、日本ではまだ店を持たない新興企業へ直接出向いて交渉をしているので、書類に載っていた人物とは面識のある確率が高いと説明されていた。

だが幸いなことに、青年はぶつかった相手を『豊原宗一』とは認識しなかったらしい。

「どこか痛みますか？」

なかなか立ち上がろうとしない蒼一を不審に思ったのか、青年の形のよい眉が顰められる。

そしてごく自然な仕草で、彼が手を差し伸べる。

「医者を呼びましょう。足を捻《ひね》りでもしていたら、大変だ」

「いえ……大丈夫です。すみません」

——そういえば欧米の人って、アジア系の人の顔の見分けがつかないっていうし。こっちも気づかないふりしてやりすごせば、豊原宗一だって名乗る必要ないか。

慌てて首を横に振ると、やや強引に手を取られてしまう。振り払うのも失礼だと思った蒼一は、素直に彼の手を支えに立ち上がった。

「本当に、あの……すみませんでした」

立つと、青年の方が頭一つ分ほど蒼一より背が高いと分かる。

すらりとした長身を仕立ての良いグレーのスーツに包み、胸のポケットにはカラフルなポケットチーフが飾られていた。

わずかに癖のある髪をかき上げて、青年が蒼一の顔をのぞき込む。明るい青の瞳は角度によって碧色《みどり》がかってみえる。つい見つめてしまうと、その目が楽しげに細められた。

「謝るのは君の癖かな?」

少しからかいを含んだ声に、蒼一は我に返る。

「いえ……そういうわけじゃ……」

しどろもどろに答えて、蒼一は視線を床に落とす。

ちょっとした仕草にさえ見惚《みと》れてしまうほどの同性になど、蒼一は会ったことがなかった。その上、今は一対一で会話をしている。

普段美形など見慣れていないせいか、一度意識してしまうとなかなか視線すら合わせられない。

恋愛感情がなくても、整いすぎた顔はまともに見られないのだと、蒼一は初めて知った。

――この人、いわゆる王子様って人種だよな。女の子だったらきゃーきゃー言っても違和感ないけど、男の俺がこんなふうだと……単なる不審者だ。

とりあえず、もう一度ぶつかったことを詫《わ》びてその場を離れようと考える。だが蒼一が口を開く前に、青年が思いがけない行動に出た。

「顔を見せなさい」

顎《あご》に指が添えられ、優しい声とは正反対の強引さで上を向かされる。

「なかなか愛らしい。私の好みだ」

「……は？」

「そんなに濡《ぬ》れた眼差《まなざ》しで、相手を見るものじゃない。それとも、誘っているのかな？」

言われた意味を理解した瞬間、それまでの焦りが一瞬で吹き飛ぶ。

女性なら言われて喜ぶかもしれない台詞《せりふ》だが、自分は成人した男だ。

「何を言ってるんですか、手を離してください！」

「そうやって強がる姿もいいね」

青年の言葉はあくまで柔らかく、表情も微笑《ほほえ》みを崩さない。けれど、蒼一を捉えている手は力強く、傲慢《ごうまん》な意志が感じられた。

いつのまにか蒼一の腰には、青年のもう片方の腕が絡《から》められていた。突き放そうとして彼の胸に手を置き押すけれど、びくともしない。

「名前を教えてくれたら、離してあげよう」

「……っ」

狼狽《うろた》える蒼一の耳に、吐息がかかる。

――なんだよ、この男！

身の危険を感じてもがくけれど、青年は小さく笑うばかりで手を離そうとしない。

「…蒼一、です」

フルネームを告げれば身元が分かってしまうと判断して、名前だけを告げる。すると、青年は満足げに頷《うなず》く。

「君に似合った、綺麗な響きの名だ。申し分ない」

笑みが深くなり、蒼一は一瞬、怒りを忘れて相手の顔を見入ってしまう。その次の瞬間、整いすぎた顔が近づき、ごく自然な動作で蒼一の唇を奪った。

「………っわ、バカ！　やめろ！」

さすがに蒼一も驚いて、力任せに彼の胸を叩く。

思わぬ反撃に対応しきれなかったのか、拘束していた青年の腕がわずかに緩む。半ば突き飛ばしたような形になったけれど、謝罪するつもりなどもうない。

その隙を逃さず、蒼一はなりふりかまわず会場の外へ向かって駆け出した。

——信じられない……なんなんだよ、あいつ！

スーツの袖《そで》で唇を擦《こす》りながら、蒼一はちらと背後を振り返る。青年は蒼一を追いかけようとしたらしいが、ちょうどよいタイミングで招待客の女性に話しかけられていた。

——よかった。これだけ人がいれば、柴田さんと合流するまで逃げ切れる。

人混みの中へ身を滑り込ませると、蒼一は周囲を警戒しながらロビーへ出た。

幸いなことに柴田が戻ってくるまでの間、青年の姿を目にすることはなかった。

宿泊先のホテルへ戻り、ようやく冷静になった蒼一は、柴田にパーティー会場での出来事をすべて話した。

男に迫られた事実を告げるのは抵抗があったけれど、あくまで『宗一の身代わり』である以上、隠さない方がよいと判断したのだ。

それに、自分の中に怒りをとどめておくのは難しいという理由もある。

「この人です」

「カルロ・ガルディア氏ですか……」

以前柴田から渡された取引相手のリストを捲り、問題の人物を探して柴田に見せる。

「そういった趣味のある方なら、先に知らせてください」

「申し訳ない……しかし、男性に興味があるとは、こちらも知りませんでした」

蒼一が被ったあからさまなセクハラの内容を聞いても、柴田は茶化したり疑うことなく真剣に聞いてくれた。なので、いくらかだけれど気持ちも落ち着いてくる。

「他に何かされたことはありませんか？　どんな些細《ささい》なことでも結構です」

「いえ、今お話ししたことで全部です。ただ俺の名前を聞いてきたから、『蒼一』とだけ答えておきました」

「でもガルディア氏は、豊原と確認はしなかったんですね？」

「はい」

「専務と直接の接触は今までなかったはずですから、気づいてない…とは思いますが……いや、一番気をつけなければならない相手だと、専務は事あるごとに仰ってましたから。あるいは」

うーんと唸《うな》って黙り込んだ柴田を、蒼一は不安げに見守る。

「何か問題でもあるんですか?」

「……実はガルディア氏が経営する『アルジェントカンパニー』は、現在専務が手がけているプロジェクトの、重要な取引先なんです。彼の経営するレストランを日本へ進出させる計画があって、現在交渉をしている最中で……いずれは専務が直接、話をする運びになると思います」

「それって、つまり……俺が専務と間違えられたまま、ガルディア氏に『性的な対象』として認識された可能性があるってこと…ですか」

「ええ、ガルディア氏は非常に頭が良く記憶力も優れていると聞いてます。豊原と確認しなかったのは、聞くまでもないと判断したからでしょう」

「つまり、あの人は会場に来てた人の顔と名前は先に暗記してから、パーティーへ出てたってことですか」

頷く柴田に、蒼一は青ざめる。

「……その上、突発的なこととはいえ対応が良くなかったので、ガルディア氏の印象は最悪かと。まあ、いきなりそんなことをされれば、仕方がないとは思います。しかし……」

非があるのは相手だけれど、暴言を吐いて逃げた事実は消えない。普通なら双方が悪いとなるだろうが、今回は事情が込み入っている。

「ガルディア氏は公爵《こうしゃく》家の直系ということもあって、イタリアの政財界に広い人脈を持っています。それだけでなく、本人も非常に有能な方で、最近では銀行の買収などにも乗り出して着々と事業を拡大してるんです」

「え、イタリアってもう貴族制度は廃止されてますよね？」

イタリアの貴族制度は第二次世界大戦以降なくなり、ほとんどが落ちぶれたと何かの本で読んだ記憶があった。

「そうです。ですが、貴族の方々の中には、財界で成功された方もいらっしゃいます。中でもガルディア氏は元々の家柄もよいので、各方面に顔が利くんです。もしガルディア氏の機嫌を損ねれば、イタリア国内だけでなく、欧州方面での仕事がしづらくなるとの噂もあるほどなんですよ」

ガルディアは落ちぶれるどころか、将来有望な若い起業家として有名な人物だったと知り、蒼一の背筋は次第に冷たくなっていく。

——旧貴族……。

どうりで品があり、不遜《ふそん》なまでに堂々としてるはずだ。その上、あれだけの美形で有能なら、向かうところ敵なしといった感じだろう。

そんな人間を、蒼一は仕方ないとはいえ、『バカ』と罵《ののし》り、突き飛ばしてしまったのだ。

宗一がしでかしたことなら、また別の意味で問題になっただろうけど、『身代わり』である蒼一はどんなことであれ失敗は許されない。

「そういうわけで、我が社としてはガルディア氏とできるだけ、良好な関係を保ちたいのです」

蒼一だって、自分の立場が理解できないわけではない。けれど、被害を被ったのは明らかに自分だ。

無言のまま立ちつくす蒼一へ言い聞かせるように、柴田がゆっくりと続ける。

「今回のレストラン誘致が成功したら、アルジェントカンパニーと提携して、イタリア南部でリゾート開発をする計画があります。まだ正式な打診はしていませんが、向こうの開発部は興味を持ってまして、あとは社長…つまりガルディア氏の判断待ちなんですよ」

いったん言葉を切り、柴田が縋《すが》るように蒼一を見る。そこまで言われて、知らないふりはできない。

「俺どうすれば……」

「明日にでも、ガルディア氏のもとへ行ってください」

もしガルディアの機嫌を損ねたままでいれば、進めてきたプロジェクトが水の泡になるのは明白だ。

「そういった行動に出たのなら、少なからず岩崎さんに好意を持っているはずです。非常に申し上げにくいのですが……」

「つまり、それとなく媚《こ》びて謝罪してくればいいんですね」

ハンカチで額《ひたい》の汗をぬぐいながら、柴田が深く頭を下げる。彼にしてみても、理不尽な思いをしたのは蒼一の方だと理解しているから、罪悪感はあるのだろう。

「……もし失敗したらどうなりますか？」

「数十億規模の損害が出ます。他にもアルジェントカンパニーと組みたがっているところは、多くありますし。このチャンスは逃したくないんですよ」

想像もしていなかった数字を告げられ、蒼一の頭の中は真っ白になった。

「ただ岩崎さんは、あくまで『豊原宗一』として振る舞ってください。向こうも強引な手段に出ることはないでしょうが、万が一のことがあると困りますので」

重要なのは相手の機嫌を取ることだが、それ以上に、宗一の経歴に傷がつかないような適度な謝罪に留《とど》めなくてはならない。

「俺だって、いいようにされるつもりはありませんよ」

もし手を出してきたら逃げると言外に告げると、柴田も頷いてくれる。

「何かありましたら、婚約者がいると言ってください」

「分かりました」

「それでは私は、ガルディア氏とアポイントが取れるよう交渉してきます。岩崎さんはお疲れでしょうから、先に休んでいてください」

慌ただしく柴田が出ていくと、蒼一は靴も脱がずにベッドへと倒れ込む。

――忘れようと思ってここへ来たのに、これじゃ全然意味がない。

羽毛の上掛けに顔を埋《うず》め、深いため息をつく。

脳裏をよぎるのは、『裏切り者』と自分を罵ったあの河内の言葉だ。

こんなにも固執してしまうのは、単なる友人関係ではなかったせいだ。入学してほどなく、蒼一は河内から『恋人になってほしい』と口説《くど》かれていた。同性からの告白に最初は戸惑ったものの、あまりに真剣なので蒼一は、『体の関係は持てない』と条件を付けてだが頷いてしまったのである。

なのに内定を告げた日、河内は蒼一を蔑《さげす》むように見て吐き捨てた。

『顔はキレイだけどさ、男相手に勃《た》つワケねーもんな。お前みたいな真面目で面白味のない奴だと、彼女なんてできやしないだろ？　だからつきあってやってたんだよ。利用されてるのも知らずにへらへらしてるお前が、俺より先に内定？　ふざけんなっての』

それまで笑っていた顔が醜く歪《ゆが》み、聞くに堪《た》えない言葉を吐く姿は未《いま》だに忘れられない。

話も合い、楽しい時間を過ごしたと思っていたのは、蒼一だけだった。

互いの就職活動が一段落したら、きちんと恋愛対象としてつきあいたいと告白しようと決めた矢先の出来事だったから、余計に蒼一は落ち込んだ。

――どうせあの男も遊びだろう……悪趣味ないたずらに振り回されるのは、もう嫌だ。

忘れようと思っていたのに、さらに最悪な気分にされて胃が痛くなってくる。

シャワーを浴びる気力もなくなり、蒼一はスーツ姿のまま眠りについた。

翌日の午後、蒼一は柴田の手配してくれたリムジンで、ガルディアの屋敷へ行くことになった。

さすがに前日の格好では行けないから、柴田に指示されるまま風呂に入って髪を整え、新しく用意されたスーツに着替えた。

——でも、俺一人でいいのか？

柴田の説明では、蒼一の名前を告げたところ、すぐにアポイントが取れたのだが、一人で自宅へ来ることが条件とされたのだ。

心細いけれど、相手の指示に従う他はない。

ホテルから運転手付きのリムジンに乗り込み、走ること一時間弱。高い鉄の門の前で一度車が停《と》まり、警備員が蒼一の顔を窓越しに確認する。それからゆっくりと門が開き、さらに奥へと車が進んでいく。

——ハリウッドスターの屋敷みたいだな。

曲がりくねった庭を十分ほど進むと、まさに映画のセットのような邸宅が現れた。いかにも貴族が住んでいそうな洋館に、蒼一はぽかんと見入ってしまう。

車が玄関先に停まると、すぐ執事らしい初老の人物が近づいてきて、ドアを開けて中へ入るよう促してくれる。

「豊原様ですね。お待ちしておりました」

公用語のイタリア語ではなく、流暢《りゅうちょう》な日本語で告げられ蒼一は驚きつつ軽く会釈をする。

上流階級に仕える執事なのだから、主人と同等に近い教養を身につけているのは当然のことなのだろう。

「日本語、お上手ですね」

「ありがとうございます。以前、旦那《だんな》様から『いつ、どの国の客が来ても失礼のないように、基本的な言語はマスターするべきだ』と言われましたので勉強したかいがありました」

こんな時、なんと返せばいいのか分からないので、蒼一は当たり障りのない誉《ほ》め言葉を口にする。けれど執事は顔色一つ変えずに深々と頭を下げ、会話は途切れた。

柴田からは『変におどおどせず、堂々としていれば問題ない』と言われているけれど、他人を使う立場になどなったことのない蒼一はこの時点で半ばパニックに陥りかけていた。

——どうすればいいんだよ……って、並んでるの、本物のメイドさん？

玄関ホールにずらりと並んだメイドに頭を下げられ、逃げ出したい衝動に駆られる。震える足をどうにか動かし、執事の後をついて歩く。

「こちらでお待ちください」

「はあ……」

客間らしい部屋に通された蒼一は、情けない返事をして室内を見回す。猫脚のソファに、揃いのテーブル。壁には風景が細やかに織り込まれたタペストリーがかけられており、まるでおとぎ話に出てくるお城のようだ。

壁際にある棚には、いかにも高そうなグラスや辞書が置かれ、さらに部屋の奥には暖炉まである。

「本当に、こんなところに住んでるんだ」

広すぎる屋敷や数えきれないほどの使用人など、漫画や映画の中にしか存在しないと勝手に思い込んでいたので、実際こういった場に立っても現実味がない。

「何か珍しいものでもあったかな?」

日本での自分の生活水準とかけ離れすぎている室内を呆然と見ていた蒼一は、背後から聞こえてきた声に慌てて振り向く。

昨日と違い、ラフな麻のジャケットを着て髪もひとまとめにしたガルディアが、憮然《ぶぜん》とした顔で立っていた。

「あ、いえ…別に……あの、昨日は申し訳ありませんでした。豊原商事の専務を務めています……」

機嫌が悪いのは一目で分かったので、蒼一は深々と頭を下げる。

内心では、いきなりキスをしてきた相手が悪いと思っているが、ここで機嫌を取っておかなければ後々仕事に響いてしまう。

「名前は昨日聞いたから、二度も言わなくていい。トヨハラ・ソーイチだろう？　名乗るべきは私の方だ」

やはり彼は、パーティーに来る客の名前と顔を暗記していたのだ。

なんと答えればよいのか分からず、蒼一は黙ってしまう。

「カルロ・ガルディア。アルジェントカンパニーの責任者だ」

怒っているのかカルロは端的に名乗ると、側のソファに腰を下ろして口をつぐんでしまう。そして、いつのまにかメイドによって用意されていたカップを手に取り、蒼一の方など見向きもせずコーヒーに口をつけた。

まるで存在すら無視するような相手の態度に、蒼一は焦った。恐る恐る彼の向かい側に腰を下ろすが、カルロは目すら合わせてくれない。

——もう一度、謝った方がいいのか？

失礼にならないよう視線をさまよわせつつ、カルロの表情を窺う。けれど青い瞳からは、何も読み取れない。

「さっきから、どうした？」

「えっと……すごいですね。こんな立派なお屋敷、初めて見ました。メイドも大勢いて……」

きょろきょろと落ち着かない蒼一に、カルロが眉を顰める。なんでもいいから会話の糸口を得たかった蒼一は、とりあえず屋敷を誉めることにした。

けれど逆に、カルロはますます不審そうな表情になる。

「君も、それなりの生活をしているんだろう？」

不思議そうなカルロに、蒼一は内心しまったと思う。豊原家ほどの資産家であれば、かなりの豪邸に住んでいてもおかしくはない。

「でも日本では、さすがにこんな生活はありえませんよ。使用人も、多くはいません」

苦しい言い訳だと自分でも思いつつ、蒼一は適当にごまかす。

「そうか」

だがカルロは蒼一の生活になど興味はないのか、あっさりと頷いてくれた。

ほっとしたのもつかの間、続いた言葉に蒼一は身を硬くする。

「で、用件は？」

——さっきの謝罪、聞いてなかったのか？

詳しく説明しなくとも、何を謝罪しているのかくらい察しているはずだ。なのにカルロは、覚えがないとでも言わんばかりの態度で蒼一を見つめている。

「ゆうべのパーティーでは、すみませんでした。その……ぶつかって…突き飛ばしてしまったこと……お詫びさせていただきます」

「口ではなんとでも言える」

「ですから、豊原商事として……」

「仕事は仕事だ、私的なことを持ち込む気はないよ」

話しながら、カルロが近づいてくる。思わず後ずさりそうになるのを、蒼一はどうにか堪《こら》えた。しかし内心の怯《おび》えは伝わってしまったらしく、カルロが口の端を少し上げた。

まるで捕まえた獲物をいたぶろうとする、ネコ科の動物のようだ。

「私は君の誠意が見たい。意味は分かるね？」

カルロの青い目が、わずかに眇《すが》められる。

柔和な微笑みを浮かべるカルロからは、性的な香りなど感じられない。だが、言葉と視線が、彼の求めるものを教えてくれる。

——これって、体を要求されてるってことだよな……。

ここで取り乱すわけにはいかない。自分はあくまでも『豊原宗一』なのだから、堂々としていなければならないのだ。

「俺には婚約者が……」

「だからなんだ」

柴田に言われたとおり婚約者の存在を告げたけれど、カルロはまったく意に介さない。それどころか、信じられないことを言い出す。

「君がおとなしく脚を開いてくれたとしても、今後それを盾に脅すつもりはない。もちろん、婚約者にも話さないと約束しよう。私は君がどれだけ真摯《しんし》に謝罪しているかを、判断したいだけだからね」

つまり、あくまでこの場限りの関係を、カルロは求めているのだ。彼の言葉が本当か、蒼一には判断がつかない。脅さないし、仕事にも持ち込まないと言ってはいるが、断れば現在進めているプロジェクトに何かしらの影響が出るかもしれない。

身代わりである蒼一には、カルロの要求をはね除《の》けるなどという行動がとれるはずもなかった。

同性でも見惚れるような容姿でも、流石《さすが》に組み敷かれるのは抵抗がある。しかしここで拒否すれば、多額の損害を豊原商事に与えることになってしまう。

まだ正社員ではないものの、宗一自らが『身代わり』と指名した自分が勝手な振る舞いをすることで、迷惑をかけたくない。

立場をこれ以上悪くするのはよくないと思い、蒼一は仕方なく頷く。

「……分かりました」

――犬に噛《か》まれたと思えば……。

二人だけの秘密ということにすれば、問題ないだろう。宗一と柴田には申し訳ないが、この場を切り抜ける妙案など蒼一には思い浮かばなかった。

しかし、意を決して承諾したにもかかわらず、カルロの表情から笑みが消える。

「君はプライドもないのか！　取引相手に求められたら、そうやって娼婦《しょうふ》のように体を差し出しているのか？」

「え……？」

――お前が言い出したことだろ！

喉まで出かかった言葉を、蒼一は寸前で飲み込む。

要求を突きつけたのはカルロの方なのに、なぜ叱《しか》られなければならないのか、蒼一にはさっぱり理解できない。

「君は、次期社長なんだろう？　しっかりしろ！」

「…でも、俺は……」

「こんなことで言いなりになっているようだと、会社は君の代で乗っ取られるか潰《つぶ》れるかのどちらかになるぞ。いくら有益な取引相手でも、プライドまで投げ出すような真似は感心しないな」

勝手な言い分に、蒼一は反論したくなる気持ちをぐっと堪えた。

「豊原商事とはこれからも仕事をしたいと考えていたが、次期社長がこれでは心許《こころもと》ないな。仕方ない。私が教育してやろう」

「はあ？」

思わず頓狂《とんきょう》な声が出てしまうけれど、カルロは気にする様子もない。

このままではわけの分からない理屈をつけて、彼の意見を押しつけられてしまうだろう。いくら宗一と瓜《うり》二つの容姿であっても、長い時間をカルロとともに過ごせば、さすがに『何かおかしい』と気づくはずだ。

――金持ちって、ホント何考えてるんだろう。

「教育って……あの、俺は仕事があるから、日本へ戻らないと……」

俯《うつむ》いた蒼一は、しどろもどろに言い訳を始める。

けれどすべてを言い終える前に、カルロがわざと音を立ててカップを置く。顔を上げてカルロを見ると鋭いその視線に射すくめられて、蒼一は口をつぐんだ。

「教育する、というのは建前だよ、イワサキ・ソーイチ」

不機嫌を露《あら》わにしていたカルロの表情が、一転して楽しげなものに変わる。まるで役者のようなその変化に驚いて、蒼一は少しの間、言葉の意味を理解できずにいた。

「正しい発音だと、岩崎蒼一。そして身代わりを頼んだのは『豊原宗一』で、合っているか？」

「……え…あの。はい……ええっ？」

「君は実に面白い。そうやって落ち着きをなくしている様は、まるでネズミだな」

意地の悪い笑顔で、カルロが続ける。

「写真で見るだけなら、確かに本物と見分けはつかない。だが少し話をすれば、本人ではないとすぐに分かるぞ。話し方や仕草、すべてにおいて君には『使われる側の人間』の特徴が出すぎている」

言っている内容は確かに頷けるが、どうも素直に受け止められない。おそらくカルロの性格と由緒ある公爵の血が、尊大とも思える言葉となって無意識に出てしまうのだろう。

「……いつ知ったんですか？」

「昨日のパーティーで君が気になってね、すぐ部下に調べさせたんだ。夜には手元に資料が届いたよ」

なんでもないことのようにさらりと言うが、社内でも極秘扱いの件を数時間で調べ上げたアルジェントカンパニーの情報収集能力に、背筋が凍る。

「そうそう、主催した政治家はやたらにプライドだけは高い人物だから、もし昨日のパーティーに偽者が出席していたなんて知れたら、大変なことになるだろうね」

「お願いです。このことは内密にしていただけませんか？」

必死の懇願にも、カルロは真意の見えない微笑みを浮かべ、意味深なことを告げる。

「君次第で、私の口は堅くも軽くもなるよ」

明らかにこの状況を楽しんでいる発言に、蒼一は戸惑う。

彼はどうやら『豊原宗一』ではなく『岩崎蒼一』に興味があるようだけれど、なぜ彼が自分を気にかけるのかが分からない。

「本物の豊原宗一は、イギリスにいるらしいね」

――柴田さんたちでさえ、専務の行き先を調べてる最中なのに……。

どう言いつくろってもカルロには勝てないと、蒼一は思い知らされる。最悪の状況に青ざめる蒼一とは反対に、カルロは涼やかな顔でソファにもたれてカップを口へ運ぶ。

「何が目的ですか？　俺は専務から、『代わりにパーティーへ出席してほしい』って頼まれてるだけですから、仕事の面では何も決定権はないんですよ」

カルロが勘違いをしている可能性は高い。だから正直に自分の立場を話すと、当然といった表情で返される。

「別に契約を有利に進めようとか、そんな下らないことに君を利用するつもりはない。個人的に、君が気に入っているだけだからね」

きっぱり言い切られても、それはそれで困る。ただ取引にこの件を利用しないと言われて、少しは気が楽になった。

「じゃあ、どうすればいいんですか？」

「本物の豊原宗一が現れるまで、君はここで私の相手をしなさい」

「相手……？」

自分の提案が気に入ったのか、カルロが楽しそうに頷く。

「君の部屋を用意しよう。不自由はさせないと約束する。私は一度、教師の真似事をしてみたかったんだよ。君は顔も好みだし、社長となる教育も受けていないだろう？　遊び相手には、ちょうどいい」

――俺が専務の偽者だって知ってるのに、社長教育ってのをする気でいるのか？　つまり、暇つぶしの相手をしろってこと？

なにやら妙なことになったけれど、この状況に逆らうのは得策ではない。

宗一にしろカルロにしろ、金持ちの思考は理解できない。内心ため息をつきつつ、蒼一はおとなしく頷く。

「分かりました。ですけどその前に、秘書に報告をしに行きたいのですが……」

「仕方がないな。夕食までに戻るんだぞ」

素直な返事に満足したらしく、カルロは数時間の猶予をくれた。蒼一は急いで席を立つと、半ば走るように玄関へと向かう。

――セックスを強制されなかっただけ、マシって思うことにしよう。

想像していた以上に面倒なことになったけれど、頭の中が混乱しているせいか、あまり現実感がない。

蒼一は待たせておいたリムジンが車寄せに入ってくるまで、呆然と屋敷を振り仰いでいた。宮殿と呼んでもおかしくない巨大な建物と、数十人もの使用人。その上、この屋敷の主人は元とはいえ、公爵の血筋だ。

――……こんなところで、生活できるのか？

一人暮らしをしている六畳一間のアパートから、３ＬＤＫのマンションに引っ越したいという願望はあった。けれど、目の前にあるような現実は、まったく望んでいない。

「俺って、小市民だったんだな」

ぽつりと自嘲《じちょう》気味に呟《つぶや》いて、蒼一は横付けされたリムジンに乗り込んだ。

「……そうですか……困りましたね」

「どうしましょう?」

宿泊先のホテルで、蒼一はカルロとのやりとりを柴田にすべて伝えた。

どうにもこうにも、選択肢などないのだが、一応指示は仰がなくてはならない。しかし柴田もまさかこんなことになるとは予想だにしておらず、椅子に座ったまま頭を抱える。

「実は、岩崎さんが出かけている間、専務の行方を捜していたんです。ガルディア氏の言うとおり、確かにイギリスへ入国した形跡がありました」

「じゃあ、見つかりそうなんですね！」

一縷《いちる》の望みをかけて訊《たず》ねるが、柴田はたった一日で白髪が増えたような頭を横に振った。

「詳しい場所まではまだ……今は手分けして、専務の行方を探っているところです。ちょうどこちらに留学中の婚約者の尾谷《おたに》様にも協力してもらってますので、見つかるのは時間の問題かと思いますが……」

状況は良くないのだと分かって、蒼一はがっくりと肩を落とす。そもそも簡単に見つかるのなら、こんな苦労はしていない。

「申し訳ありませんが、専務が見つかるまでの間はガルディア氏のところへ行っていただけないでしょうか?」

「ええ、それは覚悟していたのでかまいません」

「何かあったら、これで連絡してください。短縮の1番に、私の携帯番号を登録してあります」

専用の携帯を渡され、蒼一は頷く。

「先日もお話ししたとおり、アルジェントカンパニーとは大きな契約がまとまりかけています。ガルディア氏は仕事に私的な感情を挟まないと仰ったようですが、それを鵜呑《うの》みにするのは危険ですね」

それは蒼一も同じ意見だ。

有能な経営者なのだから、利用できるものはなんでも使うだろう。それに、弱みを握られているのは豊原商事の側なので、強気に出られるわけがない。

「俺もそう思います。ただ幸い、彼の暇つぶしにつきあわされているような感じなので、適当に話を合わせていれば、なんとかできると思います」

正直なところ、そんな自信はまったくなかったが、無理にでも強気でいないと逃げ出したい衝動に駆られる。

仮に逃げ出したとしたら、内定は取り消しになるだろうし、その後の就職活動も上手くいくとは限らない。むしろ豊原商事から圧力がかかり、どこの会社からも落とされる危険性だってある。

「本当に、申し訳ない。専務は必ず捜し出しますから、それまでの間、ガルディア氏に気に入られるよう頑張ってください」

「はい」

威勢よく返事をしてみたものの、蒼一の顔は引きつっていた。

カルロの屋敷へ戻ると、すでに蒼一用の部屋が用意されていた。ベッドルームと専用の浴室、客間まであるその部屋は、蒼一が暮らすアパートの何倍もの広さがある。

——……風呂場だけで、俺のアパートくらいありそうだな。

「どうした、蒼一」

「いえ…なんでもないです……」

「気に入らないなら、別の部屋を用意させよう。もう少し広い方がいいか？」

「この部屋で十分です！」

ただでさえ落ち着かないのに、これ以上広い部屋に放り込まれたらどうしていいのか分からなくなる。勢いよく首を横に振ると、カルロが小さく笑った。

「君は面白いな。見ていて飽きない。ああ、足りない物や欲しい物があれば執事に言え。すぐに用意させる」

「そんな気を遣わなくてもいいですから」

「気遣う？　私は趣味でしているだけなのだから、君が気にすることはない」

かみ合わない会話に、蒼一は困惑する。

蒼一から見れば、カルロはいわゆるセレブだ。金も地位もあり、容姿も良い。おまけに経営者としても成功しており、まさに非の打ち所のない人間である。多少変わった性格をしていても、それすら個性といわれて賞賛されるのだろう。

ここまで完璧だと、羨《うらや》む気も起きない。

「勉強は明日から始めよう。まずは経営学からだ」

「あの、お気持ちは嬉《うれ》しいんですけど……お仕事はどうするんですか？」

「仕事？　ああ、気が向いたらするさ。私の部下は有能でね。言いつけたことは完璧にこなしてくれるから、問題ない」

柴田はカルロを、有能な経営者と賞賛していたが、今の言葉からはトップに立つ者の責任感は感じられない。どちらかといえば、遊びの合間に仕事をしているような印象を受ける。

ある意味、貴族らしいとも言えた。

そう言われても、蒼一は素直に頷けない。彼の気まぐれで居候《いそうろう》させられている身だが、結果として彼の仕事を邪魔をしているのは否めない。

「ですが……」

じっと見つめられて、蒼一は言葉に詰まった。初めて会った時もそうだったけれど、この青い瞳は見ているると吸い込まれそうな錯覚に陥る。

「そうやって言葉を濁すのは、よくない。それと、話をする時は、私の目を見ろ」

顔を寄せてきたカルロから、蒼一は視線をそらす。

――やばい……そんな気はないのに、顔が熱くなる。

整いすぎた顔は、それだけで武器になると蒼一は思う。少し癖のある金髪に青い瞳。貴族らしい雰囲気を自《おの》ずと纏ったカルロは、今回のような偶然が重ならなければ一生縁のない相手だ。

一般人である蒼一にしてみれば、自分とは別世界に住む彼とどう接したらいいのか分からない。

そんな蒼一の態度が気に入らないのか、カルロは不機嫌そうに眉を顰めた。

「意見があるなら、はっきり言え」

黙っていても何も進展しないのは目に見えている。自己中心的な考えのカルロがどこまで話を聞いてくれるか不安だったが、蒼一は意を決して口を開く。

「どうしてこんなことをするんですか？　ガルディアさん」

「退屈していたからだ。ただ、誰でもよかったわけじゃない。君を見た瞬間、どうしても側に置きたくなった。気になる相手を手元に置いて、自分の好みに変えたいと思うのは当然だろう」

返答に、蒼一は首をかしげた。あれだけ失礼なことをしたにもかかわらず、彼はさして気にしていないらしい。

「君がパーティー会場に入ってきた時から、ずっと気になっていた。あの場に来るのだからそれなりの地位にあるはずなのに、君は誰とも話をせず人脈を作る様子もない。それどころか避けているから、逆に興味がわいてね。それで声をかけようと思ったら、君がぶつかってきたんだよ」

つまりカルロは、蒼一が会場に入ってから、ずっと行動を見ていたのだ。

——そんなに俺、目立ってたかな？　でも他の人は、無視していたし。

柴田からは特にパーティーでの行動を注意されていないので、おそらくカルロだけが自分を気にしていたのだろう。

「君が逃げ出してからますます気になって、すぐ身元を調べさせた。理由は以上だ。納得したか？」

「…はい」

「それと私を呼ぶ時は、カルロでいい」

「……はい」

威圧的な物言いに、どうしても畏縮《いしゅく》してしまう。

——怖いっていうか、取っつきにくい人だけど…これって、かなり気に入られてるってことなのかな？

カルロに良い印象を持ってもらうことが、最重要の課題だ。宗一が見つかるまでの間は、なんとしてでも屋敷を追い出されるわけにはいかない。

黙り込んだ理由をカルロは疲れていると勘違いしたらしく、労《いたわ》るように指先で蒼一の頬《ほお》を撫でる。女性に対するような触れ方だったが、不思議と嫌悪感はない。

「今日は疲れただろう。夕食を取ったら、すぐ休め」

命令口調だけれど気遣ってくれたことが嬉しくて、蒼一は素直に頷く。

——生活レベルが違うから違和感があるのは仕方ないけど、悪い人ではないんだろうな。

まあ、慣れればなんとかなるか。

気疲れしそうな予感はあるが、蒼一はできるだけ前向きに考えることにした。


翌日から早速、勉強が始まった。けれど用意されていたのはイタリア語の本だったので、結局カルロが日本語に訳してくれるのを聞いているだけで時間が過ぎていく。

どこまで本気で教える気なのか分からないけれど、確かなことはカルロが仕事もせず自分の側にいるということだ。教師の真似などすぐ飽きると思っていたが、意外なことにカルロは、マーケティング理論や経営に必要と思われる上司としての心構えなどを丁寧に教えてくれる。

自分には一生縁のない勉強だろうけど、まったく未知の分野であるのと、カルロの教え方が上手なこともあって、かなり真剣に聞き入ってしまう。

「予想以上に、蒼一はいい生徒だ」

「ありがとうございます」

午後の休憩時間になると、メイドがコーヒーと軽食を運んでくる。コーヒーは苦手な蒼一だが、カルロの好みに淹《い》れられたエスプレッソだけは、不思議と美味《おい》しいと思えた。

エスプレッソのカップを片手に、カルロが満足げに微笑む。

「人にものを教えるというのは初めてだが、なかなか楽しいな」

強引で自己中心的だけれど、話をするうちに彼の別の面も見えるようになってきていた。

旧貴族というだけあってプライドが高く、物言いも高圧的だが、威張《いば》り散らすことはない。

使用人たちからも男女問わず好かれていて、屋敷の主人として認められているのだと、言葉の分からない蒼一でも察することができるほどだ。

——最初はどうなることかと心配だったけど、意外といい人でよかった。

「カルロの教え方が上手なんだと思います。これが大学の授業なら、俺寝てますよ。でも、本当に大丈夫なんですか？」

「なんのことだ」

「仕事です。まさか朝から夕方まで教えてくれるなんて、思っていませんでした」

「問題があれば連絡をするように言いつけてあるから、蒼一が心配するようなことはない」

そう言われても、彼はアルジェントカンパニーのトップなので、やはり気になってしまう。

「仕事はゲームと同じだからな。楽しんでできないのなら、無理に手をつけたりはしない。それに今は、君の教育をしている方が仕事より何倍も楽しい」

——仕事がゲーム……。

蒼一には、想像もつかない理屈だ。何十億という金を動かしても、彼は眉一つ動かさないのだろう。経営者なら当たり前のことなのかもしれないが、一般人の蒼一からすると雲の上の話だ。

「すごいですね。豊原専務も大きな商談をいくつもまとめてるって聞いてますし、やっぱりもともと才能がある人って、物怖《ものお》じしない決断力を持ってるんですね」

「私の場合は、父が無能だったからな。早く経営を立て直す必要に迫られていたから、それなりに努力もしたぞ」

「え？　アルジェントカンパニーは、業績の良い企業だって聞いてますけど……」

「それは、私が実権を握ってからのことだ」

軽々しく聞いてはいけない内容だとは思ったが、カルロは特に気にしていないのか、淡々と言葉を続ける。

「七年前——私が二十歳《はたち》の時に、両親が事故で死んだ。アルジェントにとっては、幸いだったよ。父は廃止された爵位や血筋に拘《こだわ》った人事を重視して、個人の能力にまるで目を向けない人だった。結果として無能な人間ばかりが集まり、アルジェントは売却寸前にまで陥っていた」

柴田はそんなことは、一言も言っていなかった。知っていれば情報として教えてくれただろうから、あまり公《おおやけ》にはされていない情報なのだろう。

「そんなどうしようもない状態のアルジェントを立て直すのに、二年もかかった。使えない者を追い出して、新しい人材を入れてようやく今の形になったが……私もまだまだ力が足りない」

──たった二年で、立て直したんだ。

経営ノウハウなどまったく分からない蒼一でも、破綻《はたん》寸前の会社を二年で立て直しただけでなく国内有数の企業へ変えるなど、並大抵の努力ではできないと分かる。

けれど、カルロは本気で、納得していないようだ。

「あの…カルロ一人で立て直したんですよね？」

「親族も父と同様に、家柄ばかり気にするバカどもだからな。全員アルジェントからは、追い出した。幸い有能な人間が集まってくれたから、私の立てた計画も問題なく進めることができたよ。まあ、運も向いていたんだろうな」

自分の力も認めつつ、他者の協力の上に成り立っていると正直に言うから好感が持てる。

「すごいですよ。俺だったら絶対に無理です」

「だろうな。君のような性格だと、簡単に騙《だま》されてすぐ全財産を失うだろう」

あっさりと肯定されて、蒼一は肩を落とす。

──分かってるけど、はっきり言われると落ち込むな……でもこんなにいろいろ話して、大丈夫なのか？

今カルロが話していることは、ガルディア家のお家事情のようなものだ。専務の身代わりというだけでなんの権限も持たない蒼一だが、こんなに軽く話す内容ではないはずである。

──けど、いまさら聞かなかったことにするのは無理だし。……せっかくだから聞いてみるか。

どうせここまで聞いてしまったのだからと思い、蒼一は疑問をぶつけた。

「どうしてそんなに、いろいろと話してくれるんですか？」

「君が素直だからだ」

真顔で返され、蒼一の方が面食らう。

あまりに真っ直ぐに聞いてくるから楽しくて話してしまう、と続けるカルロの表情は余裕に満ちている。

しかし声色一つ変えないまま、カルロは突拍子もないことを口にした。

「仕事に活用してくれて、かまわないぞ。私の私生活を知りたがっている人間は、多くいるからな。ゴシップ誌に売れば高価がつく」

「お金目当てであなたの私生活を売るような真似は、絶対しません！　豊原専務にも、話すつもりはないです！」

口の軽い人間に思われるのが嫌で、蒼一はつい感情にまかせて怒鳴ってしまう。確かにカルロからしてみれば、自分は豊原商事の社員だ。有益な情報を、上司に報告するのは当然である。

「そう言うと思ったよ」

怒鳴った蒼一に気分を害した様子もなく、カルロは優雅な動作でカップを置く。

「君は珍しく、まっとうな人間だ。だからつい、手を貸したい衝動に駆られるのかもしれない。君に教えていることは、『現在の君』には必要のないことかもしれないが、君の生き方次第では今後、役に立つ」

　カルロの言うことは理解できた。でも、専務に似ているという以外、取り柄のない自分が出世争いに加わるかどうかは疑問だ。

「まっとうとか…そんなふうには思ってないです。それに、カルロには申し訳ないですけど、教えていただいたことを活《い》かせる地位に行けるか分かりません」

「今からそんな弱気でどうする……使えるものはなんでも利用するくらいじゃないと、蹴落《けお》とされるぞ」

　言われて、蒼一はこの四年近く自分が置かれていた立場を思い出す。何も疑わず、友人の使い走りをしていた自分は、カルロのような人間から見れば、ひどく間抜けだと映るのだろう。

　唇を噛んで俯くと、それまで厳しかったカルロの声に労りが混ざる。

「だが、君みたいな者が側にいると、心が安らぐのも事実だ。少なくとも、私は君がパートナーであれば楽しいと思う。試すようなことを言って、悪かった」

「いえ……すみませんでした」

　つまり蒼一は競争社会に向いていないと、カルロは見抜いているのだ。けれどその部分が良いと、彼は認めている。

　――複雑だけど、こんなすごい人に認められたのは嬉しいな。

「うん、ますます欲しくなった」

その純粋な考え方も好みだ」

「え？」

「私は君が欲しい。前にも言ったが、君の容姿は気に入っているし、その純粋な考え方も好みだ」

「はあ……」

いきなり一人で納得しはじめたカルロに、蒼一は首をかしげた。

カルロみたいになんでも持っている人からすれば、自分のような一般人は珍しいのかもしれない。

嫌われるよりはいいので、蒼一は適当に頷く。

「ありがとうございます。そんなふうに言ってもらったことないから、すごく嬉しいです」

「では改めて、君を本気で口説こうと思う。恋人として、私のものになれ」

「はい……ええっ？」

口調は優しいが、内容はひどく高圧的だ。狼狽える蒼一の額に、冷や汗が浮かぶ。

――今のって、やっぱりセックスが目当てってことだよな。まさか、力ずくで犯すつもりじゃ……？

そんな恐ろしい考えが、脳裏をよぎる。

「私が君を脅して、無理やり犯すとでも言いたげだな」

口に出していないはずなのに、心の中を当てられて蒼一は動揺する。

「どうして分かるんですか！」

思わず声を張り上げると、カルロは肩をすくめた。

「君は思っていることが、顔に出やすいんだ。それにこれまでの会話と、君の性格を考慮すれば簡単に答えは出る」

当然のことのように言われて、蒼一は反論のしようもない。

――普通じゃないのはカルロの方なのに、なんか説得力あるんだよな。

「でも、パーティーに出たのは、身代わりだったたって話すって……あれは脅しじゃなかったんですか？」

「そんなことを言った覚えはない」

にこりと笑って否定され、蒼一は口をつぐむ。

確かにカルロは仄《ほの》めかしただけで、言いふらすと断言はしていなかったと思い出す。

「脅迫なんて無粋《ぶすい》なことをしなくても、君は必ず私を受け入れる」

自信たっぷりに言われて、蒼一は反論する気もなくす。おそらくカルロは、今まで一度も振られたことなどないのだろう。

――この顔だしな。

相手が男でも女でも、彼が口説けば簡単になびくだろう。蒼一も気を抜くとカルロの顔に見惚れてしまうのだから、とやかく言える立場ではない。

けれど、『欲しい』と言われて素直に頷けないのは、まだ気持ちの整理がついていないからだ。河内に未練はないが、利用されバカにされ続けていたことが心の傷になっている。

状況を考えれば、カルロの申し出を受け入れた方が楽だろう。これが初めて屋敷を訪れた時のように、誠意の証《あかし》として体を差し出せと言われたのなら諦《あきら》めもつく。

——でも……遊びって分かってるのに、頷けないよ。

おそらくカルロは、蒼一を相手に遊びの恋愛をしたいのだろう。だが今は冗談でも、いや、冗談だからこそ、甘い愛の囁《ささや》きなど聞きたくない。

「少し考えさせてください」

蒼一は言葉を濁し、カップに残ったコーヒーを飲み干す。それまで美味しいと感じていたそれは、ひどく苦く思えた。

柴田からなんの連絡もないまま、三日が過ぎた。

カルロと二人きりの長い一日が終わり、蒼一はのろのろと部屋に戻ると、携帯に着信がないかを確かめる。

——メールも入ってない。

社内でも豊原宗一の逃亡は極秘扱いなので、捜索に割ける人材が限られている。なので、捜し出すのに時間がかかるのは、仕方がない。

それとなくカルロに宗一の行方を聞いてはみたのだけれど、『豊原には興味がないから、もう調べていない』とあっさり言われてしまった。

——お客扱いだから、文句なんてないんだけど……。

メイドに傅《かしず》かれる生活などしたことのない蒼一にとって、今の状況はかなりのストレスとなっていた。生活用品すべてが高級品と分かるものばかりなので、壊してしまわないかと常に緊張を強《し》いられる。

それに、人に命令をすること自体に慣れていないから、何をするにもメイドが付き添う生活はいちいち戸惑ってしまうのだ。

何より一番の問題は、朝、目を覚ました直後から始まる。

蒼一を『口説く』とカルロが宣言した翌朝、甘い香りに驚いて瞼《まぶた》を開けると、広いベッド一面に赤いバラの花びらが敷き詰められていた。ベッドへ入る前はこんなことになっていなかったので、蒼一が眠り込んでいる間に花びらを撒《ま》いたのだろう。

一晩だけならまだしも、二日目の朝も花びらでベッドが埋めつくされているのを見て、さすがに耐えられず、『せっかく咲いた花がもったいない』と必死に訴えて、やっとやめることを承諾させた。

問題はそれだけではない。カルロは蒼一が『いらない』と言っても、宝石やら服やらを大量に部屋へ持ち込むのだ。日本で普通の学生として生活していた時は、車や時計が欲しくて気になっていたけれど、すべて用意されてしまうと、逆に物欲はなくなると知った。

そして、カルロが教師役となって教える内容も、経営学からテーブルマナーやパーティーでの会話術などに変わってしまった。

理由は『経営学は飽きたから』という単純なもので、蒼一はただ呆れてしまう。

――金持ちって、本当に何考えてるか分からない。

以前は、宝くじにでも当たって優雅な生活をしたら、と想像してみたこともあった。けれどそれが現実になった今、まったく嬉しくも楽しくもない。

他人の金だからかと考えてみたが、ごく普通の家庭に育った自分が、いきなりセレブの生活に馴染《なじ》めるわけがないという結論に至った。

――何するにも、メイドさんが側についてるんだもんな。気が抜けないよ。それに、カルロ……。

何かにつけて、カルロは蒼一に触れて甘い言葉を囁いてくる。軽いボディタッチ程度だけれど、彼の指先が肩や頬へ触れるたびに蒼一は焦ってしまう。

気まぐれの遊びだろうと理解していても、真顔で愛を告げられると頭の中が真っ白になる。悪い人ではないと分かっているから、嫌う理由を探そうとしても見あたらないので困ってしまう。

――顔がイイってずるいよな。その気がなくても、流されそうになる……って、しっかりしろ！

このままでは彼の思いどおりになってしまいそうなので、蒼一は両手で頬を叩く。

その時、扉のノブが動く音がした。

「入るぞ、蒼一」

ノックもなしにカルロが入ってくるのは、いつものことだ。居候の身であるし、何より逆らえない立場を自覚しているので蒼一は咎《とが》めはしない。

「なんですか？」

「これを渡し忘れた」

差し出されたのは、手のひらサイズの黒い箱。本当は受け取りたくないけれど、拒んでも翌朝、枕元《まくらもと》に置かれているので、意味がない。

仕方なく蒼一は箱を手に取り、蓋《ふた》を開ける。

「これって……ブレゲ…ですか？」

「ああ、新作だよ。シリアルナンバーは、1だ」

雑誌でしか見たことのない有名時計メーカーの商品と分かった瞬間、蒼一は倒れそうになった。

――新作って、いくらだ？　聞けば教えてくれるんだろうけど、聞きたくない……。

安い物でも数十万、高級品になれば数千万はするという時計を手にしていると考えただけで、膝《ひざ》が震える。

「気に入らないのか？」

「違います。こんなすごい時計、俺が持ってても意味ないです。それと今まで頂いたものも、全部お返しさせてください」

今まで堪えてきた気持ちを、蒼一は思いきってカルロにぶつけた。

「興味がないのか?」

「いえ…そういうわけじゃなくて……時計を作った人に申し訳ないですよ。俺なんかが持っていい時計じゃないんです」

たとえば蒼一がこの時計を身につけたとしても、ブレゲと気づく者はいない。もし誰かに見せたとしても、とても本物と信じてはもらえないだろう。

人には分相応というものがあると伝えようとするが、果たしてカルロがその言い分を理解するかどうかは怪しい。

「私が勝手に贈っているのだから、君が気にすることは何一つない」

「無理です！　気になります！　俺はカルロみたいにお金持ちじゃないから、こんな高価なものを手にしていると落ち着かないんです！」

大真面目に訴えたのだが、返されたのは柔らかな微笑だった。

「君は本当に、純粋で真面目だな」

そう言って、カルロは蒼一の腰へ腕を回し引き寄せる。吐息がかかる距離まで顔が近づき、蒼一は息を呑む。

どうして彼のような、完璧で地位も金もすべてを持っている人が、自分のような一般人をここまで気にかけるのか理解できない。気まぐれと一言で片づけるには、少々度が過ぎているのは事実だ。

「なぜ、楽しもうとしない？　そんな怯えた顔をされると、私が酷《ひど》いことを強いているみたいな気分になるだろう」

「あの、カルロ……手を…」

彼の顔が近づいてきて、思わず蒼一は瞼を閉じた。それは条件反射みたいなものだったけれど、結果として彼の口づけを自分から受け入れたような形になってしまう。

「ん……」

硬く閉じた唇を、彼の舌先がやんわりと撫でる。鼻にかかった声を上げると、合わさったままの彼の唇がわずかに笑みの形になった。

「可愛いよ、蒼一」

言われて、やっと蒼一は我に返った。顔を背けて口づけから逃れると、カルロを睨《にら》みつける。

「ッ……こういった冗談は、やめてください！　それに…無理にはしないって、言ったじゃないですか！」

「私は、強引に奪うような真似などしていない。今のは君が同意した結果だろう」

――今のキスは、無理やりじゃないのか？

さすがに頭にきて反論しようとするが、唇に彼の長い指が押し当てられた。

「顔を近づけたら、君が瞼を閉じた。それはキスをしてかまわないと取られても、しょうがないぞ」

身勝手な言い分に呆れてしまう。自己中心的な考え方をする男だと分かっていたけれど、ここまで酷いと頭痛がしてくる。

「勝手なことを言わないでください！　大体、俺は男です」

「見れば分かる。私は気に入れば、性別など気にしない主義だ。君は相手が男性ということに、嫌悪感があるのか？　指向について口出しはしないから、正直に答えなさい」

嫌だと言えば、これ以上のことは強いられないだろうと蒼一にも分かった。カルロは自分本位な性格だけれど、他人の意見を完全に無視するわけでもない。

「………好きになれるなら、関係ないと俺も思います」

なのに口から出た言葉は、カルロの行動を助長するようなものだった。これにはカルロも驚いたらしく、わずかに目を眇める。

「少し前まで、男とつきあってたから……性別を盾にして逃げるのは、卑怯《ひきょう》かなって思って……」

「生真面目で、無防備か。そんな性格だと、悪い連中にいいように使われるぞ」

カルロには話していないだけで、もう四年近く利用されていたと、心の中で自虐的に呟く。河内とはキス止まりだったけれど、つきあいが長かったぶん罵倒《ばとう》の言葉は今でも蒼一の心に突き刺さっている。

――俺って、バカだよな。

嘘でも『男は好きになれない』と言えばいいのに、真面目に答えてしまった。落ち込む蒼一の耳元で、カルロが甘く囁く。

「パーティー会場で出会った時、君はその黒い瞳を潤ませて私を見つめただろう？　その時からもう、囚《とら》われていた」

心を直接くすぐられるような甘ったるい告白も、彼が言うと神聖な誓いのように聞こえるから不思議だ。

「あの時は、酔っていたから……目が潤んだみたいに見えたんだと思います……」

「それで？」

「え……」

「酔っていようが、いまいが、君が私を見つめたのは事実だ」

断言されて、蒼一は言葉に詰まる。カルロの言うとおり、あの時、彼に見惚れて動けなくなったのは事実だ。

けれどそれは、あまりに整いすぎた容姿につい見入ってしまっただけ。と、そこまで考えて、蒼一は、はたと気づく。

——これじゃ俺の方が、カルロを気にしてるみたいだ。

綺麗すぎるから見惚れた、と言うのは恥ずかしいし、だからといって否定するのも難しい。ジレンマに陥った蒼一は、半ば八つ当たりのようにカルロを睨む。

「と、ともかく……あんな酷いことを言われたら、好きとか言われても信じられませんよ」

「あんな酷いこと？」

「俺が謝りに来た時……体を要求……したでしょう」

冗談だったとはいえ、脅して体を求められたのだから警戒して当然だ。なのにカルロは反省などするふうもなく、しれっと告げる。

「君の顔が好みだったから言っただけだ。欲しいから要求したのだが、あんな簡単に頷くと思っていなかったから、怒ってしまったんだよ。もう少し、貞淑かと思っていたからね」

平然としているカルロの言い分を聞いていると、自分の意見が間違っているように思えてくる。横柄な態度で言っていることは身勝手な内容なのに、貴族の持つ独特の雰囲気が彼の言葉をまともな意見だと思わせてしまう。

彼のペースに飲まれまいとして、蒼一は話題を変えてみた。

「貞淑とか、そんなの関係ないです！　ともかく、あなたほどの人なら婚約者くらいいるんでしょう？　俺なんかにかまっていたら、悲しまれますよ」

「以前は親の決めた相手がいたが、金目当ての政略婚だと分かったので断った」

それまでとは違い、やけに冷めた口調が気になった。柔らかな笑みも消え、真摯な眼差しが蒼一に向けられている。

「私は君が欲しい」

「え、あ……」

狼狽えて逃げようとしても、未だ体は彼の腕に抱かれたままだ。

「蒼一、愛している」

不意に強く抱きしめられ、蒼一は彼の肩口に顔を埋める形になる。すると仄かな香水の香りが鼻先を掠《かす》め、甘い目眩《めまい》を覚えた。

――逃げ…ないと……。

その青い瞳に捕らわれてしまうと、本能が告げる。

「……カルロ…手を離してください……」

裏返りそうになる声で、懸命に拒絶する。けれど、抱きしめる力は、強くなる一方だ。

「嫌なのか？」

耳に唇が触れて、低く囁かれる。艶《つや》を含んだ声に、腰が震えた。はっきり嫌だと言えず、蒼一はただ顔を背けることしかできない。

「蒼一」

「ゃ……」

呼ばれた瞬間、自分でも信じられないほど甘えた吐息がこぼれた。耳まで赤くなり俯くと、気まずい沈黙が二人の間に落ちる。

――俺が誘ってるみたいじゃないか。

いたたまれない気持ちになり、蒼一は唇を噛む。すると、カルロの手が頬に触れ、ゆっくりと上を向かせた。

仕方なく視線を合わせると、青い瞳が蒼一を映してわずかに眇められた。

見慣れない色の瞳のせいか、見つめられると鼓動が速くなってしまう。

「怖がることはない。私を信じて、私だけを見ていればいい」

言葉が蒼一の心を搦《から》め捕《と》る。懸命に話題を変えていたのは、流される予感があったからだといまさら気づいた。

「体の相性から、確かめてもいいだろう?」

否定を許さない響きを持つ問いかけは、生まれながらにして上に立つ者であるカルロの特権だろう。傲慢で身勝手なのに、言われた側はなぜか受け入れてしまうのだ。そんな強さを持っているのに、カルロはあえて、蒼一から合意の言葉を引き出そうとする。

彼が求めているのは、『逃げ道を用意された合意』だ。命令と問いかけが、適度な配分で言葉に混ぜられている。

それを優しさと呼べるのかは分からない。どちらかといえば手管に近いのかもしれないけれど、追いつめられない状況は幾分気持ちを楽にする。

「蒼一」

腰に回された手が、歩くように促す。その先にあるのは、寝室の扉だった。


——遊びだって、分かってる。

本気だのなんだのとカルロは言うけれど、信じることなどできない。

金も権力も持ち、何不自由なく生きてきたカルロが、自分みたいな凡人を遊び以外で相手にするわけがないのだ。

拒絶しないで素直に寝室へ入ったのは、機嫌を損ねて豊原専務の身代わりとばらされたら大変だからだと、蒼一は心の中で何度も繰り返す。仕事は関係ないと言っていたが、どこまで信用していいか分からない。

——俺、本当に……するんだ。

すでにカルロの手で下着もすべて取り去られており、蒼一は所在なくベッドに座り込んでいる。

「蒼一？」

「あ、はい……」

ぎこちなく返事をすると、青い瞳が怪訝《けげん》そうに眇められた。

「初めてなのか？」

「恋人はいましたけど、いろいろあってキス止まりで……体の関係はありませんでした」

河内とは、触れる程度のキスしかしていない。それに、彼とつきあっていた間は真面目に彼女を作らなかったので、必然的に誰とも抱き合うことはなかった。

「独り寝が寂しいから、こうして応じてくれたのか？　私はそれでもかまわないが」

「違います……」

すぐに、蒼一は否定する。

河内と恋人としてつきあおうと思ったのは本当だけれど、セックスという行為までは想像できなかった。もし、つきあいが続いていたとしても、抱き合う関係にまで進めたかどうかは疑問だ。

カルロの腕が、蒼一を強く抱きしめる。

「君を初めて抱けるのが私で、嬉しいよ」

今時セックスの経験がないなんて、珍しいと揶揄《やゆ》されることはあっても、喜ばれることはまずない。だからカルロの言葉は意外で、蒼一はぽかんとして彼を見上げた。

「面倒とか、思わないんですか？」

「君は不思議なことを言うんだな」

本気で意味が分からないらしく、カルロが首をかしげる。

「初めてなら、自分の好みに変えやすいだろう。それのどこが面倒なんだ？　蒼一は余計なことは考えずに、ただ横たわっていればいい」

シャツの胸をはだけただけのカルロが、覆い被《かぶ》さってきた。そのまま肩を押されベッドに倒れると、髪を撫でながら何度もカルロが指に口づける。

「綺麗だ、蒼一」

「あの……あなたみたいに綺麗な人からそう言われても、なんか恥ずかしいだけだから言わないでください」

「確かにそうだが、私が君を綺麗だと感じているのは本当のことだ。嘘を言っているわけではないのだから、いいだろう」

自分の容姿が整っていることを自覚しているあたり、カルロらしい。

「君は綺麗だよ。黒い瞳も髪も、白くて滑《なめ》らかな肌もすべて……」

首筋に指が触れて、胸までゆっくりと愛撫《あいぶ》される。

「やっ……ん……」

ぞわりと肌が粟立《あわだ》ち、蒼一は身を捩《よじ》った。

——なんだよ、これ……っ。

軽く触れられているだけなのに、腰の奥が疼《うず》きはじめる。

「感じやすい体をしているな」

指摘されて、肌が火照《ほて》る。

セックスに慣れているわけでもないのに、なぜこんなに感じてしまうのか、蒼一には分からない。

「ちょっと、待ってくださ……」

カルロの肩を押し愛撫の手を止めさせようとした蒼一は、視線が合わさった瞬間、背筋に電流が走ったような感覚を覚える。ただでさえ整った容姿に雄の欲望が混じったカルロの相《そう》貌《ぼう》は、艶が増してまともに見られない。

「なぜ、顔を背けるんだ？」

——綺麗すぎて見ていられないなんて、言えるわけない。

答えずにいると、笑いを含んだ声で告げられる。

「いまさら嫌だと言われても、やめる気はないからな」

「そうじゃなくて……っく」

脇腹《わきばら》を撫でていた手のひらが、下腹部へと下りていく。カルロの手はその先にある蒼一の中心を、なんの躊躇《ためら》いもなく握り込む。

自分でするのとは違う感覚は強すぎて、蒼一は悲鳴を上げた。

「ひ、ぁ……ッ、う」

恥ずかしくて声を堪えようとしても、絶え間なく与えられる刺激に反応してしまう。

「や…やだ、手…はなし……」

「この程度で音を上げているようだと、後が辛いぞ」

「だって、こんな……ンッ」

丁寧に扱《しご》かれて、中心が熱を帯びはじめる。先走りのにじむ鈴口に爪《つめ》を立てられ、蒼一は仰《の》け反った。

「…痛っ…こわい……カルロ…」

「大丈夫だ。傷つけるようなことはしない。それにしても敏感だな……指でも刺激が強すぎるか……」

思案するように呟き、カルロが手を離す。中心への愛撫が止まったことで、蒼一はほっとして体の力を抜いた。けれどすぐ、さらに強い刺激が下肢に与えられ悲鳴を上げる。

「ヤッ……なに……」

温かくねっとりとした何かが、蒼一の中心を包み込む。驚いて下肢に目をやると、信じられない光景が目に入った。

「え……うそ…ッ」

勃ち上がった自身をカルロが指で支え、先端を口に含んでいたのだ。

――嘗《な》めてる……。

耳まで真っ赤になった蒼一は、あまりの衝撃に動けなくなる。

「これなら、痛くないだろう」

敏感な先端を、彼の舌先が這《は》う。自分の意志とは関係なく中心に熱が籠《こ》もり、あっという間に硬く張りつめていた。

「そんな…だめ、だって……」

カルロの髪が内股《うちまた》に触れた。肌は汗ばんでいて、皮膚に彼の髪が張りつく。その些細な感触にさえ感じて、蒼一は狼狽える。

「…あ、ん……ッ…どうして…俺、おかしい…」

「感じやすい、いい体だ」

先走りをこぼす先端から口を離し、カルロが内股の柔らかな皮膚に口づけた。ぴりりとした痛みが走り、跡をつけられたのだと気づく。

「象牙《ぞうげ》色の肌に、赤はよく映える。蒼一、私以外の誰にも見せるな」

所有の印をいくつも刻みながら、カルロが甘い命令を下す。

「見せる、わけ…ない……ひっ…う」

快楽と羞恥《しゅうち》に苛《さいな》まれ、蒼一の目尻《めじり》に涙が浮かぶ。彼にこんな真似をさせてしまっているという罪悪感を覚え、いたたまれない気持ちになる。

男のモノを銜《くわ》えるなんて想像したくもないことだけれど、自分が奉仕した方がずっとマシだ。

「カルロ、お願いだから…やめて……俺がする、から…」

「横になっていればいいと言っただろう」

「だって…あなたみたいな綺麗な人に、こんなこと…させられない、から…っ……あっぁ…」

「可愛いことを言う」

粘り気の増した蜜《みつ》を指の腹で弄《いじ》りながら、カルロが目を細める。

「本当に、もう……やめ…」

「だめだ」

蒼一の訴えは、あっさりと却下された。ならばせめて逃げようと思い、身を捩る。だがそうすることを察していたのか、カルロの腕が腰を捉えてしまう。

「悪い子だな。まあ今の時点でこれだけ感じているなら、怯えても無理はないか」

「なに、言って……や、ッ…やだ…」

先端を弄っていた指が、足の付け根へと移動する。そして躊躇うことなく、カルロの指は蒼一の後孔へ進入を始めた。

「カルロっ…やだ、嫌…ぁ…」

前立腺《ぜんりつせん》の膨らみを確かめるようにして、指が内部を擦る。びくりと腰が跳ねた瞬間、反り返っていた中心から濃い蜜が滴《したた》る。

「まって、そこは……く、ぅ」

感じる部分を強く押されて、蒼一は息を呑《の》んだ。

背筋がぞくぞくと震え、達してしまいそうな快感が全身を駆け抜ける。けれど、カルロの指は巧みに決定打を避け、蒼一の体へ射精ギリギリの快楽だけを与え続けた。

「俺、おかし……こんな、中だけで…ひっ」

「おかしなことじゃない。男なら誰でも感じる部分だ」

「やだ……そこ、ばっかり…っ」

カルロが体を起こし、蒼一の耳元に顔を寄せる。

「綺麗だ、蒼一。そのまま、感じていればいい」

甘く囁かれ、緊張で固く閉じていた後孔がゆっくりと解《ほぐ》れていくのが分かる。カルロの雄を受け入れるために慣らされているのだと思うと、全身が熱くなる。

——カルロの方が、綺麗だよ……。

美しい獣が、蒼一の目に映った。

カルロの青い瞳は欲情に濡れ、息を呑むほどの壮絶な色香が漂っている。女性とは明らかに違う雄の艶に、蒼一は見惚れる。

「大分、柔らかくなってきた」

長い指がいきなり三本に増やされ、敏感になっている内部を擦る。

——そこ…擦られたら……っ。

「あっあ……」

女みたいな嬌声《きょうせい》がこぼれ、蒼一は唇を噛む。けれど非情な声が、それを制止した。

「もっと声を出すんだ」

「う……く…」

「蒼一……仕方がないな」

指が引き抜かれ、蒼一はほっとして息を吐く。だが唇が綻《ほころ》ぶのを見計らったように、カルロの手が勃起《ぼっき》した蒼一の中心を強く扱いた。

「ああっ…だめ、出る……ぅ…」

懇願も空《むな》しく、カルロの指に導かれて、張りつめた雄は先端から蜜を吹きこぼす。その間も彼の指は、根元や括《くび》れをくすぐるように愛撫し続ける。

——…止まらない……。

達した瞬間も、こぼれ続ける白濁も、すべて見られて、蒼一は情けない気持ちと羞恥に苛まれて涙ぐむ。

「苦しいのか？」

「ちが…カルロに、こんな顔見られて……はずかし…触られると、全部…感じて、声も……抑えられないし…や、ッ」

途切れ途切れに訴えると、カルロが嬉しそうに微笑む。

「蒼一は本当に、私を煽《あお》るのが上手だ」

「煽って、ない……カルロ？」

やっと射精が終わり、全身から力が抜ける。

シーツを摑《つか》んでいた手を取られ、ぼんやりと見ていると指先にカルロの唇が触れた。

「まだ眠るのは早いぞ、蒼一」

「……はい」

消え入りそうな声で答え、蒼一は耳まで赤くなる。何をするのかくらい、想像はつく。けれど、本当にカルロが自分に挿入するほど欲情しているのか、まだ不安はあった。

蒼一はさり気なく首を傾け、覆い被さる彼の下肢へと視線を向けた。

「うそっ」

スラックスを穿《は》いたままのカルロがちょうど前をはだけて、自身を取り出した瞬間を目にしてしまう。雄々しく反り返ったそれは、完全に勃起していた。

「何が、嘘なんだ？」

「えっと…え…そんなの、無理《むり》……」

自分のものより逞《たくま》しい雄を目の当たりにして、蒼一は怯えを隠せない。けれどカルロは気にする様子もなく、蒼一の腰を抱き寄せた。

「力を抜いていれば、大丈夫だ」

「そんな、絶対挿《はい》らない……ぁ…っ……痛ッ」

後孔に、硬い先端が押し当てられる。先走りのぬめりを感じて、カルロが自分の痴態《ちたい》で欲情したと分かる。

——俺がイくとこ見て…こんなになったんだ……。

そう考えた瞬間、全身が歓喜に震えた。

「ぁ…カルロ……」

ゆっくりと、雄が体内に挿ってくる。

指よりもはるかに太く逞しいそれに、体は怯えて硬くなる。いくら慣らされたとはいえ、初めて雄を受け入れる後孔はどうしても緊張で硬くなってしまう。

開かれる痛みに、蒼一は低く呻《うめ》いた。

「っ……く、ぅ」

怖くて瞼を閉じていると、宥《なだ》めるような優しい口づけが落とされる。

「もう少しだ……そのまま、ゆっくり息をして…」

腰を抱いていない方の手が、下腹部や内股をそっと撫でる。敏感になった肌は些細な刺激にも反応して、次第に蒼一は痛みの中に微《かす》かな快感を覚えはじめた。

——なんか…奥が、じんって…する。

繋《つな》がった部分から、甘い疼きが広がる。

「蒼一」

呼ばれるのと同時に、瞼に口づけられた。

「な……に？」

「私を見なさい」

優しい声で促され、蒼一はゆっくりと瞼を開ける。腰の辺りを撫でながら、カルロが至近距離で微笑んだ。

「全部入ったぞ。蒼一は体の方も、優等生だな」

「……奥まで、きてるのが…わかる……」

信じられないほど深い場所まで、雄に満たされている現実。初めてのセックスが男で、それも受け入れる側であるのに、嫌悪はまったくない。

それどころか、カルロと繋がれたことに悦《よろこ》びさえ覚えている。

——俺……カルロと、セックスしてるんだ。

意識した瞬間、下腹部に力が籠もって雄を締めつけてしまう。すると中で脈打つのが分かり、さらに質量が増す。

「そんな、やだ……っあ…」

否定する言葉とは反対に、体は雄を受け入れて感じていた。

限界まで広げられた後孔は痛むけれど、それ以上に心の悦びが勝っている。

「嫌、という顔ではないぞ」

欲情してる青い瞳に見つめられ、蒼一の鼓動が速くなる。

――だめだ、その目で見られると俺……。

ひくりと内股が震え、無意識に彼の体を包むように脚が動く。太腿《ふともも》でカルロの腰を挟み、強請《ねだ》るように引き寄せる。

「そろそろ馴染んだか？」

「あ、んっ……ッふ」

軽く揺すられただけで、腰の奥がじんと疼いた。太い雄を根元まで挿《い》れられているのに、内部の痛みは薄れてほとんど感じない。

「…うそ、俺……どうして？」

奥を小さく突かれるたびに、快感が深くなる。

「ぁ…カルロ……やめ……」

制止の言葉なのに、まるで誘っているかのような甘い声になってしまう。いや、誘っているのは、声だけではない。拙《つたな》いながらも腰はカルロの動きに合わせて揺れ、内部は雄をしっかりと食い締めている。

――こんな…の……絶対、おかしい…っ。

自分でも驚くほど淫《みだ》らな体の反応に、蒼一の心はついていけない。

「本当に、初めてなのか？」

指摘に一瞬、体がすくむ。同性の恋人がいたと話してしまったから、その相手と肉体関係があったのではないかと疑われても仕方ない。

そう考えると、なぜか胸の奥が締めつけられるように痛くなった。

「そ…です……信じて……あんっ」

体の反応と言葉が、一致しない。嬌声を上げながら否定しても、説得力などないのは分かっている。

それでも蒼一は、違うのだと必死に訴えた。

「こんなこと…するのは……あなたが、初めてだから。カルロ」

目尻から、涙が零《こぼ》れる。疑われたままで行為を進めるのは、どうしても嫌だと思った。

「信じているから、安心しろ」

「…よかっ、た……ああっ、だめ…そこ……」

ゆっくりと雄が引き抜かれ、張り出した部分で前立腺を擦られる。そして再び、体の奥まで雄が入り込む。

敏感な肉筒をまんべんなく擦られて、蒼一は身悶《みもだ》えた。

――あんな大きいのが、中で動いてる。

先ほど見たカルロの雄を思い出す。逞しく反り返った雄はカリが張り出していて、蒼一のそれよりずっと大きかった。

根元までぎっちりと嵌《は》められると、臍《へそ》の辺りまで届いているような気がする。

「っく……ふ……ぁ…」

肉襞《にくひだ》へ形を覚え込ませるように、雄が何度も奥を擦り上げた。そのたびに体はひくひくと震え、蒼一はあられもなくよがってしまう。

初めてなのに強すぎる快楽を与えられて、次第に蒼一は混乱してくる。

「や…やだ……っく…ン…いい……ぁ、違う……こんなの…おかしい……」

「蒼一。私を信じて、楽にしていろ」

カルロの声に宥められ、どうにか正気を保つ。

――続けたら、俺……戻れなくなる…よすぎて、頭…ぐちゃぐちゃに、なる……っ。

繰り返し擦られ、次第に内部が雄に絡みつくようになる。

「…あっ…」

「中が吸いついてくるな」

「言わないでッ…くださ…ひ、ぁ……」

快楽の涙が、こめかみを伝い落ちていく。

「淫らな体だ」

酷い言葉をカルロは優しい声で言うから、辱《はずかし》めているのか誉めているのか分からない。

腰の奥が疼き、前を触られてもいないのに熱がせり上がってくる。

――あ…中、擦られてるだけなのに…また、出そう。

体の反応を止めようとしても、次第に激しくなる突き上げに意識は淫らに染まっていく。

逃げようとすると、カルロの腕が腰を引き寄せ、さらに激しく奥を穿《うが》った。

「奥、やだっ……だめ…」

「嘘はよくないぞ」

細身の体からは想像もつかない力強さに、蒼一は驚きを隠せない。

「あ…ぁ……」

無意識に腰を上げ、カルロが動きやすいようにしている自分に気づき愕然《がくぜん》とする。

——……俺…何して……。

まるで律動に合わせるように内部が収縮し、雄を食い締める。

目も眩《くら》むような快楽に、蒼一は溺《おぼ》れていた。理性の制御などとうに飛んで、今はただカルロの与える快感だけを追いかける。

「ンッ……あ、ぁっ」

内股が引きつり、甲高い声を上げて蒼一は達した。頭の中がじんと痺《しび》れ、全身がふわりと熱くなる。

——なか、擦られて。俺……。

射精してしまったと気がついた蒼一は、驚きと羞恥で呆然となる。初めて男を受け入れたにもかかわらず、中の刺激だけで上りつめてしまったのは少なからずショックだった。

「……え…ぁ、やだ……」

根元まで埋めた状態で、カルロが動きを止めた。そして次の瞬間、達したばかりで痙攣《けいれん》している蒼一の内部に、ねっとりとした熱が広がる。

――ぁ……中出し、されてる。

カルロの雄がびくりと跳ねるたび、新しい熱が奥に注がれていくのが分かる。大量の精を浴びせられて、敏感な肉襞はまた感じ入ってしまう。

「うそだ…どうして？　感じてる……」

「蒼一？」

「俺……」

内部が雄に絡みつき、甘い波が何度も押し寄せる。達した状態が持続して、息をするのもままならない。熱を吐き出してもなお硬いカルロの雄は、すっかりとろけきった蒼一の内部を再び蹂躙《じゅうりん》する。

「ひ、ぁ……あッ」

「こんなに感じやすい体は、初めてだ」

「…っう…だめ…怖い……」

カルロの腕が労るように蒼一を抱きしめる。重なる体温は、いくらか蒼一の心を落ち着かせてくれた。

「だめ、だ……から……それ、動かさないで…ッ」

快楽の余韻が消える前に、再びカルロが腰を摑んで円を描くようにゆるりと回す。すると結合部にわずかな隙間が生じて、内側から泡立つような音が響く。

「や…だぁ…カルロ…もう、やめて……」

蒼一の懇願を無視して、カルロが精液を塗り込めるようにゆっくりと雄を動かす。感じるポイントをわずかにずらして擦られると、緩い快感が腰骨から広がる。

「慣れれば、挿れただけでイき続けられるようになりそうだな」

「そんな…むり…っ…っく」

否定しても、体が言葉を裏切る。濃密な快楽を本心では欲しているのだ。ゆるゆると擦られているだけなのに、蒼一の中心は熱を取り戻しかけていた。

「カルロ…俺……」

震える唇に、キスが落とされる。

唇を重ねたまま、カルロが甘く囁く。

「愛してる、蒼一」

「私の恋人になれ」

続いた言葉に、消えかけた理性が戻ってくる。

どうせこれは、一時的な遊びだ。自分とカルロでは立場が違いすぎるし、何より宗一が見つかればこの屋敷を出なくてはならない。別れを前提にした遊びなのだから、本気になってしまうのはよくない。

黙って顔を背けると、なぜかカルロが悲しそうな声で告げる。

「困らせるつもりはない」

思わず視線を戻すと、青の瞳に捉えられた。

――ほんとうに、綺麗…だよな。

こんな完璧な人が、自分なんかを本気で好いてくれるわけがない。

決して自虐ではなく、互いの立場を考えれば自ずと出てくる答えだ。

「蒼一……」

快楽を含んだ声で、名を呼ばれる。

それだけで、背筋がぞくりと粟立つ。カルロの背に縋りつくと、力強く突き上げられて、蒼一は背を反らす。浮いた腰の奥をさらに穿たれ、激しい快感が蒼一を翻弄《ほんろう》した。

繋がったまま深く口づけられ、蒼一は唇を薄く開き懸命にカルロの求めに応えようとする。

「ん……カルロ……」

「綺麗だ」

恥ずかしくて顔を背けると、目尻に唇が触れる。

「愛してる。私の、蒼一」

「ぁ、あっ……ん…や…だ、ぁ……」

内側からの刺激で勃起した自身が、カルロの腹筋に擦れて蜜をこぼす。逞しいカルロの雄は、精液を塗り込められてすっかり熟《う》れた肉襞を何度も突き上げ、蒼一を快楽の中に落とした。

「また……おれ、い…きそ…」

「堪えなくていい」

「あ、は……っう…」

あの快感がまた与えられるのだと思うと、それだけで腰が疼く。最奥まで雄がねじ込まれ、硬い切っ先が肉を抉る。強すぎる刺激に、蒼一は泣きながらカルロにしがみついた。

「だめ、だ…も…ほんとに……カルロ…助けて……」

ぎゅっと肉筒が窄《すぼ》まり、蠕動《ぜんどう》する。

「ああっ…や…」

「っ……」

今度はほぼ同時に、高みへと上りつめた。

「や…やだ、これ……かんじ、すぎ……ひ、うく…っ…ぁ」

絶頂を迎えた奥に精液を浴びせられ、蒼一は長い快感を味わわされる。蜜を出しきっても鈴口が開閉を繰り返し、内部は雄を食い締めて離そうとしない。

恥ずかしい体の反応を止めたいけれど、快楽に支配された体は指先すらもまともに動かなかった。

「君は本当に、愛らしい。心も体も、すべて私のものにしたいよ、蒼一」

支配者の甘い言葉が、耳から滑り込んで心に絡みつく。頷いてしまえたらどんなに楽だろうと、蒼一は思う。

——でも…カルロは遊びだ……俺は仕事で……ここにいるんだから……本気になったら駄目だ。

わずかな理性が、誘惑を否定する。

激しく求め合う時間は深夜まで続いたが、蒼一は決して愛の言葉を受け入れようとはしなかった。


抱き合った後、急な用事が入ったらしく、カルロは慌ただしくどこかへ行ってしまった。

けれど部屋を出る前、バスルームから出てきたばかりの蒼一を抱きしめ、いきなり口づけてきた。名残《なごり》惜しげに唇を離すと、呆然としている蒼一を抱き上げベッドまで運び、今度は額にキスをして立ち去った。

ほっとしたような、寂しいような妙な気持ちのまま、蒼一はカルロの体温が残るベッドでぼんやりと天井を見つめていた。

——……嫌だとか、思わなかった。

初めて男に組み敷かれたにもかかわらず、体は明らかに快感を覚え歓喜に震えた。シャワーを浴びて体内に注がれた熱を洗い流したはずなのに、まだカルロの精液が残っている気がする。

「……ん…ぁ」

意識すると、下腹部がひくりと震えて、快楽の余韻が呼び覚まされそうになる。

――何してるんだろう、俺……。

カルロが気にならないと言えば、嘘になる。でも抱かれたのは、彼の機嫌を損ねないためだ。だがそこまでする必要はあったのだろうかと、疑問が頭をよぎる。

「仕方ないんだ。そうしないと、まとまりかけた契約がだめになるかもしれないんだし」

カルロの『仕事とは関係ない』という言葉を、どこまで信じればいいのか分からない。あえて口に出して言うことで、蒼一は納得しようとする。

気づいてはいけない気持ちが、心の奥で揺れている。

――あの人の言葉を真に受けるんじゃない…どうせ遊びなんだから……。

柔らかすぎる枕に顔を埋め、蒼一はすべてから目を背けるように瞼を閉じた。


目が覚めてまず考えたのは、ゆうべの出来事は夢ではなかったのかということ。

けれど腰の奥からこみ上げてくる鈍痛が、カルロに抱かれたのは現実だと教えてくれた。

幸い、痛みは動けないほどではないので、のろのろと着替えをすませた蒼一は部屋を出ると、一階にあるダイニングルームへと向かう。

——あれ？　いない……。

いつもなら奥の席にカルロが座っているのだけれど、食器がセッティングされているだけで本人が見あたらない。

どんな顔をして会えばいいのか迷っていたのだが、いざいないと分かると拍子抜けしてしまう。

「おはようございます、岩崎様。お飲み物はカプチーノでよろしいでしょうか？」

日本語の堪能《たんのう》な執事が、さりげなく蒼一に声をかけてくる。初老の執事は主人の気まぐれで連れてこられた蒼一に同情的で、こまやかに世話をしてくれる。使用人たちのほとんどがイタリア語しか喋れない中で、英語と日本語が堪能な執事と会話ができるのは、蒼一にとってかなりありがたかった。

「あ、はい……あの…カルロは……」

椅子に座り問いかけると、執事がにこりと笑う。

「旦那様は仕事で出かけておられます。先ほど、お戻りになると連絡がございました」

「そうですか」

やはり夜中に出かけたのは、仕事だったのだ。大丈夫だと言ってはいたけれど、数日間、自分につきっきりでいたのだから、仕事に支障が出るのも当然といえる。

——悪いこと、しちゃったな。

強引に居候させられているのは蒼一だけれど、なんだか申し訳ない気持ちになってくる。

自分も宗一の我儘《わがまま》で気苦労している身だから、カルロに振り回される彼の部下のことを考えると他人《ひと》ごとではない。

それにカルロだって、睡眠時間を割いて仕事をする羽目になっているのだ。カルロの場合、自業自得かもしれないけど、自分に非はないと完全に言い切れるような太い神経を、蒼一は持ち合わせていなかった。

「お気になさることは、ございませんよ」

「え?」

どうやら無意識に、ため息をついていたらしい。

カップにカプチーノを注ぎながら、執事が気遣うように言葉を続ける。

「最近の旦那様はとても機嫌がよろしいようで、岩崎様がいらしてからはよく笑うようになられました。岩崎様からしてみればいきなりのことで大変でしょうけど、旦那様が幼い頃から仕えている身としては、大変喜ばしい限りなのでございますよ」

「はあ」

「仕事柄、ご友人や恋人は多くいらっしゃいますが、他人を屋敷へ呼ぶことなど滅多にありませんし、まして泊まっていただくのは初めてのことで……ああ、お喋りがすぎましたね。申し訳ございません」

どうやら彼は、蒼一の滞在を喜んでいるらしい。幼少から付き従っていた執事がそこまで言うのだから、本当だろう。

「あの…気になっていることがあるんですが……」

「なんでしょう?」

「……カルロって、婚約者とかいないんですか? 前にカルロの方から、破談にしたって聞いたんですけど」

口にしてから、かなり立ち入ったことを聞いてしまったと蒼一は後悔する。

――どうして俺、こんなこと聞いたんだ?

遊びにつきあっているだけの自分には、関係のないことだ。それに知ったからといって、どうすることもできない。

答えてもらえなくても当然と思ったが、意外にも執事は嫌な顔もせず口を開く。

「それは本当です。先代が一方的に決めたお相手でしたので、旦那様は先代がお亡《な》くなりになった直後、婚約を破棄しました。ですが、アルジェントカンパニーの立て直しが成功してから、復縁を申し込まれまして…一時期は復縁したと相手から勝手に吹聴《ふいちょう》されまして、悩んでおいででした。そんなこともあって、今は親戚《しんせき》の方でも屋敷には立ち入らせないのです」

確かに、カルロの成功を見れば、取り入っておこぼれに与《あずか》りたいと狙《ねら》う人間は出て当然だ。一番手っ取り早いのは、血縁関係になることだと蒼一でも分かる。

――本当だったんだ。

一見華やかだけれど、地位も富も得たカルロは大変だろう。

周囲はカルロ自身ではなく、金や地位に群がっていると分かるから、余計気分が悪い。

——関係ないけど、頭にくるな。

蒼一が怒っても仕方のないことだ。それに、カルロ自身が一番よく分かっているから、親族と会わないという穏便な対応で事を荒立てないようにしているのだ。

どこにもぶつけられない苛立《いらだ》ちを胸の奥に溜《た》めたまま、蒼一は運ばれてきたクロワッサンをちぎって口に放り込む。

「まだ済ませてなかったのか?」

「……カルロ」

ちょうど戻ってきたカルロが、蒼一の側を通って向かいの席に座った。普段と何も変わらない彼の態度に、やはりゆうべのことは夢だったのではと疑問が浮かぶ。

「初夜に独り寝をさせて、すまなかったな」

けれど、さらりとそんなことを言われて、蒼一は赤面する。

——こんなところで言うことないだろ!

そう怒鳴りたかったけれど、居並ぶメイドたちの手前、気にしないふりをして口の中のクロワッサンを飲み込んだ。

そして昨夜、彼が部屋を出ていってから思い悩んだ結果、出した結論を告げようと決心する。

「あの……あれから、考えたんですけど」

「私の恋人になると決めたのか?」

『恋人になるつもりはない』と、断言してしまえばよかったのに、なぜかその言葉は出てこなかった。下手《へた》なことを言ってカルロの機嫌を悪くしては大変だと、蒼一は心の中で言い訳をする。

そして少しの間をおいてから、口を開く。

「……そうじゃなくて。これから言うことを、バカバカしいかもしれないですけど、最後まで聞いてください」

蒼一にしてみれば重大な問題なので、背筋を伸ばしカルロをまっすぐに見つめる。カルロも蒼一が何やら真剣だと分かったらしく、その青い目で視線を受け止めてくれる。

「カルロの方が、ずっと綺麗で格好いいし……。そんなあなたに誉められても、言われるたびに気恥ずかしくなるんです。だからもう、言わないでください」

大真面目に告げると、綺麗な青の瞳が見開かれる。

「誉めた相手から、そんなことを言われたのは初めてだ」

「他の人はどうか分かりませんけど、ともかく俺は嫌なんです。綺麗な人に綺麗とか…可愛いとか……愛してるとか…言われても……嬉しくない」

誉める時、カルロは真顔で言うから信じてしまいそうになる。遊びの延長だと理解しているからこそ、優しい言葉はかけてほしくない。

——だって分かってるのに、信じそうになるから辛いんだよな。

「それは無理だ。君は本当に綺麗だし、愛らしいからな」

なのにカルロは、蒼一の訴えを笑顔で却下した。

「だから、やめてくださいって言って……」

楽しげに笑うカルロの表情に、蒼一は違和感を覚える。

――あれ？

見れば、心なしか顔色が悪いようだ。

改めて思い出すと、屋敷へ来てから深夜に車のエンジン音が聞こえたことが何度かあった。昨夜はなし崩しにベッドを共にしたので、カルロが出かけたと分かったが、もしかしたら自分が知らなかっただけで、毎晩どこかへ行っていたのかもしれない。

――執事さんもさっき、仕事で出てるって言ってたし。もしかしなくても、カルロは俺が寝てからオフィスへ行ってたのか？

そう考えれば、昼間つきっきりで勉強を教えてくれている最中、一本の電話も入らなかったこととも辻褄《つじつま》が合う。カルロは蒼一が気にすると考えて、夜中に仕事をしているとまったく悟らせなかったのだ。

そう気がついた瞬間、考えるより先に言葉が出ていた。

「あと今日は、勉強を教えてくれなくて結構です。休んでください。好きでやってること、なんていう反論はだめですよ」

「突然どうした？　もう嫌になったのか？」

「そうじゃなくて……えっと、少し疲れたんです。一日が無理なら、せめて午前中だけでも休みませんか？」

カルロの性格を考えれば、『仕事で疲れてるだろうから、休んでください』と言っても、絶対に聞き入れないだろう。だから蒼一は、自分が疲れたと付け加えたのだ。

少しの間、カルロは思案するように蒼一を見つめる。

「分かった。午前中の授業は中止にしよう」

ほっと胸を撫で下ろす蒼一の意図に、気づいているのかいないのか。カルロの表情は、特に変わらない。

けれど側でやりとりを聞いていた執事は、気位《きぐらい》の高いカルロが蒼一の提案をすんなり受け入れたのを見て、明らかに驚いている。

日本語が分からないはずのメイドたちも執事の表情から何かを察したらしく、顔を見合わせる。

「ついでにもう一つ、お願いがあります。できるだけ顔を近づけないでください」

「理由は？」

「整いすぎてるから、直視できないんです！」

今を逃したら頼む機会がない気がして、蒼一は意を決して頼んだのだけれど、カルロは首を横に振る。

「それも無理だな。私は君の顔を近くで見たい」

「でも……」

「他人の視線はどうでもいいが、蒼一に見つめられるのは心地よくて好きだ。私の周囲には君みたいに素直で、気持ちを正直に見せてくれる人間が少ないからね」

そんな理由を聞かされたら、反論する気になんてなれない。

――分かって、言ってるのかな？

困惑する蒼一に、カルロは普段どおりの優雅な微笑みを向ける。そのまま会話はなんとなく中断してしまい、蒼一は気まずい雰囲気の中、朝食を取った。


宗一が見つかったという連絡がないまま、時間だけが過ぎていく。十日ほどたつと、カルロの気まぐれにつきあわされるのにも大分慣れてきた。

唯一慣れないのは、恋人同士のように肌を求められることだ。夜になると、カルロは当然のように蒼一の部屋を訪れる。そして甘い言葉と巧みな愛撫で蒼一の理性を剝《は》ぎ取り、快楽ばかりを与えるのだ。

ただでさえ感じやすい肌はカルロの愛撫で開発され、軽く触れられただけでも甘い快楽を覚えるようになっていた。

そんなある日の朝、カルロはいきなり蒼一を屋敷から連れ出した。

「どこへ行くんですか？」

スポーツカーの助手席へ半ば放り込まれる形で乗せられた蒼一は、左側でハンドルを握るカルロに問いかける。

「海に決まっている」

バカにするような口調で言われ、蒼一はため息をつく。

「日本では、恋人と海へ行くものなんだろう？」

「……誰から教えてもらったんですか？　海に行くとかって、別に決まってるわけじゃ……」

「クルーザーが届いたと連絡があったんだ。君の勉強も兼ねて見に行けばちょうどいい」

――この人、本当に人の話を聞かないよな……。それに恋人って……俺はそんなつもりないのに。

これは遊びで、彼は本気ではないのだと言い聞かせていないと、気持ちが傾きそうになる。毎晩体を求められるたびに、蒼一は『仕事だから』と自分に言い聞かせて、カルロを受け入れていた。

時々、彼の言葉が本気であればいいと思う。けれどこうした会話の端々に入り込む何気ない言葉を聞くたびに、住む世界が違うのだと思い知らされる。

――クルーザーなんて、俺なんかには手の出ない買い物だし……そんな金持ちが、本気で俺なんかを相手にするわけがない。

割り切ればいいとカルロは言ったが、それも蒼一はできずにいる。端《はた》から見ればつまらない強がりをしているだけかもしれないけど、どうしても蒼一は受け入れられない。

――こんなチャンス、宝くじに当たるより確率低いだろうし、楽しんだもの勝ちとは思うけどさ……。

考えていると、必ず利用されてきた記憶が脳裏をよぎる。利用されて、喜ぶ人はいないだろう。いくらカルロがそういったことに慣れているからといって、傷つかないわけがない。自分の受けた痛みと、カルロが感じたものが同じとは思っていない。だが少なくとも、蒼一が嫌だと思った行為を彼にはしたくなかった。

――綺麗事かもしれないけど、俺にできるのはそのくらいしかないしな。

上辺《うわべ》だけの恋人を演じるより、そんな遊びには乗らないと否定し続けた方が誠意があると蒼一は思う。

「蒼一、そろそろ見えてくるぞ」

「え？　……あ、海！」

白い壁の街並みの向こうに、マリーナが広がっている。

明るい日差しを反射して光る青い海が綺麗で、蒼一は思わず歓声を上げた。

「子供のようだな」

「すみません……」

「気にするな。感情は抑えるより、表に出した方がいい」

どうやらカルロは、ひどく機嫌がいいらしい。運転している間も、ずっと微笑んでいると気づく。

「蒼一の笑顔を見ていると、私も楽しい気持ちになれる」

右手が蒼一の頬に触れ、そっと撫でて離れた。

夜の愛撫とは違う優しい指先に、鼓動が跳ねる。

――何をしても、格好がつきすぎるからずるい。

些細な仕草も言葉も、カルロがすると特別なものに感じられるから不思議だ。どこか現実離れした美しい容姿と、受け継がれる貴族の血が、一般人にはない特別な雰囲気を持たせているのだろう。

「でも今は、少しばかりつまらない」

「俺、何か、しましたか…？」

「何もしていないことが、問題だ。こうして二人きりなのに、キスを強請りもしないし、愛の言葉も言わない。恋人なのだから、積極的な触れ合いをして当然だろう」

にこやかに言うから、複雑な気持ちになる。本気なのか冗談なのか、カルロの言葉は時々分からない。

ただでさえ理解しがたい性格をしているから、こんな試すようなことをされるとますます混乱してしまう。

――いろいろ話をするようになったけど、やっぱり何を考えているか分からないよ。

彼を見て話すのにはどうにか慣れたけど、根本的な意思疎通はまだまだできそうにない。

きっと理解する前に別れることになるのだろうなと、漠然とした予感が蒼一にはある。

仕方ないことだけど、考えると胸の奥が少し痛む。

そんな噛み合わない会話をしていると、車はマリーナの入り口に停車した。カルロは車を降りると係の人間にキーを渡し、蒼一についてくるように促す。

「すごいですね、何隻くらいあるんですか？」

「ここは小さいところだから、二百くらいかな」

栈橋《さんばし》の両脇には、ヨットやクルーザーが停泊している。そのどれもが大きく、庶民が趣味で買えるレベルでないことは、一目瞭然《いちもくりょうぜん》だった。

その中でも一際《ひときわ》大きくて目立つ真新しいクルーザーを、カルロが指さす。

「私の船はあれだよ。今日は本店からシェフを呼んであるから、夕食は中で取ろう」

「……クルーザーの中に、キッチンがあるんですか？」

「ないと不便だろう」

当たり前のように返されて、蒼一は改めて住む世界が違うと思い知る。

カルロの屋敷で寝起きをするようになって、金持ちの生活というものを体験してきたけれど、羨ましいと思うより唖然《あぜん》とすることの方が多い。

「料理のリクエストはあるか？」

「いえ、なんでもいいです……」

二人の会話を遮るように、強い風が海から吹きつけてきた。

「Carlo」

蒼一が口をつぐむと、海岸の方から柔らかい声が風に乗って響く。

ふと声のした方を見れば、明るい茶色の髪をなびかせて美しい女性が駆け寄ってくる。女性は、グラビアモデルのように肉感的な体をことさら強調する服を着ており、つい胸元や腰に視線が行ってしまう。しかし本人はそんな男の視線に慣れているのか、気にもとめない様子だ。

どうやらカルロの知り合いらしく、女性は蒼一の存在など無視してカルロの腕に抱きついた。

一瞬、胸の奥が痛む。

――彼女、かな？

婚約者はいないと執事は言っていたが、だからといってつきあっている女性がいないとは聞いていない。

――別に、俺には関係ない。

恋人になってほしいと言われているにもかかわらず、断っているのは蒼一の方だ。それにカルロが誰とつきあっていようと、蒼一が口を出す理由などない。

二人はイタリア語で会話をしており、蒼一は内容を理解できない。

普段、自分に見せる尊大な姿ではなく、初めて出会ったパーティーの時と同じように、カルロは柔らかい笑顔を女性に向ける。

華やかな表情を見ていられなくて、蒼一は視線を逸《そ》らす。

女性は甘えた声でカルロに何かを告げると、桟橋を走ってどこかへ行ってしまった。

「綺麗な女性だろう。だが恋人ではないよ」

「そんな…俺は別に……」

胸の内を見抜かれたのかと、蒼一は焦った。けれど、続いた言葉に耳を疑う。

「パーティー用の女だから、恋愛感情はない。この間は面倒で連れていかなかったけれど、いつもは二、三人同伴させる……」

「今、なんて言いました？」

信じられない発言に、蒼一は思わず聞き返す。

「パーティー用の女だと言ったんだ。向こうも私をクレジットカードかアクセサリーとしか思っていないから、恋人ではないよ」

「どうして、そんな相手とつきあってるんですか！」

形容しがたい怒りが、込み上げてくる。

女性をパーティーの飾りとして扱うカルロもそうだが、彼を利用する女性にも腹が立つ。

「私の周囲はそんな連中ばかりだから、いちいち気にしていられない」

笑みを崩さず言うカルロに、蒼一は言葉を失う。自分が大学で河内からいいように使われていた記憶が蘇《よみがえ》ってくる。

相手を信じていたのに、向こうは自分を利用するためだけの存在と見ていたと知った時の空しさと悲しみ。あの感情を、カルロは常に抱えているのだ。日常になってしまえば、気にもならないのだろうけど、それは肯定してよい感情ではない。

自分の場合は、お人好《ひとよ》しな性格が災いした結果で、ある意味仕方なかったと思える。けれど彼のように能力のある人間が、上辺の欲目だけに惹《ひ》かれて纏わりつく者を追い払わないことが理解できない。

「カルロの考え方もよくないけど、そういうのを受け入れる人もよくないと思います」

「綺麗な女性は、パーティーで使える。彼女たちも注目されることを喜んでるから、お互いに利用し合ってるだけで害はないよ」

「そんなのって……」

違うと言いかけたが、冷たい瞳に捉えられて口をつぐむ。

「今は君だけを愛しているよ、蒼一」

そんな言葉を聞きたいわけじゃない。

——違う。俺が言いたいのは……。

「あの女は道具だ。私も向こうもそう割り切っている関係だから、蒼一が気にすることはない」

けれどカルロの言い方に、どうしても違和感を覚えてしまう。以前、婚約者の話をした時も様子がおかしかった。

——なんだろう……気になるのに……。

考えていると、次第に頭が痛くなってくる。耳の奥がキンとして、鈍痛が広がる。

「っ……」

「蒼一？」

頭痛は酷くなるばかりで、笑顔すら作れない。心配をかけたくなかったから、何でもないように振る舞おうとするけれど、立っているのさえ億劫《おっくう》になり始めた。

「ちょっと目眩がしただけです…大丈夫ですから……休めば治ります」

膝をつき、呼吸を整えようとしても上手くいかない。側でカルロが何か言っているけれど、その声も耳には入ってこなかった。

——迷惑……かけないように、しないと。

無理に立ち上がろうとした蒼一だが、気遣うように抱えるカルロの腕に倒れ込んでしまう。

目の前が突然暗くなり、そのまま蒼一は意識を失った。


ゆっくりと瞼《まぶた》を開けると、見慣れた天井が目に飛び込んでくる。

「……あれ？」

霞《かすみ》のかかったような頭の中が、次第に鮮明になる。

——そうだ、カルロのクルーザーの前で倒れて……どうやって戻ったんだっけ？

ふと気づけば、パジャマに着替えさせられており、サイドテーブルにはいつでも飲めるように、ミネラルウォーターの瓶が置かれていた。

「お気づきになられましたか、岩崎《いわさき》様」

「俺…どうして……そうだ、カルロは？」

隣の部屋に控えていたらしい執事が、蒼一《そういち》が目覚めた気配を察してベッドルームに入ってくる。

「先ほどまで旦那様がお側《そば》についていらしたのですが、どうしても外せない会議がありまして出かけられました。岩崎様の倒れた理由は、医者の診断では過労ということです」

「過労？」

「慣れない環境で、ストレスが溜《た》まっているのだろうと言っておりました。お戻りになってから丸一日、眠っていたんですよ」

「ええっ」

起き上がろうとするが、長時間眠っていたせいか体が上手く動かない。気分はすっきりとしているけれど、寝すぎた気怠《けだる》さが体の芯に残っていて違和感を覚える。

「もうしばらくお休みになられた方が、よろしいですよ」

「大丈夫ですよ。体も楽になったし……」

「旦那様がお帰りになるまで、ベッドから出さないようにと言いつかっております」

乱れた上掛けを、執事が直してくれる。この様子だと、ベッドから出るのは不可能だろう。

仕方なく蒼一は、もう一度瞼を閉じる。

——丸一日眠ってたなら、もう眠れないと思うけど。

ふとクルーザーを見に行った時のことを思い出す。何度考えてみても、カルロの言葉には納得いかない。

自信家で、すべてを手のひらの上で回しているような人だけれど、女性との関係を話しているカルロの目は冷たく悲しげだった。

——諦《あきら》めてる…のか？

集まってくる人間が、カルロ自身ではなく彼の持つ富と権力が目当てなら、友人や恋人を作ろうという気は起きないのも頷《うなず》ける。すべて遊びか仕事の相手と割り切らなければ、とてもやっていけない。

考えていると、自分のことでもないのにひどく悲しくなった。

——それってすごく、寂しいことだよな……。

眠れないと思っていたのにまだ疲れが残っていたのか、次第に意識がぼんやりとしてくる。

眠りに落ちる寸前、蒼一の目尻《めじり》から涙が一筋こぼれた。


髪に触れる優しい感触に気づいて瞼を開けると、すぐ目の前にカルロの顔があった。

「あ……」

「起こしてしまったか」

「面倒をおかけして、すみませんでした」

のろのろと起き上がり、蒼一は謝罪する。外で倒れただけでも迷惑なことなのに、カルロは仕事の呼び出しがあるまで看病してくれていたのだ。

桟橋での言い合いに決着はついていなかったけれど、そんなことを蒸し返すほど蒼一も子供ではない。

「気にするな。私があれこれさせたのが、原因らしいからな」

「いえ…カルロが教えてくれること、楽しかったし……また機会があるなら、もっと知りたいと思います」

「真面目《まじめ》だな」

ベッドの端に腰かけ、カルロが微笑《ほほえ》む。

「せっかくクルーザーに招待してもらったのに……。本当にすみません」

彼なりに、いろいろと計画していたに違いない。それを台無しにしたのは、自分だ。謝ることしかできないのが、もどかしい。

「君がそこまで気にかけることはない」

「ですが」

カルロからすれば、本当に大した事ではないのだろう。けれど申し訳ないという気持ちが強く、素直に受け止められない。

するとカルロも蒼一の気持ちを酌《く》んだのか、ある提案を持ちかけた。

「こんな時に言うと、君の罪悪感を消すための交換条件のようになってしまうが……蒼一に一つ、頼みたいことがある」

「俺にできることでしたら、なんでもします」

カルロからそんな提案をされるとは考えてもいなかったので、蒼一は少なからず驚く。意気込んで頷くと、少し思案してからカルロが話を始めた。

「明日、仕事関係のパーティーがあるんだが…、『豊原宗一《とよはらそういち》』として一緒に出席してほしい。『豊原宗一』本人を知る者はいないはずだから、君は私の友人として振る舞ってくれればそれでいい」

「俺なんかが同行して、大丈夫なんですか？」

もっと大変なことを要求されるのかと思っていたが、意外と楽な内容に内心ほっとする。けれど話の核心を聞き、蒼一は青くなった。

「パーティーの主催者は銀行の頭取で、表向きは融資先との交流を深めるためのものだ。だがその中に、マフィアが紛れていてね。少々厄介なことになりかけている。私はその銀行と直接取引はないが、懇意にしている銀行幹部の一人に助けを求められているんだよ」

確かにイタリアの南部には、まだマフィアが仕切っている地方があると聞いている。

「マフィア、ですか……でもどうして、関係のないカルロが関わるんですか？」

面倒を嫌うカルロが、わざわざ危険と分かっている場に行くのが分からない。しかし話を聞いて、蒼一も納得する。

「その幹部というのは、アルジェントを立て直す際に力を貸してくれた人物でね。正義感が強すぎる面がある。普通ならマフィアが深く関わった時点で幹部達は保身で辞めてしまう。だがその知り合いは先代に恩があるとかで、見捨てたくないと言われた。今回の不正も先頭に立って暴こうとしているが、如何《いかん》せん相手が悪すぎる」

「そうなんですか」

「彼が自由に動けるのは、その日だけでね。銀行の幹部は全員監視されていて、彼と話せるのはパーティーの席しかない。そこで内部告発の情報を受け取ることになっているんだが、見つかれば当然互いに命の危険がある」

「あの俺……護身術とか、全然できませんよ。空手も柔道も、習ったことないですし」

「日本人が全員、ニンジャとは思っていないよ。私が君に頼みたいのは、頭取の目をこちらから逸《そ》らしてもらうことだ。頭取は東洋人の男性が好みで、特に黒髪の日本人に目がないらしい」

やっと合点がいくが、それはそれで難しい内容だ。

——つまり情報を受け取る間、色目使って頭取を引きつけておけってことだよな。

自分にそんな魅力があるのかはなはだ不安だし、どうすれば気を引けるのかも分からない。

「君をこんなことに巻き込むのは気が引けるが、日本人の知り合いはビジネス関係の相手しかいなくてね。信頼して頼めるのは、君だけなんだ」

ここまで彼が言うのは、珍しい。それだけ必死なのだと、蒼一も理解する。

ただやはり、相手がマフィアだと知らされると、簡単には承諾できない。

「大丈夫なんですか？　だって相手は、犯罪組織なんでしょう？」

「告発といっても、矢面《やおもて》に立つのは別の人間だ。私は情報の橋渡しだけで、深入りはしない。それと、君の安全は約束する。こちらにもそれなりの情報網はあるからね。相手が不穏な動きをみせたら、すぐ国外へ出られるように手配するよ」

身の安全もそうだけれど、蒼一はカルロが心配なのだ。いざとなれば蒼一は日本へ逃げればいいけれど、カルロはそうもいかないだろう。

日本のニュースでも、マフィアは政治家さえ手を焼く相手だと報道されていた。そんな相手に告発の手伝いをしたと知られれば、何をされるか分からない。

「報復とか、怖くないんですか？　取引先でもないのに、どうしてそこまでするんです」

「成功すれば、後々ビジネスに繋《つな》がるからな。恩を売っておけば、利用できる」

経営者の顔で語るカルロは、自信に満ちている。危険な橋を渡ってでも、得たい人脈があるのだろう。

——これじゃまるで、前に言ってたとおりゲームだよな……でも……。

仕事も人間関係も、そして恋すらも遊びにすぎないとでも言いたげな態度だが、何か釈然としない。

蒼一には彼が、どこか冷めているように見えるのだ。

「頼めるかな？」

青い瞳に見つめられ、我に返る。カルロの役に立てるならと思い、蒼一はこくりと頷いた。


「今まで融資を断ってきた私が出向くと知っているから、頭取が必ず話しかけてくる。そうなると受け渡しが上手くいかなくなるから、先に蒼一に頭取の目を引きつけておいてほしい」

会場である頭取の屋敷へ向かう車中で、カルロが蒼一がとるべき行動の説明をしてくれているのだが、今一つ納得できない。

——適当に頭取の側を歩いて気を引くなんて……そんなの、上手くいくか？

自分を過大評価しているとしか思えないカルロの計画に、蒼一は首をかしげる。

「そんな簡単に言うけれど、無理ですよ」

「実行する前から諦めるのは、よくない」

「俺はカルロみたいに綺麗じゃないんだから、その点を考慮して計画してください」

言い返しても、カルロはまったく意に介さない。それどころか、蒼一が赤面するようなことをしれっと言い返す。

「安心しろ。私が毎晩抱いているから、艶《つや》が出た。同性に興味のない人間でも、振り向くくらいにはなっているぞ」

羞恥《しゅうち》と怒りで真っ赤になり肩を震わせる蒼一にかまわず、カルロが続ける。

「そんな君を餌《えさ》代わりにするのは不本意だが、他に策がないのだから仕方ない……何かあればすぐに助けるから、少しの間だけ我慢してくれ」

珍しく申し訳なさそうに言うから、蒼一はついフォローするようなことを言ってしまった。

「いいですよ、ここまで来たんだし。上手くいかなくても、文句言わないでくださいね」

「私の計画が失敗したことはない」

自信たっぷりに返すカルロは、嘯《うそぶ》いているふうでもない。本心からそう思っているのだ。

そんなカルロに呆《あき》れつつ、蒼一もまだ自分の置かれた状況が他人《ひと》ごとのように感じられ、まったく現実味がない。

「今日の招待客って、マフィアが多いんですか？」

「まさか。事情を知らない一般人の方が多いに決まっている。いくらマフィアの勢力が強いといっても、自ら進んで関わりを持ちたいと思う者は少ない。表に出せば、敬遠される。だから君も、気づかないふりをしていればいい」

——一般人が多いってカルロも言ってるし、直接マフィアと話をするわけでもないから、そんなに緊張することはないよな。

自分の役目は、あくまでカルロへ向けられる視線を逸らすことだ。告発だのなんだのという面倒に直接、関わるわけではない。

それに知り合いはいないから、以前に出たパーティーよりはるかに気が楽なのも事実だ。

そんなことを考えている間に、二人の乗ったリムジンは頭取の屋敷に到着した。

ガーデンパーティーの形式で、呼ばれる人数も少ないと聞いていたが、招待客はゆうに百人を超えているように見える。

「彼がパーティーの主催者だ。フェッロ銀行の頭取だよ。マフィアのボスとも繋がりがある」

招待状を渡し中へ入ると、カルロが奥のテーブルで談笑している中年の男を指さす。小太りではげ上がった男はかなり酒が入っているらしく、蒼一にも聞こえるような声で何事かを話し笑っていた。

「それじゃ、頼んだぞ」

「えっ」

そう言い残すと、カルロはさっさとどこかへ消えてしまう。

――信頼されてるんだろうけど……。

いきなり一人にされるとは思ってもいなかったので、蒼一は正直、慌てた。けれど目的はただ一つだから、仕方なく頭取の方へと歩いていく。

――カルロはああ言ってたけど、絶対気を引くなんてこと無理だろ。

そう思った次の瞬間、いきなり背後から肩を摑《つか》まれ、蒼一は飛び上がらんばかりに驚いた。

「豊原さんじゃないですか。まさかこんなところでお会いできるとは、奇遇ですね」

「あ、はい……」

「お久しぶりです……ああ、以前お会いしたのは半年前ですからね。野村《のむら》ですよ。思い出していただけましたか？」

背後を振り返ると、豊原より少し年上らしき男が、にこやかな笑みを浮かべて蒼一を見つめていた。

――確か、日本人はいないはずじゃ……。

カルロの情報が間違っていたとは思えない。おそらく彼も把握しきれていなかった、突発的な招待客なのだろう。

「偶然こちらで会議がありましてね。本当は部下がパーティーに出る予定だったのですが、せっかくだからと招待されることになりまして。いや、豊原さんが来られると知っていたら、うちの部下も呼んでおけばよかった」

予想どおり、野村が参加したのは完全な偶然だと分かる。

――でも、困ったな……この人、かなり専務のことを知ってるみたいだ。

仕事上の顔見知り程度ならごまかしもきくが、野村は個人的に宗一を知っているようなので、下手に会話をすれば気づかれてしまう。

だがありがたいことに、野村は偶然の再会を相当喜んでいるらしく、蒼一に口を挟む間も与えず話し続ける。

「この間はあんな別れ方をしたので、気になっていたんですよ。私としても不本意で、ですが、なかなか謝罪の機会もありませんでしたし……」

口ぶりからすると、野村は豊原に何かしら失礼なことをしてしまったようだ。柴田からは特にトラブルの話は聞いていないから、些細《ささい》なことなのだろう。

「いえ。もう気にしないでください」

「ならよかった！　そうそう、頭取に挨拶はしましたか？　よろしければ、紹介しますよ」

「では、お願いします」

「頭取にあなたのことをお話ししたことがあるのですが、かなり興味を持ってくださいましてね。いい機会ですよ、これからイタリアで仕事をなさるのでしたら、いいパートナーになれるはずです。豊原さんなら、確実に気に入られますよ」

少々言い方に引っかかりを覚えたが、目的の相手に紹介してもらえるのなら手っ取り早い。

蒼一は野村の後について、頭取とその取り巻きたちのいるテーブルへと向かった。

野村は頭取と親しいらしく、足早に近づくとわざわざ会話を中断させて、蒼一の紹介を始める。イタリア語なのでいったい何を言っているのかさっぱり分からなかったが、頭取の視線が自分に向けられているのを感じ、蒼一は作り笑顔を浮かべた。

――意外と、食いつきいいな。この野村って人の紹介があるからだろうけど……？

ワイングラスを片手に近づいてきた頭取が、いきなり蒼一の肩を抱く。突然のことで反応できずに強張《こわば》っていると、気をよくしたのか頭取の赤ら顔が近づき、まるで唇を求めるように体を押しつけてきた。

周囲に人がいるにもかかわらず、頭取は気にする様子もない。明らかに挨拶とは違う行きすぎた行動に、さすがの蒼一も焦る。

「何をするんですか！」

咄嗟《とっさ》に相手の胸を押して逃れようとしたが、いつのまにか背後に回っていた野村が、蒼一の体を抱えるようにして押さえ込む。

「まあまあ、そんな大声を出さないでください。頭取はあなたのことを気に入ったんですよ。少し我慢していれば、いくらでも融資を引き出すことができるようになります……それに、この間のことを水に流してくださるというのでしたら、まんざらでもないのでしょう？」

「何を言って……っ」

「出資のお話をしに行った時、私を拒んだのは、社内だったからなんでしょう？　ここなら部下の目を気にしなくてすみますしね」

嫌な予感が、頭を掠《かす》める。

——もしかして専務は、こいつに迫られたのか？

ならばトラブルがあったことを、柴田に隠しているのは合点がいく。

「あの時、あなたは私をひどく罵倒《ばとう》しましたよね？　今日はそのお返しをさせていただきますよ」

野村が蒼一の腕を摑み、引きずるようにして太い柱の陰へと連れ込む。

腰や下腹部を頭取と野村の手が、執拗《しつよう》に撫《な》で回す。明らかに淫《みだ》らな意図を持って触られ、蒼一は嫌悪に吐き気を催す。

だがその拷問じみた時間は、いきなり終わりを告げた。蒼一の首筋を触ろうとした野村が、ワイシャツの襟《えり》を摑んだまま眉《まゆ》を顰《ひそ》める。

「……ん？　首筋にほくろがない。豊原ではないな？」

怪訝《けげん》な顔をして、野村が手を離す。頭取はまだ異変に気づいていないのか、蒼一の太腿《ふともも》をスラックス越しに撫でている。

その手を叩《たた》くようにして振り払い、蒼一は後退《あとじさ》った。

――俺が偽者だって、気づかれた？

どうやら野村もまだ事態を把握できていないのか、ただ怪訝そうに蒼一を見つめるばかりで何も言わない。気まずい沈黙が落ちたその時、いきなり横から手が伸びて、蒼一の腕を摑んだ。

その腕の主は、パーティーで見せる柔らかな笑顔で何事かを告げ、有無を言わさぬ強引さで蒼一を頭取たちから引き離し、手首を握ったまま踵を返す。

「カルロ……」

「振り返らないで、そのまま歩け」

冷静な声が、混乱しかけていた蒼一の心を落ち着かせてくれる。

「……助かりました」

「まさか、ここまで強引な真似をするとは考えていなかった。すまない」

腰を抱くカルロの腕に、蒼一は無意識に体を預けた。緊張と嫌悪感が同時に込み上げてきて、自力で立っているのもままならない。

——どうしたんだろう、俺……？

「蒼一？」

カルロも蒼一の変化に気づいたのか、珍しく慌てたように顔をのぞき込む。

「ちょっと、気持ち悪い……かも……」

撫で回された下半身を意識すると、吐き気が込み上げてくる。カルロに抱かれた時は嫌悪なんてまったく感じなかったから、この反応は蒼一自身も意外だった。

「何かされたのか？」

「ちょっと…触られた……だけ」

倒れはしないものの、具合が悪いのは一目瞭然《いちもくりょうぜん》だ。自分でも、顔から血の気《け》が引いていくのが分かる。

——そうだ、野村って男に俺が身代わりだって気づかれたこと、言った方がいいかな……でもそうしたら、カルロに余計な心配させることになるし……。

「帰るぞ、蒼一」

「でも…まだ来たばかりで……」

「そんなことは、どうでもいい」

考えている間にも、気分は加速をつけて悪くなっていく。蒼一はカルロに抱きかかえられるようにして、会場を出た。

幸い、頭取の取り巻きは誰も追ってこなかったので、受付の人間に適当な言い訳をして二人はカルロの屋敷へと戻った。

戻る車の中で、蒼一はずっと瞼を閉じていた。そんな蒼一を気遣ってか、カルロは一言も喋《しゃべ》らない。

沈黙は正直、ありがたかった。

――触られた、だけなのに……。

服越しに這《は》い回る手を思い出すと、全身に鳥肌が立つ。

――そういえば、前にも似たようなことが…あった気がする。

初めて河内《かわうち》から告白をしてきた際に、不意打ちでキスをされた。あの時も、こんなふうに気分が悪くなったと、いまさら思い出す。

一応恋人として受け入れていたが、蒼一は頑《かたく》なに触れ合うことを拒否していた。後から考えれば、河内の方も好都合だっただろう。

――でも、軽く触られるのも、だめになってたんだよな。

初めの頃は軽いスキンシップ程度なら、笑って受け入れることができていた。しかし時がたつにつれて、蒼一の拒否反応は激しくなっていった。

他の友人に触られるのは平気でも、なぜか恋人である河内だけは異常に意識してしまっていた。

——普通は、反対だと思うんだけど……もしかして……。

ずっと考えていた疑問が、いきなり解ける。

別れる間際、口では『愛しているなんて嘘だ』と河内は言ったが、彼が蒼一に向けていた欲望は本物だったのだ。そうでなければ、一瞬触れただけのキスで気分が悪くなるとは思えない。

——そうだ、あれがきっかけで暫《しばら》く河内と食事もできなかったんだっけ。

胸の底へ沈めていた記憶が蘇《よみがえ》り、蒼一は啞然とする。冷静に思い出すと、明らかに河内から触れてくる割合の方が多かった。

逆に蒼一は、誠実に恋愛感情と向き合おうとしていた。そのせいか、ただ体だけを求められることに対して敏感になり、無意識に嫌悪を抱いていたのだろう。

野村や頭取が、蒼一の体目当てで触っていたのだと考えれば、辻褄《つじつま》は合う。

——振られたって思ってたけど、逆だったのかな。

河内にしてみれば、欲望を拒絶する蒼一は、次第に憎しみの対象へと変化していったに違いない。意志が弱く、思いどおりに動かせるはずの蒼一が、いざ触れようとすると頑なに拒めば苛立《いらだ》つはずだ。

「蒼一、着いたぞ」

「……はい……」

倒していた助手席から起き上がろうとしたけれど、目眩《めまい》が酷《ひど》くて立ち上がることさえ一苦労だった。そんな姿を見かねて、カルロが蒼一を抱き上げようとする。

歩けるからと断ったのだが、カルロは頑として聞き入れてくれず、蒼一は横抱きにされ自室のベッドへと運ばれた。

カルロは蒼一をベッドへ横たえると、上着とネクタイを外し、靴まで脱がせてくれた。そして、執事の持ってきた水差しから冷水をコップに注いでくれる。

それを受け取り一口飲んでから、蒼一はずっと気になっていたことを問いかける。

「……受け取れたんですか？」

「君のおかげで、無事手に入ったよ」

そう言って、カルロはスーツの胸ポケットからＵＳＢメモリを出して見せた。

「後はこれを、知り合いの検事に渡すだけだ」

「よかった」

蒼一は、ほっと胸を撫で下ろす。

目的が無事達成できたのだから、一安心だ。けれどカルロは浮かない顔で、蒼一の側に腰を下ろす。

「すまない」

「いえ……俺もまさか、気分が悪くなるとは思ってなくて……」

なんとなく話したい気分だった。カルロに伝えるべきでないことだと頭では分かっていても、気分が落ち込んでいるせいか歯止めがきかない。

「おかしいな、触られるのくらい平気だと思ってたのに」

「蒼一……」

「カルロだから、大丈夫だったって……今分かりました」

カルロの手が、蒼一の頭をそっと撫でてくれる。それが心地よくて、蒼一は無意識に頭を彼に傾けた。

「……振られた時の話、聞いてもらえますか」

「ああ」

蒼一は、ぽつぽつと河内から告白されたことから、その後、振られるまでの過程を話す。相手は自分を利用する気で、初めから恋愛ではなかったこと。それを知らされたショックもあり、身代わりを引き受けて日本を出たこともすべて話した。

「あまり気にしないようにしてたんですけど……」

告白した河内があまりに真剣だったから、自分も応えたのに、待っていたのは裏切りだった。

「恋人らしいことは殆《ほとん》どなくて、会話だって必要最低限のことばかりだったから。別れたら直《す》ぐ忘れられると思ってたのに、本心では結構気になってたみたいです。あんなふうに否定されてから、初めて気がつきました」

「まだその彼を、思っているのか？」

「いいえ」

笑顔を作るけれど、どうしても表情が硬くなってしまう。

「日本から逃げ出したくなる程度にはショックでしたけど、彼に対して特別な感情はもうありません」

好きだと自覚はしたけど、同時に利用されたと知って気持ちは冷めた。それにもし、体を許す関係にまで発展していたら、自分は河内の性欲処理的な扱いを受けることになっていただろう。そう考えると、嫌悪で吐き気が込み上げる。

河内からも誠実な思いを返してもらえるように、説得するという選択肢もあった。でもそうしなかったのは、本心ではそこまで河内を好いてはいなかったのだろう。

「向こうは俺を利用するつもりで近づいたから、最初の頃は本気で体の関係は考えてなかったみたいです。俺に気づかれないように、彼女も作ってたみたいだし。ただ興味本位で関係を迫られたことは何度かあったんですけど、俺の方がだめでした。無意識に体だけ求められてるって、分かってたのかな」

どうしてここまで過去を語ってしまうんだろうと、蒼一は内心首をかしげる。今まで誰にも打ち明けられなかったことが、すらすらと口からこぼれてしまう。

「どう謝罪すればいい？」

「へ？」

それまで黙っていたカルロが顔を上げて、蒼一の目をまっすぐに見つめる。青い瞳には、後悔と苦渋が浮かんでいた。

「知らなかったとはいえ、結果として君を苦しませた。私が君を連れていかなければ……」

「いえ…気にしないでください。そんな、謝ってほしくて話したわけじゃないし。触られるのが嫌だって話じゃなくて、その……失恋の話を聞いて欲しかっただけだから」

真剣に謝られると、困ってしまう。多少引きずってはいるものの、トラウマというほどではない。

それにパーティーで気分が悪くなった原因は、野村と頭取が触れてきたせいだ。カルロが謝罪する理由はない。

「こういう話、カルロなら冷静に聞いてくれるかなって甘えてしまったんです。俺の方こそ、余計な気遣いさせてすみませんでした」

「いや…私は、自分自身が許せない……」

「カルロ？」

どうやらカルロは、単純に申し訳ないという感情だけではなく、ひどく後悔していると気づく。そして同時に、慣れない感情に混乱していると分かる。

もともと計算ずくで人を使う性格で、すべてを理性的に動かしてきたに違いない。相手に不都合が生じても、ここまで真剣に向き合ったことがないのだろう。

――もしかしてカルロは、一般的にいう『失敗』を初めて経験しているのか？

完璧で、周囲をすべて思いどおりに動かしてきたカルロが、真面目に謝罪をしたことなど、これまで何度あっただろうかと考える。

「蒼一……私は君が、自分で考えているより好きなのかもしれない……いや、愛してると言ったのは、嘘ではない…だが」

失礼な言い方だと詫《わ》びながら、カルロが続ける。

「初めて他人を…君を、独占したいと思った」

真剣な眼差《まなざ》しを向けられ、蒼一は身をすくませた。今まで余裕の表情しか見せていなかった分、狼狽《うろた》えて語るから本音と分かる。

「君がマリーナで倒れた時、背筋が冷たくなった。今日もパーティーで男たちに囲まれている姿を見て、一瞬理性が消えかけたよ。もし君があの場で倒れでもしていたら、私は確実にあの連中を殴っていた」

聞いたことのない低く唸《うな》るような声に、蒼一は怯《おび》えた。自分を守ろうとして生まれた感情であると分かっていても、恐怖感が強くてカルロをまともに見ていられない。

するとカルロも蒼一が怯えていると分かったらしく、触れていた手を引いた。

「待ってください」

「しかし……」

「違うんです、カルロのことが怖いわけじゃないんです」

離れた手を握り返し、蒼一は必死に言葉を紡《つむ》ぐ。

「……ここにいてください……」

どうして誘うようなことを言ってしまったのか、自分でも説明がつかない。

けれど、微笑むカルロを見た瞬間、そんな理由などどうでもよくなる。

「愛してるよ、蒼一」

心の籠《こ》もった言葉に、気持ちが揺れる。

抱き寄せられ、蒼一はカルロの肩に顔を寄せた。

「君が好きだ」

優しい言葉が、心を搦《から》め捕《と》る。

このまま頷いてしまいたかったけれど、自分のようななんの取り柄もない人間が側にいていいわけがないとも思う。

「蒼一」

名前を呼ばれて、蒼一は自分から彼に口づけた。

「いいのか？」

何をされるのかなんて、聞かなくても分かるから、蒼一は素直に頷く。そのままカルロが覆い被《かぶ》さってきて、体温が重なる。

「カルロ……」

体内に残っていた嫌悪感が、すっと薄れていくのが分かる。

蒼一はそのまま、カルロの愛撫に身を委《ゆだ》ねた。

パーティーの夜を境に、カルロと過ごす夜はさらに濃密なものになった。カルロは蒼一の肌を徹底的に開発し、明け方まで貪《むさぼ》るように抱く。初めは戸惑いもあったが、巧みなカルロのリードに流され、体はすっかり彼の愛撫に慣れていった。

彼とのセックスは、嫌ではない。それどころか、与えてくれる快楽に馴染《なじ》んできていると自覚している。けれどそれは、素直に受け入れてよいものではない。

――離れられなくなる前に、なんとかしないと……。

頭ではそう理解していても、カルロに抱きしめられ口づけられると抗《あらが》えなくなる。焦るばかりでなんの打開策も見つけられないまま、時間だけが過ぎていく。

そんなある日、久しぶりに柴田《しばた》から携帯に着信があった。もう身代わりをしなくてもいいという吉報かと思いきや、また別のパーティーへ出席するよう頼む内容に、蒼一は内心ため息をつく。けれど、嫌だと断るわけにもいかない。

――柴田さんも、大変そうだしな。

宗一を探してイギリス国内を駆けずり回っている柴田の声は、携帯越しにも疲労の色が濃いと分かるものだった。

このバカげた失踪《しっそう》騒動に巻き込まれ、頭を痛めているのは蒼一だけではない。柴田とその部下たちも、毎日神経をすり減らしているのだと思うと、とても『身代わりなど、もう嫌だ』などとは言えなかった。

『……そういうわけなので、次も頼みます』

「分かりました。ガルディア氏に相談してみます。彼なら協力してくれるはずですから」

いくら蒼一が『豊原宗一』そっくりといっても、一人で出かけるわけにはいかない。誰かしらのサポートを頼まなくてはならないが、気軽に話せる内容ではないし、何より蒼一には海外に頼れる友人などいなかった。

そんな状況なので、パーティーへ出るとなれば蒼一を気に入ってくれているカルロに頼るしか方法はない。

『ガルディア氏には、また改めてこちらからお礼をするとお伝えください』

「はい。あ、そうだ……実はこの間、野村と名乗る男に声をかけられまして……」

マフィアとの関係をぼかしつつ、蒼一はカルロに連れられて出席したパーティーでの出来事をかいつまんで伝える。

『野村……フェッロの頭取を、友人と呼んでいたんですよね……』

「そうです」

記憶をたぐっているらしく、柴田がしばし黙り込む。

『おそらく、フェッロの日本支社長だと思います。確かに何度かパーティーなどで会って、本社でも融資の話を聞いたはずです。こちらがアルジェントとコンタクトを取りはじめた時期から、しつこく関係を持とうとしていたようですが、専務は「人柄が気に入らない」とかで、滅多に取り合おうとはしませんでしたね』

確かに、あんな目に遭えば、いくら温厚な人間でも怒るか逃げるかするだろう。

「偽者だと気づかれたかもしれません。首に、ほくろがないと言われました」

『ほくろ、ですか？　確かに専務の首には、ほくろがありますが……それにしても野村という男は、よく見てますねえ』

不思議そうに、柴田が呟《つぶや》く。それも当然の反応と言えた。

性的な意図を持って近づき観察でもしないかぎり、よほど目立つ特徴でなければ数回会った程度の相手のほくろの位置など、覚えていたりしない。

『ともかく、あまり接触を持たなければ大丈夫ですよ。その野村という男と、会う約束はしていないんでしょう？』

「ええ、そうですけど……」

『なら気にしない方がいいですよ……ああ、もうこんな時間だ。では申し訳ありませんが、今日はこれで失礼します』

切れた携帯を見つめて、蒼一は思い悩む。正直なところ、これ以上カルロと一緒にいるのは辛《つら》い。

このままでは、本当に好きになってしまいそうな自分がいる。いや、もう心はカルロに傾いているという自覚がある。ただカルロがどこまで本気なのか、測りかねているのだ。

——カルロはああ言ってくれたけど、立場も何もかも違うカルロが、ずっと俺だけを思ってくれるはずがない。

一定の距離を置かなくてはと思う反面、宗一が見つからないことに安心している自分がいる。

自己嫌悪で、情けなくなってくる。

——釣り合わないいんだから、いい加減、諦めないと。

いくら愛を囁《ささや》かれたといっても、現実は非情だ。自分のような人間は、せいぜいいいように使われて捨てられるのが落ちだろう。

ごく普通の大学生として生活していた時だって、河内に使われていたのだから、カルロから見れば暇つぶしの道具程度の感覚に違いない。

心の中で、蒼一はそう自分に何度も言い聞かせる。そうでもしないと、カルロの言葉を信じてしまいそうになる。

——大体、ここにいるのだって……偶然とカルロの気まぐれがあったからなんだから……。

空《むな》しさが、胸に広がる。

けれどカルロを責める気持ちはなく、蒼一は暗くなっていく室内で一人ぼんやりと佇《たたず》んでいた。

柴田からパーティーへの出席要請があったことをカルロに伝えると、彼は嫌な顔一つせず蒼一の新しいスーツを用意してくれた。それだけではなく、当然のように同行すると申し出てくれたのである。

しかし、その理由を聞いて、蒼一は脱力した。

「美しい恋人を披露する絶好の機会だ。しかし、蒼一が悪い輩《やから》に誘惑される可能性も高い。だから私が同行するのは、当然だろう」

「……誘惑なんて、されないと思いますけど」

誘惑されるのは、確実にカルロの方だろう。この間の主催者が特殊な趣味の持ち主だっただけで、普通なら、二人が並んでいればカルロに話しかけるに決まっている。

ともあれ、カルロが側にいてくれるだけで、大分気持ちが落ち着くのは確かだ。いくら知った顔がないとはいっても、慣れない場へ一人で放り出されるのは正直辛い。

柴田から指定された日に、会場であるシャトーへリムジンで向かった。これで三度目のパーティーだが、相変わらず蒼一は緊張してしまう。

早速、入り口で一人の女性とぶつかってしまい、慌てて頭を下げる羽目になった。

「すみません」

しかし相手は、きょとんとした顔で蒼一を見つめている。長い黒髪をアップにしてまとめ上げ、ピンク色のマーメードドレスを着た女性は、明らかに日本人だった。

――専務の知り合いだったらどうしよう……。

このようなパーティーに出る日本人全員と、面識があるはずはない。しかし万が一の可能性を考えると、どうしても焦ってしまう。

すると嫌な予感はみごとに的中したようで、女性は摑みかからんばかりの勢いで詰め寄ってくる。

「ちょっと宗一！　あなたなんでこんなところにいるのよ！　突然いなくなったって聞いてたから、心配してたんだからね！」

「え、あの……ごめんなさいっ」

剣幕に気圧《けお》されて、蒼一はわけも分からず謝ってしまう。

――誰だ？

親しげな口調から、明らかに彼女は仕事だけではなくプライベートでも関わりのある人間だと知れた。どうやってごまかそうかと思案していると、女性の方が何か感づいたらしく声を潜める。

「あ……もしかして、あなたが岩崎さん？」

「ご存じなんですか？」

「柴田から聞いてるわ、身代わりご苦労様。でも本当にそっくりね！」

にこやかに話しかけられても、相手の名前も宗一との関係も分からないので、蒼一はただ曖昧《あいまい》な笑みを浮かべることしかできない。

すると蒼一の表情から察してくれたらしく、小声のまま自己紹介を始めた。

「そっか、私がこのパーティーに出るって聞いてないのね。柴田ってば、肝心なこと話さないんだから……」

唇を尖《とが》らせ困った様子で見つめてくる彼女は、とても可愛らしい。

「初めまして、宗一の婚約者の、尾谷沙織《おたにさおり》といいます。あ、呼び捨てでかまわないから。岩崎君て、二十一よね？　同年代の男友達って少ないから新鮮だわ。これからもよろしくね」

宗一の婚約者らしく、沙織は大らかで打ち解けやすい雰囲気を持っていた。それなりに良い家柄であると察せられるが、ひけらかすような事もなく、ごく普通に蒼一に接してくる。

「あの人、子供みたいでしょう。柴田もみんなも困ってるのよね。悪い人じゃないから、嫌わないであげてね」

「もちろんです！」

即答すれば、沙織が花のような笑みを浮かべた。

「ありがとう。あなたみたいな人が、宗一を支えてくれると助かるわ」

まだ婚約中とはいえ、沙織の口ぶりは完全に妻のものだ。けれど、それが嫌味にも威圧的にも感じさせない自然な言葉なので、好感が持てる。

――なんか、すごくいい人だ。

こんな可愛らしく恋人思いの女性と結婚できるのに、なぜ逃避行に出たのか、蒼一は理解できなくなる。

「まったく。戻ったら私からもきつくお説教しておくからね。申し訳ないけど、あと少しだけ身代わり、お願いしてもいいかしら？」

「ええ」

「本当に助かるわ。もしこれから仕事上の不都合が出たなら、遠慮なく言ってね。殴ってでも改善させるから」

顔は笑っているが、沙織の目は真剣だ。先ほどの剣幕を考えると、かなり激しい性格なのだと窺《うかが》える。

――……ああ、尻に敷かれてるんだな。

独身最後の休暇を謳歌《おうか》したいと願った宗一の意図が少しだけ分かったような気がして、内心苦笑する。

「蒼一……こちらの美しい方は？」

それまで別の婦人に挨拶をしていたカルロが、親しげな二人の様子に気づいて近づいてくる。

「あ、ええと……」

「彼の婚約者で、尾谷沙織といいます。パリの大学で美術史を学んでます」

いくら宗一の身代わりとはいえ、どう紹介していいのか戸惑っていると、沙織の方から進み出て挨拶をしてくれた。

一瞬カルロは目を見開いたが、含みのある沙織の微笑みを見て状況を察したようだった。

「はじめまして、カルロ・ガルディアです。豊原氏はなかなかユニークな考えをお持ちのようですね」

誰かに立ち聞きをされても問題のないように、カルロも言葉を選びつつ会話を進める。

「あら、アルジェントカンパニーの……宗一も素敵な方とお知り合いになったのね」

二人の会話には、蒼一が身代わりとなっていると気づかれそうな内容は含まれていない。この場にいる三人だけに通じる、ギリギリの言葉遊びめいた会話が交わされる。

「正確には、これから個人的なつきあいを進めていく途中、とでも言うべきでしょうね。もちろん、今後の仕事に関しても、話をするつもりですが」

「ありがとうございます。未来の夫に代わって、お礼を申し上げます……そうそう、こちらで何か不自由してない？　困ったことがあったら言ってね」

沙織が蒼一を振り返り、小声で問いかける。どうやら彼女は、蒼一がカルロの屋敷に滞在していることは知らされていないらしい。

大丈夫だと蒼一が答えようとしたが、それより早くカルロが口を開く。

「どうしても話がしたくなったので、彼を私の屋敷に引き留めているんですよ。勝手なことをして、すみません」

カルロがさりげなく、蒼一の腰を抱いて引き寄せた。蒼一は焦ったが、沙織は顔色一つ変えずにこやかに頷く。

「そうなんですか。彼は仕事に関してはとても真面目ですけど、プライベートでは子供っぽい一面もあって楽しいんですよ。ガルディアさんが気に入るのも分かります」

「こちらにはバカンスで？」

「いいえ。友人がジュエリーのブランドを立ち上げたので、そのお祝いに駆けつけたんです。彼に会えたのは偶然で……でもよかったわ」

心からほっとした様子で、沙織が呟く。婚約者が身代わりを置いて失踪したとなれば、不安になるに決まっている。その上、肝心の身代わりはまったく知らない人物なのだ。

もし自分が失態を犯せば、宗一の経歴に傷がつく。だが幸いなことに、沙織は蒼一を気に入り『身代わり』として認めてくれた。

期待に応えようと思い、蒼一は彼女と視線を合わせ頷いてみせる。他意はなく、純粋に善意を向けているとと沙織も気づいてくれて、口元に安堵《あんど》の笑みが浮かぶ。

花が綻《ほころ》ぶような笑みに見惚《みと》れていると、いきなりカルロが口を挟む。

「今日のパーティーの主催者は、あなたのご友人だったんですね」

「はい。まだ学生ですし、そんなに大々的にするつもりはなかったらしいんですけど、ご両親がどうしてもと言って、各界の方をご招待したそうです」

「人間関係は面倒ですが、仕事をする以上、仕方ありませんからね」

宗一の婚約者だけあって、交友関係は広いといまさらながら思い知る。やはりこの場では、蒼一だけが浮いていた。

「これからのご予定は？　よろしければ私の家に招待したいのですが」

「ありがとうございます。でもごめんなさい、明後日《あさって》にはレポート提出が控えてて……恥ずかしいんですけど実はまだ書いている途中なんです。だから今日は直ぐに帰らないといけないんです。また改めて、お伺いしますわ」

カルロとも堂々と渡り合う沙織は、とても同じ年齢とは思えない。子供の頃からこういった場に出て、慣れていないとできない受け答えだ。

「楽しみにしています。是非『親しい方』とご一緒にいらして下さい」

含みのある物言いに、沙織が笑う。つまりカルロは『本物の宗一と来て欲しい』という意味で告げたのだ。

「ええ、絶対に伺います……あらやだ、髪が……」

髪につけたコサージュに手を添え、沙織が蒼一の耳元へ顔を寄せる。カルロには聞かせたくないことを言うのだと察して、蒼一もコサージュを直す振りをする。

「まだあの人の行方《ゆくえ》が分からないのよ。だから私も、捜索に参加することにしたの」

蒼一の方をちらと見て、沙織が肩をすくめる。そんな些細な仕草も可愛いくて、つい見惚れてしまう。

「それじゃ、また会いましょう」

ドレスの裾《すそ》をひらめかせて、沙織が人混みに消える。

「彼女のような女性が、好みなのか？」

「カルロ？」

「君は私だけ見ていればいい」

見上げると、憮然《ぶぜん》とした表情で見返された。

——もしかして、嫉妬《しっと》……？　まさかな。

けれどそれ以外、彼が不機嫌になった理由が見つからない。嬉《うれ》しいような気恥ずかしいような、不思議な感情が込み上げてきて、蒼一は頬《ほお》を赤く染めた。


カルロの屋敷に、蒼一宛の電話が入ったのは、例のUSBメモリを受け取った日から数えて、ちょうど五日後のことだった。

メイドに呼ばれてカルロの執務室へ行くと、主人のいない部屋で執事が待っていた。珍しくカルロは外せない会議があるとかで、朝から本社へ出かけている。すでに時刻は夕方を過ぎていたが、まだ帰ってきそうにない。

勝手に入っていいのか一瞬戸惑ったが、執事はさして気にしていない様子で受話器を取るよう蒼一を促《うなが》し、静かに部屋を出ていく。

——柴田さんの部下かな？　どうして携帯にかけてこなかったんだろう。

宗一を捜すためにかり出されているのは、柴田だけではない。彼の部下や、専務に近しい部下たちが、極秘で欧州内を捜し回っていた。カルロからの情報で『イギリスに滞在しているらしい』と教えられていたが、もともと放浪癖があるらしく、念のため各国に人員を派遣しているのが現状だ。

やっと見つかったのかと思い、内心ほっとしつつ受話器を取る。

「はい、代わりました」

『本人になりすまして、パーティーに出るとは驚きだ。確か…岩崎君だね？　私は野村だ。先日も名乗ったから覚えているね？』

この間の男だと、蒼一はすぐに気づいた。

——なんて言って、ごまかそう。

蒼一が宗一の身代わりをしていることは、一部の社員しか知らされていない。さらにガルディアの屋敷に滞在していると知っているのは、柴田を含めた宗一が信頼を置く数名の部下だけと聞いている。

『こちらにも、それなりの情報網があるんだよ。特に人の集まる場所には、こちらの手足となって動いてくれる部下が多くいる。金さえあれば、人を一人捜し出すなんて簡単なことだ。裏社会の人間を甘く見ないでほしいな』

彼のバックにいるマフィアの存在を仄《ほの》めかされ、蒼一は青ざめた。

一瞬黙り込んだのが、いけなかったらしい。相手はその沈黙で、蒼一がなりすましだと確信したようだった。

『なんの目的で、あの集まりに参加した？』

「別に、俺は……」

『先日も教えたが、本物の豊原宗一は、首筋の髪の生え際にほくろがある。いまさら嘘を言っても無意味だぞ』

脅迫めいた口調に、蒼一は黙り込む。

下手に反論するのはよくないと、なんとなく気づいた。

『今日は頭取の代理で、君に連絡を取った。ガルディアがなかなか外出しないから、こんなに時間が過ぎてしまって頭取はひどく苛立っている。おかげでこちらもとばっちりで、仕事が進まなくてね』

彼の言う仕事とは、銀行の汚職に絡《から》むことだろう。

『改めて聞くが、なぜ豊原と偽っている？　目的はなんだ？』

「いえ、これには特に事情はなくて……」

『意味もなく、別人を本物と偽って、重要なパーティーへ出すわけがないだろう！　そんな見え透いた嘘で、騙《だま》せると思うなよ！』

確実に野村は、蒼一だけでなく豊原商事の動向自体を疑っていた。おそらく、汚職の内部告発がなされると薄々気づいているのだろう。その外部協力者として、蒼一が浮かんだのだ。

――バカンスを楽しみたくて、専務が逃げたって言っても……これじゃ信じないよな。

こんなバカげた理由を、野村が聞いて納得するとは思えない。それに『代理』などという怪しいことをしているのだから、頭から疑ってかかるのも当然だ。

せめて悪意はなく、豊原商事内だけの問題だと伝えようと、蒼一は試みる。

「本当に意味はないんです…その…専務の気まぐれで……」

『いい加減にしろ！　正直に言えば、見逃してやってもいい。そうか、ガルディアが関わっているな？』

「え？」

予想していなかった展開に、蒼一は戸惑う。

『今までこちらから持ちかけた融資話を、のらりくらりとかわしていたのに、いきなりパーティーへ出席させろと言ってきたのも頷ける。いったい、何をするつもりだ？　まあ代理の君がすべてを知っているとは、さすがに私も思わない。しかし君の立場を使って、内情を探ることは可能だろう？』

野村は煮え切らない蒼一の態度に苛立っているらしく、勝手な推論を進めていく。だからといって、蒼一も彼の疑いを晴らす術《すべ》がないので、ただ黙って聞くことしかできない。

――どうすればいいんだよ！

『なぜガルディアと行動を共にしている？　その理由くらいは、上司から教えられているんだろう』

まさかガルディアの遊びにつきあわされ、恋人の真似事をしているなどとは、口が裂けても言いたくない。

『ガルディアと組んでも、良いことはないぞ』

「違う……組んでるわけじゃない！　俺が利用しているだけだ！」

咄嗟に蒼一は、叫んでいた。

自分だけが疑われるならまだしも、カルロにまで余計な矛先が向かうのは危険だと判断したのだ。ただでさえ、カルロは汚職の告発に絡んでいる。情報の橋渡し役とはいえ、気づかれればそれなりの報復があるに違いない。

『本当のことを言え。でないと後悔するぞ』

「さっき言ったとおり、俺は何も知りません。少なくとも、そちらの主催したパーティー絡みで何かしろと、命令はされていないんです」

『ならどうして、ガルディアがわざわざ現れたんだ？　しばらく待ってやるから、そのくらいは聞き出せ。できないなら、君が豊原の代理でパーティーに出ていたと、言って回るぞ』

「そんな……」

一方的に、電話が切られた。

明らかに相手は焦ってる。やはりカルロの行動は、相手を追いつめているらしい。しかし、この状況では、手放しで喜ぶことはできない。

たとえ告発が上手く運んだとしても、蒼一が身代わりであるという事実を公表されれば、豊原商事の信頼が揺らぐ。

――専務はまだ、見つかりそうにないし……でもこのままだと、カルロが狙《ねら》われる。

ただの『身代わり』という立場でしかない蒼一には、決定権も何もない。ただこの現実を、一人で耐えなければならないのだ。

蒼一は受話器を戻すと、頭を抱えた。


扉の開く音で、蒼一は我に返った。

「何をしている、蒼一」

「えっと……」

机の前に立ったまま、蒼一は呆然《ぼうぜん》とカルロを見つめる。

保身を考えれば、野村にすべてを話して自分は無関係だと主張するのが最善策だろう。けれどそんなことをすれば、銀行とマフィアの繋がりを暴く手伝いをしたカルロの身に危険が及ぶ。

——カルロを裏切るなんて、できない。でもこのままじゃ、俺も専務もヤバイことになる。

まさかマフィア絡みの事件に巻き込まれるとは、宗一も想像していないはずだ。いっそ野村のことをカルロに話し、協力を仰ごうかと考える。

しかし、言えばカルロの性格からして、真っ向から立ち向かいそうだ。

——変に自信過剰だしな。とてもおとなしくしているとは、思えない。

すべてを上手く収める方法を考えるけれど、答えは出てこない。カルロか宗一のどちらかが犠牲にならないと、全員が問題を抱える羽目になる。

カルロが情報の受け渡し役だと教えるか、それとも何も言わず宗一が自分を身代わりにしたと明かされてしまうか。

あるいは、自分が二重スパイであるような嘘を言い、カルロと宗一がそれぞれ害が及ばないよう防衛策を練るまで、野村の注意を自分に引きつけるかのどれかだ。

三番目の選択肢は一番無謀だけれど、社会的地位のある二人を危険に晒《さら》すわけにはいかない。愛社精神だの自己犠牲だのといった考えは持ち合わせていない蒼一だが、冷静に考えて自分がマフィアの標的となるのが、被害の拡散が少ないことくらい計算できる。

――専務やカルロに万が一のことがあれば、会社も損害を受けるに決まってる。相手がマフィアだから、一方的に責められることはないだろうけど…マスコミに書き立てられれば風評被害は出るよな。そうなったら社員や、その家族だって大変なことになる。俺がおとりになれば、被害は少なくてすむし……まさかいきなり殺されることもないだろうから、専務たちが助けてくれるかもしれない……。

考えたくない現実が、脳裏をよぎる。

――カルロと離れるのは嫌だけれど、仕方ないよな。たまに思い出して……くれるわけないか。

一時的な感情で、カルロから愛を語られているだけだ。別に自分がいなくなっても、彼はまた新しい相手を探して遊ぶに決まっている。

そう分かっていても、カルロを守りたいと思っている自分に気づいて苦笑する。

――俺って結構、健気なタイプなのかな。

カルロのように、自分本位な性格ではない。かといって誰かのために身を危険に晒せるほど、度胸のある人間ではないと思っていた。でも今、生まれて初めて窮地に立たされた蒼一は、自分がカルロのためにならなんでもできると確信する。

黙っていると、カルロが近づいてきて蒼一の腕を摑んだ。

「カルロ？」

「私の部屋で、何をしていた？　何を隠している？」

「別に何も隠してない……豊原商事の人から連絡が入って、その電話に出ただけです」

「では聞くが、利用していると言ったのは、どういう意味だ？」

冷静な声に問いつめられ、蒼一は青ざめる。

――電話、聞かれてたんだ。

言い訳すら思い浮かばず、蒼一の頭は真っ白になる。これでは、ごまかしも釈明も不可能だ。

「……聞いてたんですか？」

「質問をしているのは、私だ」

カルロは、完全に自分を疑っている。そう確信した瞬間、蒼一は胸に強い痛みを覚えた。

――仕方ないよな……けど、本当のことなんて言えないし。

言えば、野村から脅されていることを、すべて話すことになる。それでは意味がない。カルロを守るためには、これ以上、関係者だと野村に思わせては危険だ。

「答えろ」

蒼一は、覚悟を決めてカルロを見上げた。

「もう遊びは、やめてください」

今が、彼と別れるチャンスだろう。カルロの誤解を煽《あお》り、上手く屋敷から追い出されれば、野村もこれ以上はカルロを疑わないはずだ。

「何を言い出すんだ？」

「あなたに抱かれたのは、会社に利益があると考えたからです。それと、過去のことを忘れたかったから……そんなことも見抜けなかったんですか？　犯罪組織を潰《つぶ》すためとはいえ、これ以上あなたと関わり合いになれば、俺だけでなく専務の身にも危険が及びます。だからもう、あなたと個人的に関わりは持ちません」

蒼一の豹変《ひょうへん》に驚いたのか、カルロは一言も喋らない。

傷ついた表情のカルロを見ていられず、蒼一はさりげなく目を伏せた。利用される辛さは分かっていたのに、その言葉を大切な人にぶつけてしまった。

彼から向けられる思いを断ち切るためとはいえ、胸が痛む。

「分かった。君にはもう、個人的な感情を向けはしない」

望んだ言葉のはずなのに、聞くと目の前が涙でにじむ。

「仕事上の道具、いや、豊原商事から貸し出された玩具《おもちゃ》と思えばいいかな？」

何も言えずに俯く蒼一の肩をカルロが摑んで、壁に押しつける。乱暴に扱われ、蒼一は痛みに顔を歪《ゆが》めた。

「君が豊原宗一の身代わりだと、私は知っているんだぞ。公表されたくなければ、おとなしく脚を開け。それに、過去を快楽で忘れたいのだろう？」

「あなたの好きなようにしていいですよ……どうせ俺は、玩具です」

投げやりに言ってしまったけれど、取り返しはつかない。こんなことを、言いたいわけじゃないけど言い訳などできないから、蒼一はおとなしくされるままになろうと決める。

「なら、玩具らしく扱わないといけないな」

言いながら、カルロが蒼一の体を強引に反転させた。

咄嗟に支えを求めて壁に両手をつくと、背後から抱きすくめられ体の自由が奪われた。狼狽える蒼一にかまわず、カルロの指が唇を割って口内に入ってくる。

「んっ……」

「嘗《な》めないと、君が辛くなるだけだぞ」

形の良い指先に舌を絡め、蒼一は懸命に嘗めた。

——カルロの指……。

これから犯されるというのに、体の芯が疼《うず》く。

淫らに変えられた肌は、カルロと離れてしまったらどうなるのだろう、と恐怖に近い疑問が浮かぶ。

――まあいいか。どうせ、なるようにしかならないし……。

きっと、豊原商事に就職することはないだろう。カルロと少しでも関わりのありそうな場には、とても残れない。

そうしたら、どこか場末の路地裏で体でも売って暮らすことになるのかと、自暴自棄に考える。

「自分でズボンと下着を下ろすんだ。そのくらいできるだろう」

「…ん、はふ……」

丁寧に指を嘗めながら、蒼一はカルロに命じられたとおり下肢を露《あら》わにした。するとすぐに自身を握られ、乱暴に扱《しご》かれる。

「っく」

「なんだ、こんなふうにされても感じてるのか？　これでは男娼だぞ」

嘲《あざけ》りの言葉に、泣きそうになる。

背後から覆い被さるカルロが、乱暴に服の上から愛撫を施す。

これまでとは違う、優しさなど微塵《みじん》もないカルロの愛撫と罵倒に、蒼一の心は引き裂かれていく。

――これでいいんだ……カルロにもっと、嫌われないと……。

わざと痛みを与えるように扱かれて、蒼一は立っていられなくなる。壁に胸と腕を押しつけて体を支えようとするけれど、乱暴な愛撫に負けてずるずると床に膝をつく。

露わにした下肢を閉じることもできず震えていると、カルロも着衣から自身を出して、蒼一の太腿に反り返ったモノを擦《こす》りつけた。

——もう、硬くなってる。

口から指が引き抜かれ、絡んだ唾液が入り口に軽く塗られた。解《ほぐ》すつもりなどなく、逆にわざとおざなりな愛撫を施すことで、固い蕾《つぼみ》を力で押し広げるのだと蒼一に教えているのだと分かる。

「力を抜かないと、裂けるぞ」

カルロの手が腰を引き寄せ、蒼一を四つん這いにする。後孔を差し出すような姿を強制し、蒼一の恐怖心を煽るように、カルロが後孔に先端をあてがう。

「まだ……だめ、無理だ…から…」

しかし反り返った雄は、蒼一の懇願など無視して内部に進入を始めた。

「痛っ……ひ、くぅ」

カルロの手で開発された体は、乱暴に犯されても反応してしまう。

「君はどうしようもない淫乱だな」

内側がざわめいているのが分かる。強引な挿入に内部は引きつり、痛みを覚えるけれど、同時に快楽も感じている。

「ぁ…あ……」

カルロのモノだというだけで、体が感じ入っているのだ。そう自覚すると、さらに快感が増す。

「なんだ、もう出そうじゃないか」

呆れを含んだ声に、蒼一は羞恥で赤くなる。しかし、いきなり自身の根元を指で押さえられ、悲鳴を上げた。

「嫌だ！　カルロ……」

「君は感じやすい体をしている。少しは我慢を覚えた方がいい」

根元を縛《いまし》められたまま、激しい抽挿《ちゅうそう》が繰り返される。内壁を抉《えぐ》るようにカリが突き上げ、蒼一の身も心も追いつめていく。

「ひっ……それ、もう……や…ぁ……」

絨毯《じゅうたん》に爪《つめ》を立て、蒼一は悲鳴を上げた。

達してもおかしくない快感を立て続けに与えられ、敏感な体はとうとう限界を迎える。

「…なに……あ…おれ……いって、る…のに……ンッ…あ…ふ」

「中だけで達したな。短期間でここまで淫乱になるとは、思ってもいなかったぞ」

「ちが…そんな、うそ……や、ンッ」

鈴口がぱくぱくと開閉を繰り返すけれど、根元を堰《せ》き止められているので蜜《みつ》は出ない。なのに内部は達した時と同じように、淫らに震えて雄を食い締める。

「っく…ぅ……ぁ……手…はなして…」

「好きにしていいと言ったのは、君だ。蒼一」

「いや、ぁ……ッ…ひ、ぅ…」

うねる肉筒を擦られ、蒼一はあられもなく泣き叫ぶ。

初めて経験する背後からのセックスで、新たな快楽の場所を開発された体は、蒼一の意志に反して快感を貪り続ける。

――こんな…嫌だ……いや、なのに……。

腰が勝手に揺れて、まるで精液を強請《ねだ》るように内壁が震える。

「や…やだぁ……」

縛めている手を払い除《の》けようとしても、快楽のせいで力が入らない。蒼一は延々と続く絶頂に、甘ったるい悲鳴を上げてしまう。

「…お願いだから、カルロ……手……ひっ」

最奥まで突き込まれた雄芯が、びくりと跳ねた。

その衝撃で勝手に後孔が窄《すぼ》まり、蒼一の背筋を淫らな刺激が駆け抜けた。

ねっとりとした精液が、奥に注がれるのが分かる。

「あ…ぁ……っ」

ひくひくと腰が震え、蒼一は雄を食い締めて感じ入る。

――だめだ……ずっとイッて……とまらない…。

根元を押さえられているにもかかわらず、鈴口からは濃厚な蜜が数滴こぼれた。けれど自身での絶頂は極めさせてもらえないので、疼きは一向に収まらない。

「まだ感じてるのか」

「…だって…出してない、から……」

「何を出してないんだ？」

「ひっ」

根元を強く握られて、蒼一は悲鳴を上げる。

腰の奥で暴れる熱と、堰き止められたことで生じる痛みが混ざり合い、蒼一の体を苛《さいな》む。

この苦痛と快感を与えてくれる男は今、どんな目で自分を見ているのだろうか。

考えるとひどく悲しい気持ちになって、目尻に涙が浮かぶ。

——でも、好きになったって…どうせ別れるんだ……カルロが本気になるわけ、ない…。

口ではいくらでも、愛の言葉を紡げる。

自分を利用した河内のように、優しく笑いながら嘘をつくのだ。

けれど、青の瞳に見つめられると、心がざわめいてすべてを無条件に信じてしまいそうになる。今までのように向き合う形で抱き合っていたら、蒼一は『別れるための嘘だ』と正直に言っていたかもしれない。

だが背後から貫かれている状態では、彼の瞳も表情も窺うことすらできないのだ。

「お願いだから…もう……出させて…ください……」

「淫乱な玩具らしく、はっきり言え。でないとこのままにするぞ」

「……精液、出したい…です」

辱められ、心まで陵辱《りょうじょく》される。

「どうやって出したいんだ？　特別に希望を聞いてやろう」

「ぅ……」

さすがに即答はできず戸惑っていると、絡みつく肉筒から雄がずるりと引き出された。入り口ギリギリまでカリが抜かれ、内部の喪失感に蒼一は我を忘れて叫ぶ。

「やだっ、抜かないで！」

きゅうっと雄を締めつけ、必死に中に引き留めようとしたところで、蒼一は淫らな体の反応に首まで真っ赤になった。

「恥じらっているのか？　さんざん乱れて、中だけで何度もイき続けておいて、いまさらだろう」

「っ……う…」

冷徹な言葉さえ、体は被虐の悦《よろこ》びとして受け止める。

恥ずかしいのに、淫らな欲求を止められない。

「カルロの…奥まで挿《い》れて、擦られて…精液、出したいです…」

「日本人は慎ましいと聞いたが、君は例外だな」

要求どおり淫らな願いを口にしたにもかかわらず、カルロは動き出そうとしない。

——早く……でないと、俺……。

必死に腰を振り、中を窄めて快楽を得ようと試みる。けれどカリの部分だけを挿れられた状態では、求める刺激は得られない。

「そんなに、欲しいのか」

呆れた声に、蒼一はこくこくと頷く。

理性の欠片《かけら》もなくなった蒼一は、ただ快楽だけを求めていた。

——欲しいのは、カルロだから。

言いたいけど、けっして言えない言葉。

もし告げたとしても、この状況でカルロが信じるはずもない。

「あ……お願い…あっ…ぅ」

わずかに揺さぶられただけで、目も眩《くら》むような快感がせり上がってくる。窄まった肉筒を広げるようにして、雄が乱暴に押し込まれた。

それでも浅ましく喘《あえ》いでしまう。すでに両腕からは力が抜けて、蒼一は腰だけ突き出す淫らな姿勢でカルロを受け入れていた。

「ずいぶんと感じやすくなったな。女では満足できないいんじゃないか?」

「…そんな……こと……ひっ」

「奥が感じるんだろう? こんな短期間で男を銜《くわ》えてよがれるようになるなんて、君はもう少し自分を恥じた方がいい」

「っ……く」

中から湿った音が響き、蒼一の羞恥を煽る。

——違う……だって俺は、カルロだから……感じて…。

「胸も女のように尖らせて……」

「っく。ふ……あ、それ…や…」

ぷつりと立ち上がった乳首を片手で弄《いじ》られると、じんとした甘い痺《しび》れが生じた。全身が、カルロを欲して発情している。

「自分で出すだけじゃなくて、中にも出してほしいんだろう？　君はそうしないと、満足できない体だ」

男の精液を奥に出されて達する悦びを、蒼一は知ってしまっている。誘惑の言葉に、肌が桜色に火照《ほて》る。

「…ぁ…あ…カルロ……」

「きちんと言葉にして言うんだ」

「…お、くに……カルロの…精液、だして……」

命じられるまま、蒼一は彼が望んでいる答えを口にした。その自分の言葉にさえ、感じてしまう。

「本当に君は、淫乱だ。今の仕事は辞めて、街娼になった方が向いてるんじゃないか？」

蒼一を貫いている雄は硬く勃起《ぼっき》しているのに、彼の口調はひどく冷めている。

辱められ蹂躙《じゅうりん》されても浅ましく求める自分とは、大違いだ。

「……ぅ……っく……」

「そうやって泣く君も好みだ」

快楽のせいではない涙が、蒼一の頬を濡《ぬ》らす。必死に嗚咽《おえつ》を堪《こら》えようとしたが、カルロは捕らえた獲物をいたぶる肉食獣のように、言葉と体で蒼一を嬲《なぶ》る。

「君が泣くほど欲しがっているモノを出すから、全部こぼさずに受け止めるんだぞ」

「……は、い……」

いきなり腰を打ちつけられ、蒼一は声も出せずに仰《の》け反った。一方的な蹂躙に体が悲鳴を上げる。

何度も激しく奥を穿《うが》たれ失神する寸前に、根元の縛めが解かれた。

「ああっ……ひ、ぁ……」

自分の蜜液が、顔にまで飛び散る。それとほぼ同時に、擦られすぎて過敏になっている肉《にく》襞《ひだ》へ、カルロの熱が浴びせられた。

「こんなにされても、まだ締めつけるのか」

「……ぁ……カルロ……」

名前を呼ぶと、一瞬、腰を掴んでいた手が緩む。けれどすぐに、最後の一滴までも奥へ流し込もうとしてか、さらに腰を持ち上げられた。

苦しい姿勢に蒼一が呻《うめ》いても、カルロは自身を抜こうとしない。反対に蠕動《ぜんどう》する肉襞の動きを楽しむかのように、根元までしっかりと嵌《は》め込んだ。

「君には、その体しか利用価値がないのだから、しっかり楽しませるんだぞ」

「……わかり…ました……」

体の中で、またカルロが張りつめていくのが分かる。

悪夢の時間は、夜が明けるまで続いた。


翌朝、蒼一が意識を取り戻したのは、自室として与えられているベッドの上だった。精液で汚れた衣服は取り去られており、体も綺麗に拭《ふ》かれている。

――何考えてるんだろ。

犯した相手なのだから、部屋の隅にでも転がしておけばいいのにと蒼一は思う。

軋《きし》む体を無理に動かして、蒼一は服を着る。おそらくこのまま、自分は追い出されるのだろうと覚悟をして支度をしていると、部屋の扉が控えめにノックされた。

「お目覚めでしょうか？　岩崎様」

「はい」

聞き慣れた執事の声に答えると、わずかに困惑した面持ちで彼が入ってくる。

「お食事は、どういたしましょうか？」

「え……いいですよ。だって俺、もうここのお客じゃないし」

そう言うと、執事は怪訝そうに眉を顰めた。

「何を仰《おっしゃ》られているのですか？　岩崎様は、旦那様の大切なお客様です」

てっきり出ていけと言われると思い込んでいたので、意外な反応に今度は蒼一が驚く。しかし続いた言葉に、蒼一は絶句した。

「ただ旦那様のご命令で、邸内からお出しするなと……バルコニーや庭へ出るのも禁止だそうです」

今までも軟禁に近い状態だったが、屋敷とその周辺を散策するくらいの自由はあった。てっきり解放されると考えていたのに、真逆の状況になったと分かり、蒼一は青ざめる。

文句を言おうとして口を開くと、それより先に執事が首を横に振った。

「旦那様はしばらく仕事がお忙しいらしくて、こちらにはお戻りにならないそうです。邸内ではご自由にされて結構とのことです」

「そんな……」

これでは、カルロに向けられた疑いの目は晴れるどころか逆に深まるばかりだ。蒼一が屋敷に留《とど》まる時間が長引けば、野村はもちろんのこと、マフィアたちも彼を標的とするに違いない。

——どうしよう。

危険だと告げるのは簡単だ。しかし、カルロの性格を考えると、脅されていると知っておとなしくするとはとても思えない。

「あの俺、ゆうべカルロと喧嘩《けんか》して……そんな状態で、お客さん扱いされるのはどうかと……」

「お二人の間でどのようなお話し合いがされたか存じませんが、少なくとも旦那様は、岩崎様を今までどおり客人としてもてなすようお命じになりました」

カルロとの関係がこじれたと伝えても、執事にはカルロの命令が絶対であるらしく、頑として聞き入れてくれない。

結局、蒼一は執事に押し切られ、今までよりもさらに悪い条件で軟禁を受け入れざるを得なくなる。

――カルロ……。

さんざん蹂躙され、淫らだと辱められたのに、彼の身が心配でならない。だがカルロは仕事が忙しく、しばらくは連絡が取れないだろうと執事に言われた。

――俺にできることっていっても……何もない。

せめてカルロの側を離れることが、蒼一にできる唯一の策だった。だがそれも、もう無理である。

「カルロ」

複雑な思いを抱え、蒼一は大切な人の名前を呟いた。

軟禁生活が始まって三日目の夕方、待ちに待った携帯の着信音が鳴り響いた。

「はい、岩崎です」

てっきり柴田から『専務が見つかった』との報告かと思い、嬉々《きき》として蒼一は携帯に出る。

しかし聞こえてきたのは、まったく予想もしていない相手からだった。

『どうだい首尾は』

「……野村、さん…」

『この番号を突きとめるのに、手間取ってね。屋敷の電話を通すより、直接話ができた方がお互い便利だろう』

蒼一の困惑が伝わったのか、野村の声はやけに楽しげだ。

——この番号って、柴田さんや秘書課でも専務に近い人しか知らないはずじゃ……。

豊原宗一の失踪は、まだ社内でも極秘扱いにされている。だから外部の人間が、蒼一に渡された携帯の番号を知ることなどまず不可能だ。

『別に、豊原商事の社内に裏切り者がいるわけではないよ。こちらがその気になれば、いくらでも調べられるということを、君に知ってほしくてね』

一般人の蒼一にしてみれば、野村の言葉は脅威だった。

もしも野村が本格的に動き出せば、本当に殺されてしまうかもしれない。

『こちらとしては、君のように前途ある青年を巻き込みたくはない。正直に話してくれれば、君からは手を引こう』

前回と違い、口調は柔らかい。しかし威圧感は増しており、野村が焦っていることは蒼一にも察せられた。

――何を言っても無駄だろうけど……。

相手は完全に、蒼一を疑ってかかっている。

あれだけ怪しげな行動をしていれば、認める以外に野村を納得させることは無理だろう。けれど正直に言えば、自分は助かってもカルロは命を狙われる。

そう考えた瞬間、蒼一の口からは自然に言葉が出た。

「残念ですが、要求には応じられません。俺は何も知らされていないんです」

『まだとぼける気か？』

「俺は豊原専務から言われて、専務の代わりとしてここにいるだけです」

『ガルディアを信じても、いいことはないぞ』

蒼一は唇を噛《か》む。確かに、野村の言うとおりかもしれない。

――でも俺は、カルロが大切なんだ。

「俺はガルディア氏を信じてます」

言い切ると、電話の向こうから舌打ちが聞こえた。

『そうか。なら勝手にしろ。公《おおやけ》の場で、恥をかかせてやる』

「何をするつもりですか？　俺は客として滞在していますから、ここから出ることはありませんよ」

『ガルディアを上手く騙してるつもりだろうが、バレれば契約は破綻《はたん》するぞ。豊原商事も信用を失う』

野村の脅しは、この場合、効力を持たない。この屋敷から出なければ、誰に見とがめられることもないし、野村は知らないだけで身代わりのことはもうカルロにはばれている。だから、野村が第三者を装ってカルロに密告したとしても、まったく無意味だ。

しかし野村は、予想もしていなかったことを告げた。

『私の友人が、近いうちにパーティーを開くんだよ。もちろん、豊原宗一とガルディアにも招待状を送ってある。他にも豊原氏と面識のある日本人を多く招待してあるから、当日は面白いことになるだろう……ああ、キャンセルは無理だよ。重要な商談の席を設けさせてもらったからね。代理も難しいだろうねえ』

いやらしい笑い声が、耳に纏《まと》わりつく。これだけ自信たっぷりに言い切るのだから、豊原商事側が断れない理由をいろいろとつけて招待したのだろう。ただ狼狽えるばかりの蒼一とは違い、相手は着々と逃げ道を塞《ふさ》ぎにかかっていたのだ。

『当日会場で、何故《なぜ》豊原と入れ替わっているのか理由を改めて聞く。それが最後のチャンスだから、ゆっくり考えるんだな』

蒼一の答えを聞かず、電話が切られた。

——どうすればいいんだよ……。

本物の豊原宗一が見つからなければ、必然的に蒼一がパーティーに出席することとなる。

そうなれば、すべて野村の思うつぼだ。

今までのように、外国人ばかりのパーティーであればごまかしようもあるが、今回は宗一と面識のある日本人も多く来るらしい。

――マフィアも怖いけど、他の企業にまで知られたら、豊原商事の信用がなくなる。

八方ふさがりの状況に、蒼一の頭は混乱する。

どうしていいのか分からないまま、時間だけが過ぎていった。


その日の深夜。

久しぶりにカルロが、屋敷へと戻ってきた。ベッドに入っても眠れずにいた蒼一は、車のエンジン音で身を起こしサイドテーブルのランプを点《つ》ける。

――いまさら、相談なんてできない。

あれから何度も柴田と連絡を取ろうとしたが、携帯はまったく繋がらなかった。メールも数十通出したけれど、返事はない。頼れる相手はカルロだけだ。けれどあの夜以来、一度も顔を合わせていないので、会いに行くことは躊躇《ためら》われた。

――それに……カルロは俺のこと、もう興味ないんだろうし。

玩具と罵《ののし》っておきながら、彼は顔も見せず、当然触れてくることもない。それでも屋敷に滞在させているのは、彼の気まぐれからだろう。

だが意外なことに、エンジン音が消えて数分後、なんの前触れもなく寝室の扉が開かれた。

「カルロ？」

こんな身勝手な行動をするのは、屋敷の主人である彼しかいない。扉の方へ視線を向け名を呼ぶと、カルロが意地の悪い笑みを浮かべて歩み寄ってくる。

「寝ずに待っていたのか？」

「違います」

「顔色が悪いな」

ベッドから下りて逃げようとするけれど、肩を掴まれて蒼一は動けなくなる。仕方なくベッドの上に座ったまま、彼の言葉を待つ。カルロが視線を合わせるように、ベッドの端へ腰を下ろしたので咄嗟に俯くと、彼の手が顎《あご》にかかり強引に上を向かされた。

「少しは、反省したか？」

「なんのことですか」

「私に下らないことを言っただろう」

本気で分からなかったので、蒼一は黙ってしまう。

「もう忘れたのか『遊びはやめろ』だの、『会社の利益のために抱かれた』……他にも馬鹿げた事を言っていたが、口にするだけで頭にくる」

相変わらずの物言いに、立場も忘れて笑ってしまいそうになる。

――自分勝手で、俺のことなんて本当はどうでもいいんだろうな……それにしても、やっぱカルロは綺麗だ。

オレンジ色のランプの光が、カルロの美貌《びぼう》を幻想的に引き立たせている。彫りの深いその顔と、肩にかかる長めの金髪が綺麗なコントラストを作っていて、つい蒼一は見惚れてしまう。

好きであるという感情を抜きにしても、カルロは精悍《せいかん》で美しい顔立ちをしている。

「改めて問う。蒼一、私は君に反省したのかと聞いている」

低いがよく通る声にも、凛《りん》とした冷たさを感じる。蒼一が黙っていても、カルロは怒りもせずじっと見つめてくるだけ。

貴族としての血筋のせいか、自分には持ち得ないプライドを自然に纏っており、その整った顔立ちをより際だたせていた。

――こんな人が、俺を気にかけるわけがないんだから……今来たのだって、何かの気まぐれで……。

そう自分に言い聞かせていると、カルロがため息をつく。

「私に言った言葉を、撤回する気はないのか？　蒼一」

顎を捕らえていた指が頬に触れ、優しい動作で包み込む。

まるで慈《いつく》しむかのようなその動きに、蒼一の胸は痛んだ。

——なんでこんなこと、するんだよ。

気まぐれに優しさを向けるくらいなら、あの夜みたいに嬲られた方がずっとマシだ。黙って唇を噛むと、蒼一は視線を逸らす。

しかし、カルロは蒼一の頬をただ撫でるばかりで、何も言わない。

早くカルロから離れなければ、さらに野村からの疑いは増す。いや、この間の電話で彼らはカルロを標的としたかもしれない。

どちらにしろ、一番疑われている自分がカルロから離れなければ、彼を危険に晒すことになる。

——もっと酷いこと、言わないとだめかな……。

できればもう、カルロを傷つけるようなことはしたくない。

けれど、気まぐれすらも起こす気がなくなるくらい罵倒して、ここから追い出されなくては、カルロを守ることはできないのだ。

——俺にやれることっていったら、それしかないもんな。

権力も金も持たない蒼一ができることなど、たかが知れている。屋敷を出て姿をくらませば、必然的にパーティーには出られない。『理由なく、招待を断った』と噂《うわさ》されるだろうけど、それでも蒼一が身代わりと知られるよりは、はるかにマシだ。

そして野村は失踪した自分を捜し、事情を聞き出すためには、どんな手でも使うだろう。

一般人の蒼一でも、マフィアと深く関わる野村に捕まれば、命の危険があることくらい確信していた。

「蒼一」

「……はい」

「私がその気になれば、なんでもできる。知っているだろう？」

言われた意味が分からず、蒼一はカルロに視線を戻した。するとカルロは、なぜか憮然とした表情で蒼一を見返す。

本能的な恐怖に駆られ、蒼一は頬に触れていた彼の手を振り払ってしまう。

「……蒼一」

強く名前を呼ばれ、肩が震えた。

狼狽えて視線をさまよわせると、また尊大な言葉がかけられる。

「私の言葉を最後まで聞け。君に耳を塞ぐという、選択肢はないんだぞ」

怒鳴られたわけではない。それどころかむしろ静かな声なのに、体がすくむ。身を硬くしていると、カルロが身を乗り出し、両手を蒼一の背に回した。

抱きしめられた蒼一は、一瞬緊張して身を硬くした。けれど彼の首筋から漂う甘い香水に、自然と力が抜ける。

久しぶりに鼻先を掠めたその香りに、蒼一はうっとりと目を細めた。

「私は、信頼に値しない男か？」

額に、優しいキスが落とされる。

「……そんなこと、ありません」

身勝手で不遜《ふそん》な男だと思う。けれど、その実力は確かなものであると、誰もが認めている。貴族の血筋とその美貌だけを武器にしていたら、会社を立て直すなどまず無理だ。

本人の仕事に対する能力と、人材を見つけ出す目、そして明晰《めいせき》な頭脳が揃《そろ》わなければ、今のアルジェントカンパニーはありえない。

そんな完璧な人間の側に、自分のような凡人がいていいはずがない。

「俺は…あなたの側には、いられないんです」

絶対言うまいと思っていた言葉が、蒼一の口からこぼれた。

「なぜそんなことを言う？」

唇に触れるだけのキスをされ、さらなる心の内側の吐露を促される。

「素直になれ、蒼一。大丈夫だ、私が側にいるんだぞ。なぜそんな不安げな顔をする？」

相変わらずの自信満々な態度に、なぜか泣きそうになる。どうして彼がここまで自分を気にかけてくれるのか、蒼一には分からない。

――そんなに優しくされると……だめになる。

せっかく諦めようとしていたのに、決意が揺らぎはじめる。逡巡《しゅんじゅん》する視線から蒼一の心理状態を読み取ったらしく、カルロが柔らかな笑みを浮かべた。

「私を頼れ、蒼一」

そっと体を抱き寄せられ、まるで子供をあやすように軽く背中を叩かれた瞬間、蒼一は吐き出すように告げた。

「……助けてください」

「もちろんだ」

何をどうするのかも聞かないうちに、カルロが即答する。

それでも蒼一は、カルロの言葉を信用することができた。それだけ彼の表情は自信に満ちており、不安などまったく感じさせない。

「専務を捜して下さい、お願いします。それと……パーティーで会った、日本人の野村という男は、俺が身代わりだって気づいてます。それを盾に、豊原商事とカルロを脅迫するつもりみたいで」

「私を脅迫？　つまらない冗談だな」

話を遮り口の端を上げたカルロに、蒼一は背筋を冷たいものが伝うのを感じる。自信過剰ではなく、本気で彼は『不可能』だと考えているのだ。

そして、脅しに屈するとみられていた事に、カルロは怒りを感じていると分かる。プライドの高い彼は、野村を許しはしないだろう。

「それだけか？」

「……これはカルロに相談しても、どうしようもないことだけど……もう専務の代わりになるのは、嫌だ……」

パーティーに出席するのも嫌だったけれど、何より彼の代わりとしてカルロの側にいるのが辛かった。本人ではないとカルロに知られていても、外に出れば自分は『豊原宗一』として振る舞わなくてはならない。

「やっと、言ったな」

何もかも分かっているようなカルロの様子に、蒼一は首をかしげる。

「あの…」

「取引をしよう、岩崎蒼一」

蒼一の言葉を、カルロが遮る。

取引とは意外な提案だったけれど、面倒な頼みごとなのだからリスクは仕方がないと考える。しかし蒼一は、カルロが満足できるような取引材料など持ち合わせていない。

いったい何を要求されるのか不安はあったが、カルロに求められるのなら可能なかぎり応えようと、蒼一は覚悟を決めた。

「俺にできることであれば、なんでもします」

きっぱりと言い切ると、カルロが満足げに頷く。

「今の言葉を、忘れるな」

「はい」

すぐにでも取引の内容を言い渡されるのかと思い蒼一は身構えたが、なぜかカルロはベッドから立ち上がる。

「今夜はもう寝なさい」

「へ？」

やけに優しい声に、拍子抜けする。

そして、無意識に体を求められるのかと思っていた自分に気づいて、蒼一はわずかに頬を染めて項垂《うなだ》れた。

優しく気遣ってくれたとはいえ、以前と同じように恋人として扱うつもりはないのだろう。勝手に元の関係に戻れるのではと、期待した自分が浅ましく感じられて、蒼一は両手を握りしめた。

「蒼一、そんな顔をしないでくれ。このままでは理性を無視して、君を犯してしまう」

「カルロ…今、なんて……」

カルロの手が、蒼一の肩を押してベッドに倒す。それはまったく雄の欲を感じさせない動作で、ただ優しいだけの感情が伝わる。

だから蒼一も、カルロの手に促されるまま、素直にベッドへ入った。

「君が不安に思っていることは、すべて私が解決する。もう悩みはなくなったも同じだ。ずっと不安がつきまとって、ゆっくり休んではいないのだろう？　そんな君を、抱くわけにはいかない」

「どうして…なんでカルロは、そんなことまで知って……」

「君のことならば、なんでも分かる。お休み、蒼一……すべてが終わったら、改めて君を堪《たん》能《のう》しよう」

上掛けから出ていた左手を取り、カルロが指先に口づける。そしてサイドテーブルのランプを消すと、カルロは寝室から出ていった。

——ああいうクサイ台詞《せりふ》、よく真顔で言えるよな……その上似合って嫌味に感じないって、やっぱり育った環境の差だよな。

今夜はカルロに悩みを打ち明けただけで、何も解決していない。なのに蒼一の心は、とても穏やかになっていた。

「カルロ……」

口づけられた指を自分の唇に当てて、蒼一は瞼を閉じる。

その夜は、カルロの屋敷に来てから一番、深く眠ることができた。

翌日、電話で告げられたとおり、カルロのもとにもパーティーの招待状が届いたらしいのだが、なぜか蒼一は執事から日時を教えられただけで、直接それを見ることは許されなかった。イタリア語で書かれている招待状を見せても、理解できないと判断されたのだろう。

ともかく、全面的にカルロを信頼しようと決めていたので、蒼一は特に疑問にも思わなかった。しかし肝心のカルロは、あの夜以来屋敷に戻らず電話すら繋がらない状態が続いていた。

執事に聞いても、やはり行き先は知らないようで曖昧な返答しかもらえない。ただ待つことしかできない蒼一の焦りがピークに達したパーティー前日の朝になって、やっとカルロは屋敷に戻ってきたのである。

すぐさま蒼一は、カルロに明日はどうすればいいのか聞こうとしたが『疲れたから少し休む』の一言で却下され、結局話ができる状態になったのは昼も大分過ぎた頃だった。

「カルロ、明日のことなんですけど」

「明日？　何かあったかな？」

音信不通だったことを謝罪する気などないのか、リビングで優雅にエスプレッソを飲んでいるカルロに詰め寄る。

「俺が招待されてるパーティーです！」

まるで他人ごとのようにのんびりと構えているカルロに、蒼一は苛立ちを隠せない。

彼は何かしら現状を打開する計画を立てているのだろうが、何も知らされていない蒼一にしてみればストレスばかりが蓄積されていく。

せめてどのように野村の目を欺《あざむ》くのかだけでも聞こうとした矢先、とんでもないことを告げられる。

「君の言うパーティーは、今日だ。その様子だと、君は上手く騙されてくれたようだな」

満足げに言うカルロの顔を、まじまじと見つめるが悪意は感じられない。

「へ？」

突拍子もない言葉に、蒼一は間の抜けた返事をしてしまう。

「確か二時から主催者のスピーチのはずだから……もう一時間も前に始まっているな……そんなに行きたかったのか？　ああいった場所は苦手だと思ったから、行かなくてすむように手配したんだが」

「いえ、だって…あの……」

「そうやって困った顔も、とても愛らしいな。蒼一」

にこにこと微笑むカルロは、こんな時でさえまるで王子様のように見える。余裕の表情でエスプレッソの入ったカップを置くと、カルロが空いている隣のソファを示す。

近くに来て座れという意味だと分かり、蒼一は素直に従った。

「カルロ？　いったいどういうことなんですか」

「君はもう、岩崎蒼一だよ」

「旦那様、そろそろお時間です」

「ああ、セットしてくれ」

言われた意味が分からずきょとんとしていると、執事がリビングに入ってきて、部屋のカーテンを閉めて、壁際にセットされていたボタンを押す。すると二人が座る正面の天井から、スクリーンが下りてきた。

「先日、豊原宗一と会ってね。君とはまた違った意味で面白い男だった。とても気に入ったよ。もちろん、友人としてという意味だけれどね」

驚いてカルロを見ると、楽しげな笑みが返される。

「私の人脈を使えば、捜すのは容易《たやす》い。君の素性を調べたことを、もう忘れたのか？」

「じゃあどうして、最初の頃に専務を捜すのを手伝ってくれなかったんですか！」

「君たちが必死になっているのを邪魔しては、申し訳ないと思ったからだ」

真顔で返され、怒る気も失《う》せる。カルロは悪気などなく、本当にそう思っているのだ。

「しかし本当にそっくりで、驚いたよ。だが顔は似ていても、蒼一の方が艶があって愛らしい」

「バカなこと、言わないでください！」

真っ赤になって反論しても、カルロは平然としている。

「丁度タイミングも良かったようだな。面白い余興が始まるから見なさい」

リモコンのボタンを押すと、壁に掛けられた巨大なスクリーンに何かが映し出された。すぐにそれが、どこかのパーティー会場だとわかった。

隠し撮りらしく、画面はやや斜めになって見づらいが、人影の向こうに立っているのは明らかに豊原宗一だった。

「専務！」

思わず口に出して叫ぶが、次の瞬間、蒼一はさらに驚いて画面に釘づけになった。

「……カルロ？　……どういうこと？」

「君にも分からないのか。偽者だよ」

豊原の隣に立っているのは、カルロだった。横顔しか映っていないけれど、体格も顔立ちも本人としか思えない。

「これって、今やってるパーティーの映像なんですよね」

「そうだよ。ライブ中継だ」

招待客に囲まれて、豊原は談笑している。しかし、隣のカルロはいくらか硬い面持ちで、一言も喋らず、まるで周囲を見張っているような視線を向けている。

「彼は私が雇っているボディガードの一人でね、以前から私に似ているという噂は聞いていたんだ…せっかくだから、君たちと同じようなことをしてみようかと思ってね」

しばらくすると、画面に野村が映り込む。音声はあえて切っているらしく、何を話しているのかは分からない。けれど次第に険しくなる野村の表情と、困惑を隠しきれない周囲の態度から、何かしらの問題が発生したと知れる。

——あ、そうか……外国の人が日本人の見分けがつかないのと同じか。

おそらく野村は、カルロの格好をしているボディーガードを『カルロ本人』として認識したのだろう。そして本物の宗一を『岩崎蒼一』と勘違いしたまま、話しかけたに違いない。先入観もあっただろうから、野村は周囲の客たちに『豊原宗一は偽者だ』と訴えているのだ。

「面白い趣向だろう?　豊原氏の提案だよ……なんだ、もう終わりか」

顔を真っ赤にして罵倒している野村は、駆けつけた黒服の男に両脇を抱えられ、画面から消えた。これだけ大々的に本物の宗一を『偽者』呼ばわりしたのだから、明日にもこの噂はイタリアの政財界に広がっているだろう。そうなれば野村個人の信用だけでなく、彼が日本で支社長をまかされているフェッロ銀行も、なんらかの痛手を被《こうむ》るはずだ。

確かにこれなら身代わりの件を隠しとおすことができるし、汚職の告発以外でもフェッロの評判を落とすことが可能だ。

自分だけでは絶対に実現不可能な計画に、蒼一はため息をつく。

何もかも蒼一だけで、背負えるわけがなかったのだ。一人で意気込んでいたのが、バカバカしく、そして情けなく思える。

「すみませんでした」

夢の時間は、これで本当に終わった。自分はただの大学生で、カルロとは身分が違いすぎる。彼を守るなど、自分のような一般人にできるわけがない。

「最後までご迷惑をかけて、本当に申し訳ありません」

立ち上がり深々と頭を下げた蒼一を、カルロが素早く抱きしめる。

「私も君に、謝らなくてはならないことがある」

「あなたが？」

「パーティーで出会った時、単純に君を手に入れて遊びたいと考えたのは事実だ。しかしすぐ、本気で愛《いと》しくなった」

まるで挨拶のように愛を告げるカルロに、蒼一は呆然とする。

「君との関係は、正直悩んだよ。他社の社員であるし、身代わりという秘密を持っているから、欲しいと言っても、豊原も君も簡単には頷かないだろうと考えていたからね。でも愛しい君を、手放せるわけがない」

カルロの唇が、額や頬に何度も触れる。気恥ずかしくなって逃げようとしても、抱きしめる手がそれを許してくれない。

「野村からの電話の内容も、すべて知っていたよ。家にかかってくる電話は録音されているからね。さすがに携帯は無理だが、野村の行動は初めからチェックしていたから、大体のことは把握できていたんだよ。無論、君に対する脅迫内容もね。君がどういう行動に出るか観察していたんだが……まさかあんなことを言い出すとは、思わなかった」

「もし野村に話していたら、俺を放り出すつもりだったんですね」

それは仕方ないことだろう。情報の橋渡しだけとはいえ、相手に気づかれれば命の危険さえあったのだ。

「いいや」

けれどカルロは、不思議そうに肩をすくめる。

「あんなふうに脅されたら、正直に答えても仕方ない。普通は自分の保身を考えて当然だ。だから君の反応が意外でね」

冷静に状況分析するカルロに、蒼一はただぽかんとしてしまう。

話を聞くうちに、蒼一は混乱してくる。情熱的に求めたかと思えば、やけに冷めた視点で手に入れるための計画を躊躇いもなく話すカルロに、何が本心なのか分からなくなる。

――やっぱり俺との恋愛も、ゲーム感覚？

疑っているわけではないし、それを理由に嫌いにはならない。けれど、どこか悲しい気持ちになるのは仕方がないだろう。

しかし蒼一が黙り込むと、なぜかカルロが眉を顰め不機嫌を露わにした。

「大体、初めて君を抱いた時、本心を殺して会社のためと思って抱かれただろう」

「知ってたんですか」

「そのくらい見抜ける。バカにするな」

かなり苛立っているると分かるけれど、それならなぜ抱いたのかという疑問も浮かぶ。

「……そんなふうに思うなら、どうして抱いたんです？」

「愛しい相手が目の前にいるんだ。抱くのは当然だろう」

わずかに視線を逸らし、カルロが吐き出すように告げた。

――照れてる？

「それに、どうせ君は私を愛するようになるのだから、問題ないだろう」

どこまでも自信過剰な発言に、蒼一は呆れてしまう。

「好きにならなかったら、どうするつもりだったんですか」

「蒼一は私が嫌いなのか？」

「……好き、です」

けれど、ちょっとした違和感を蒼一は覚えた。これまでも何度か、カルロと話をしていて気がついた感覚だ。少し考えてから、蒼一は訊《たず》ねてみる。

「駆け引きは慣れてるんだから、そんな直球勝負しなくても、俺なんか簡単に落とせるでしょう」

「君だから特別なんだ。どうしてそれが分からない？　私はそんなに信用できないのか？」

今までの行いを棚に上げた発言だが、カルロが言うと当たり前のことのように聞こえるから不思議だ。

「恋人はいたけれど、本気になれるような相手は現れなかった。君ほど執着した相手はいない」

正直、嬉しいと思う。けれど同時に蒼一は、そんなカルロの考え方が心配になった。

——やっぱりな。違和感のわけ、やっと分かった。

まるでゲームのように、カルロは仕事や恋をする。周囲の人間より秀でているせいで、誰も不自然には思わなかったのだろう。

「俺なんかが口を出すことじゃないのは分かってます。でも言わせて下さい。カルロ、貴方《あなた》はもっと、自分を大切にしてください」

突然の言葉に、カルロが目を見開く。

「どこか冷めた目で世界を見ている貴方は、つまり自分自身も大切にはしてないんじゃないかって、思ったんです」

青い瞳が、蒼一を見つめる。

「そこまで私のことを考えてくれたのは、君が初めてだよ。蒼一」

その瞳はただ綺麗で、悲しみや喜びといった感情は窺えない。まっすぐに蒼一を捉《とら》えたまま、カルロが自身の過去を話しはじめた。

「自分で言うのもなんだが、私は幼い頃から手のかからない子供だったよ。親は私が勉強さえしていれば、文句などまったく言わなかった。私も干渉されるのが嫌だったから、都合はよかった。その親が死ぬと、今度は周囲に財産目当ての親戚ばかりが集まるようになった。会社の方は、幸い人材には恵まれていて、乗っ取られることはなかったが……プライベートで心を許せる相手は、一人もいなかった」

辛い過去の告白なのに、まるで他人ごとみたいにさらりと言うから、聞いている蒼一の方が辛くなってくる。

普通に得られるはずの愛情を知らず、そして本人も無駄なものとして排除してきたのだろう。だからカルロは、自分自身のことも含め、すべてをどこか一線を引いた感覚で捉えてしまうのだ。

経営者としては、感情に流されずに物事を進められるから有能であるに違いない。しかし一人の人間として生きていくには、あまりに辛すぎる。

「……あの、俺が側にいたらだめですか？」

自分にできることは、たかが知れている。けれど蒼一は、言わずにいられなかった。彼を一人にしたら、また淡々と生きていくだろう。それだけは絶対に、させたくなかった。

「幸い、まだ豊原商事の正社員じゃないし、カルロのところで雇ってもらえたら……ありがたいな…なんて……」

都合のよすぎる提案だと、自分でも思う。断られても仕方ない内容にもかかわらず、カルロの答えは蒼一の想像をはるかに超えたものだった。

「君からプロポーズされるとは、予想外だ」

「そういう意味じゃ……」

「なら、どういう意味で言った？」

楽しそうに目を細め、カルロが詰め寄る。狼狽えていると、呆気《あっけ》なく唇を奪われた。

「カ、カルロ！」

「物怖じしないかと思いきや、頬を染めて処女のように恥じらう。見てて飽きないな」

赤くなった頬を指先で撫でられ、さらに体温が上がってしまう。気恥ずかしさをごまかそうとして、蒼一は話題を変えた。

「……あんな酷いこと言ったのに、どうして俺を追い出さなかったんですか…その…恋人を忘れるために利用したとか……」

「愛しているからだ。決まっているだろう」

即答されてしまい、蒼一は言葉に詰まる。

「私は、蒼一の誠実なところに惹《ひ》かれた。あれだけ愛してると言っても、媚《こ》びることも金を無駄に使うこともしない。ただ誠実に私自身を見て、君自身の立場も考え、行動していた。

なかなかできることじゃない」

　完璧なカルロにそこまで言われると、嬉しく思うよりも逆に恐縮してしまう。

「ただ、豊原と連絡がとれても君に黙っていたのは、私を信じなかった罰だ。少しは反省したか？」

「はい……。すみませんでした」

　項垂れる蒼一を、カルロが優しく抱きしめてくれる。

「そんな顔をしないでくれ」

　整いすぎた顔が近づき、触れるだけのキスを唇に落とす。何度されても、慣れることができない。

「カルロ……」

「生涯のパートナーとして、側にいてくれるんだろう」

「……迷惑でなければ」

　頷いたにもかかわらず、なぜかカルロは蒼一を睨む。

「君は自分の評価が低すぎる。アルジェントの社長にパートナーとして望まれたのだから、もっと堂々としていた方がいい」

「……努力してみます」

　そうは答えたものの、カルロみたいに自信たっぷりには振る舞えないだろうなと蒼一は思う。持って生まれた性格もそうだし、何より自分は彼のような才能などまったく持ち合わせていない。大体、顔だって特別整っているわけでもない。

唯一の取り柄があるとすれば、バカ正直なところくらいだろうか。そこでふと、カルロに頼った夜の事を思い出す。あの時は蒼一もかなり混乱していて、一方的に専務を捜して欲しい事と、野村から脅迫されている件を話して終わった。しかし全てを解決する条件として、カルロから取り引きを持ちかけられていた筈《はず》だ。

「そういえば、取引の話……まだ途中でしたよね」

適当にごまかしてしまえばいいのに、蒸し返すようなことを言ってしまってから、やはり自分はお人好《ひとよ》しだと自覚する。

あの夜、カルロから『後で言う』と言われたきり、今日まで何も触れられていなかった。有耶無耶《うやむや》にするチャンスを自分で潰したが、後悔はない。それだけのことをしてもらったのだから、対価として自分にできることはなんでもするつもりでいた。

しかしカルロは、軽く肩をすくめる。

「君の方から申し出たから、取引にならない」

「どういうことですか?」

「もともと君を、側に置こうと思っていたからな。一生逆らえない枷《かせ》があれば、逃げられないだろうと思って取引を持ちかけたが、君から申し出てくれたからもう関係ないだろう」

確かに宗一との入れ替わりの件で上手く救ってもらったから、それを盾に脅されれば蒼一は逆らえない。

でも彼の勘違いを、どうしても訂正したいと思った。

「……そんな枷なんてなくても、俺はあなたが許してくれるなら、側にいるつもりでした」

真剣に言うと、カルロが微笑む。

——こうして黙って笑うと、本当に王子様なんだけどな。

彼の傲慢とも思える本性を知らない女性たちや一部の男性は、この甘い微笑みに心を奪われたのだろう。身勝手で不遜で、綺麗な旧貴族の男。誰もが憧《あこが》れる男は、他人など見向きもしない。

けれどこれからは、自分だけのものになるのだ。一瞬、優越感に浸ったけれど、ほどなく蒼一は後悔する。

「私のパートナーとなるのだから、もう手加減はしないぞ」


カルロの部屋に足を踏み入れたのは、執務室で犯された夜以来だった。

「怖いのか？」

思い出して蒼一がわずかに戸惑いを見せると、カルロがそっと肩を抱いてくれる。彼があんなふうに乱暴なことをしたのは、自分の言動が原因だ。

だからカルロを責めるのは筋違いと分かっていても、体が強張ってしまう。

「すまない、蒼一」

「…あの時は、俺が悪かったから……」

最後まで言わせず、カルロが唇を奪う。執務室の隣にある寝室へと移動する間も惜しむかのように、カルロは蒼一を抱え上げて口づけを繰り返しながらベッドへと歩いていく。

ただ触れ合わせるだけのキスなのに、カルロが激しく自分を求めていると分かり、腰の奥がじんと疼いた。

蒼一のために用意された部屋にあるものより一回りほど大きいキングサイズのベッドにのせられると、これから彼と交わるのだと改めて実感がわく。

――何度もしてるのに……。

いまさら、恥じらうことなどない。さんざんカルロに嬲られ、乱暴に犯されても感じられるほど、体は彼の好みに調教されてしまっている。

「何度抱いても、君は初々《ういうい》しいままだな」

楽しげに言って、カルロが蒼一の服を剥《は》いでいく。

指先が軽く肌に触れただけでも、甘い刺激が走り抜ける。まともに愛撫もされないうちからこれでは、彼を受け入れたらどうなってしまうのかと考えて、蒼一は赤面した。

――やばい。もう勃《た》ってきた。

下肢が熱を帯び、触れられていないにもかかわらず自身が頭を擡《もた》げてくる。恥ずかしい反応をごまかそうとして、蒼一は口を開いた。

「あ、あの……どうして俺を、追い出さなかったんですか？　あんな酷いこと言ったのに……」

「酷いこと？　ああ、利用だなんだと言ったことか。…君を帰国させないためだ」

真顔で答えるカルロの表情は、いくらか険しいと気づく。

「それと野村という男が、何をするか分からなかったからな」

「そんなに、危険な状況だったんですか？」

軟禁されている間、外で何が起こっているのか情報は皆無だった。それに、もともと詳しい話を知らされていたわけではないので、野村がかけてきた電話くらいしか、外部の状況を知る手だてはなかったのだ。

「かなり焦っていたぞ。司法関係がここまで迅速《じんそく》に動くとは、考えていなかったようだからな。もうイタリアと日本の警察が連動して動きはじめているから、捕まるのも時間の問題だろう」

「証拠があるなら、すぐに逮捕されるんじゃないんですか？」

単純な疑問を口にすると、カルロが小さく笑う。

「いろいろと面倒でね。特にマフィア絡みだと、関わりを認めるのを渋る政治家や司法関係の人間は多い。彼らを動かすのに少々手間取ったが、まあほぼ予定どおりに進んだから、今君とこうしていられる。まったく、頭の堅い連中は面倒だ」

さらりと言うが、おそらくカルロはかなり人脈を使い、奔走《ほんそう》したのだろう。面倒そうなことを言いつつも、実は真剣にマフィアの撲滅を願っていることが伝わってくる。

「もっと素直になればいいのに……。なんだかんだ言って、カルロは曲がったことが嫌いなんですよね」

「利害が一致したから、手伝っただけだ。綺麗事で動くようなバカなことはしない。大体、情報の橋渡しをしてしまった以上、事が上手く運ばないと余計な面倒が増えるだけだからな。マフィアが関係しているから、徹底的に潰さないとこちらの仕事にも支障が出る」

憮然とした表情で言うが、本心はきっと違う。

本来の性格もあるのだろうけど、カルロは自分で気づいていないだけで立派な社会貢献をしている。しかし本人は、いくら指摘しても、認めはしないだろう。

——へそ曲がりっていうのか、天《あま》の邪鬼《じゃく》……？

こんなに完璧なのに、意外と子供っぽい面があると分かり、なんだか可笑《おか》しくなって蒼一は少しだけ笑ってしまった。

「何が可笑しいんだ？」

「いえ……」

「ずいぶん余裕があるな。これなら私が満足するまで抱いても、大丈夫だな」

「え…カルロ、待って……」

「君に触れたかった」

手を取って、カルロが指にキスを落とす。

気障《きざ》な行動も、カルロがするとすべて絵になる。つい見惚れていると、蒼一の視線に気づいてカルロが顔を上げた。

「蒼一？」

「……やっぱり俺だと、カルロには釣り合わないなと思って。カルロみたいに、綺麗でも頭がいいわけでもない凡人だからさ」

「確かに、私は他者より秀でている。だが恋人が凡人で、何が悪い？」

自身に才能があると認める発言が、カルロらしいと思う。

嫌味でもなんでもなく当然と思えるのは、本当に能力があるからだ。

「ビジネスや学術なら、得意な者が優位に立ち、特別扱いされるのは当然だ。能力のない者は努力するしかない」

正論に、蒼一はただ頷くことしかできない。

「でも恋愛に、釣り合う釣り合わないはない。当人同士の気持ちが大切だろう。私は蒼一を愛している。それだけではだめか？」

首を横に振ると、カルロが少し意地悪く微笑む。

「信じるなら、私にキスをしなさい」

「あ…はい……」

恐る恐る顔を寄せて、カルロの唇に口づける。

「乙女のキスだな」

軽く触れ合わせるだけのキスをすると、からかうように言われて蒼一は肩を落とす。

「すみません」

「謝ることではない」

触れるだけのキスを何度も交わしながら、カルロが服を脱いでいく。形よく筋肉のついた体は、まるで彫刻のようだ。

「ん……」

胡座《あぐら》をかいてベッドに座ったカルロに手を引かれ、蒼一は彼の腰をまたぐ形で体を寄せる。

彼の肩に手を置くと、中心を握り込まれた。無防備に下半身を晒し、カルロの愛撫を受け入れる。

――今までで、一番感じてる…。

指で先端を擦られると、先走りがにじみ出す。

「や…カルロ……」

円を描くように敏感な鈴口ばかりを弄られて、腰が揺れる。あと少し強く愛撫されれば、蜜が吹きこぼれてしまうだろう。

「蒼一」

呼ばれて視線を合わせると、それだけで後孔が疼いた。

――頭の中、とけそうだ。

ふと蒼一は、胸の奥に蟠《わだかま》っていたことを思い出す。きっとカルロは気にしていないだろうけど、蒼一はどうしても言わずにはいられない。

「……あの…カルロ……恋人のこと、忘れるために利用したって言ったのは嘘だから……」

カルロの手が止まる。決着のついたはずの話をこんなタイミングで持ち出され、彼も困惑しているのだろう。

「まだそんなこと気にしていたのか？　私も君を利用したのだから、気にするな」

「ですが……」

恋人を道具として使うと公言していたカルロと、そんなことは間違ってると断言した自分とでは、言葉の意味合いが違うと思う。それを説明しようとしたが、先にカルロが口を開く。

「別に怒っていない。それに蒼一にならば、利用されてもかまわない」

「しません！」

真顔で否定すると、宥《なだ》めるように頭を撫でられる。

「あの夜、君は、『利用した』と言っただろう？　それを嘘だと分かっていて抱いたのは、なぜだと思う？」

「分かりません」

「『仕事で利用した』だのという理由はどうでもよかった。私は君が、前の恋人を忘れていないことに、苛立ったんだぞ」

余裕なんてなかったと、カルロが続けた。そして、気持ちを落ち着かせるように何度も触れるだけのキスをしてくれる。

「でも俺は……本気で言ったわけじゃないって、分かってたんですよね」

「ああ。けれど、どういう形であっても、君は好きでもない相手の記憶に縛られていた。それをどうにもできない自分がもどかしかったんだよ」

そこまで思われているとは正直考えていなかったので、カルロの告白に蒼一は胸の奥が熱くなる。

「それと脅されていることも正直に話せばいいのに、なぜ私と離れる選択をする？　その程度の男だと思われていたことが、頭にくる」

自分の言葉で怒りに火が点いたのか、カルロは蒼一を抱いたまままくし立てた。

「君は一人で、抱え込みすぎる」

「…はい……っあ。カルロ」

「愛し合ったのに、どうして素直に私に頼らない？　それに、ベッドの中にまで真面目な討論を持ち込むなど、無粋だ」

「すみません」

「私に悪いことをしたと思っているなら、それなりの行動を取るのが筋だろう」

たたみかけるように言われて、つい蒼一は頷いてしまう。

「何をすれば、いいんですか？」

「君の乱れる姿をすべて見せるんだ」

言われて青い目を見つめ返せば、明らかな欲情が浮かんでいて、蒼一は息を呑む。

「そんな……」

できないと言いたかったけれど、罪悪感があるせいで言い出せない。戸惑っていると、そんな姿も雄を煽るのか、内股《うちまた》に硬く屹立《きつりつ》した性器が触れる。

「あ……カルロ」

「まずは自分で、挿れるんだ。できるだろう？」

反り返った雄に、蒼一は恐る恐る触れてみた。

――大きい。それに、熱い……。

そっと視線を落とし、蒼一は初めてじっくりとカルロの雄を見た。

「こんなの、挿《はい》るわけ……ない…」

思わず呟いたが、今までこれを受け入れ淫らに喘いでいたと思い出す。乱暴に根元まで挿れられ、激しく擦られて何度も達した。体があの快感を求めて、じりじりと疼き出す。

「どうした、蒼一」

内股を撫でられ、肌がひくりと震えた。鈴口に濃い先走りが浮かび、幹を伝い落ちていく。

体はもう、受け入れる準備が整っていると分かった。

――そういえば、指で慣らしてもらわなくても……挿ったよな……。

背後から犯された夜、痛みはあったが、すぐに快感へと変化した。カルロを受け入れるためだけの体になったと、あの時、嫌でも分かってしまった。

「……挿れるから…少し、待って……」

片手をカルロの肩に置き、体を支える。そしてもう片方の手で粘つく先走りを拭《ぬぐ》うと、蒼一は自らの後孔へ指を入れた。

「あっ」

「初めて自分の指を入れた感想はどうだ？」

「…なんで…こんな…熱くて、絡んでくる……」

「私が入ると、蒼一の中が悦んで吸いついてくるぞ」

まるでそれ自体が生き物のように、いやらしく蠢《うごめ》いている。気を抜くと自分の指で自慰をしてしまいそうになり、蒼一は先走りを塗りつけるとすぐに指を抜いた。

「…んっ……」

「物足りないだろう？　我慢しなくていい」

「う…く……っ」

血管の浮き出た幹に手を添え、蒼一は太い雄の上に腰を落としていく。

――あ…広がって……すごい…カリが、当たってる…っ…。

狭い入り口が広げられ、雄が内部をゆっくりと犯す。歓喜する肉筒が男性器に絡み、絶え間なく快感が込み上げる。

けれど、挿入だけでは、まだ射精には至らない。

「…っは…カルロ……」

どうにか根元まで受け入れた蒼一は、カルロに強い刺激を強請った。けれどカルロはセックスの最中とは思えない綺麗な笑みを浮かべ、ベッドに横たわってしまう。

「どうして……」

「すべて見せると約束しただろう」

カルロの逞《たくま》しい腹筋の上に両手を置き、蒼一は体を支える。自重でぴったりと嵌まった雄が、体内で時折ぴくりと動く。

もどかしいその動きに、焦《じ》れったい感覚だけが蓄積されていく。

「しばらく間を空けたから、硬くなってしまったな」

カルロの言うとおり、すんなりと受け入れはしたものの、内部はいくらか緊張していた。張り出した部分も、幹に浮いた血管さえ感じ取れるほど敏感なのに、肝心な快感はあまり得られない。

形を確かめるように後孔が窄まると、ぴりりとした痛みが走り抜ける。

「一度、出した方がよさそうだな。蒼一、自分でしてみろ」

「え…自分で?」

「嫌だとは、言わせないぞ」

体を快楽に慣らし、雄を馴染ませるために必要な自慰だと分かる。でもこれで自身を擦れば、射精の瞬間も、震える後孔もすべて見せることになる。

戸惑うけれど、カルロは命令を撤回する気はないらしい。仕方なく蒼一は、まだ反り返ったままでいる自身に触れた。

「あ…ん」

雄を受け入れたまま自慰をするなど、初めての経験だ。

軽く握って指を上下に動かすと、内側も反応して埋められた雄を締めつける。二つの部分から広がる愉悦に、蒼一はほどなく乱れはじめた。

――見られてる。

先走りが溢《あふ》れ出る中心に、カルロの視線を感じる。

あの青く澄んだ瞳が、淫らな蜜液をこぼす孔《あな》を見ていると思うと、羞恥で全身が熱くなる。

「見ないで……くださ……」

「どんどん溢れてくるな。それに、ひどく粘ついてる」

カルロの指が、鈴口を弄る。意地悪く周囲を撫で、粘つく液体を蒼一の下腹や内股に何度も擦りつけた。

「や、言わないでください。見るのも、だめ……カルロの、目……感じる、から…っ」

「私は君の瞳に欲情している。だから同じだろう？　君に文句を言われる筋合いはない」

冷静すぎる言葉に、蒼一の中で何かが切れた。

――勝手なこと、ばっかり言って……っ。

快感で潤む目で、カルロを睨みつける。

「俺だって、初めて会った時から……気になってて……」

まさかこの状態で怒り出すとは思っていなかったらしく、カルロが愛撫の手を止める。

「蒼一」

「カルロの方が綺麗で、格好いいんだから、俺にも言わせろ！」

悔しくてたまらない。

自分とカルロを比べたら、誰もが彼を選ぶだろう。なのにカルロは、自分を好きだと、愛していると言ってくれる。なんの変哲もない黒い目を絶賛し、可愛いと言って愛《め》でるのだ。

「俺だって、カルロが好きなんだ！　顔も目も、頭にくる性格も全部……ひっ…いや…ぁ…」

「君は本当に……愛らしい」

先端を弄られて、甘い悲鳴を上げてしまう。

蜜が糸を引き、カルロの腹筋まで汚した。そのまま射精してしまうと思ったが、寸前で根元を押さえられてしまう。

「や、嫌…だ……出したいっ」

「手を動かしながら、ここを締めつけるんだ」

「あ、ンッ」

繋がった縁を空いた手で撫でられ、蒼一は素直に力を込める。すると信じられないほど深い愉悦がわき起こり、全身が震えた。

——っ…これ、やばいっ…。

悦《よ》い部分にカリが当たり、肉壁が勝手に窄まる。

「どうした、蒼一？」

「っ……ぅ……く。あ……う…」

「言わないと、やめるぞ」

「そこ、当たって…だめっ…でる…」

鈴口にはねっとりとした精液の雫《しずく》が浮かぶけれど、射精には至らない。もどかしくて、堰き止めているカルロの手をどかそうとすると、不意打ちで腰を打ちつけられた。

「…っ……奥が…擦られて…かんじ、る…ひ、ッ」

深いところを小刻みに突かれ、蒼一は身を捩《よじ》った。肉筒全体が感じ入っており、特に奥と前立腺《ぜんりつせん》が過敏になって、わずかに擦られただけでも軽く達したような状態に陥る。

弱い部分を知りつくした雄が、蒼一をさらに乱していく。

「ぁ……あ、は…ぅ……」

軽く突いてはこね回され、次第に結合部から水音が響きはじめた。

──射精……してないのに、イってる……。

緩い絶頂が続き、蒼一は後孔だけでの頂点を何度も迎える。以前犯された時に、射精をしないでイく感覚を覚えてしまったのだ。

けれど、射精できなければ、快楽は終わらない。自然と体は強い刺激を求めて、カルロの雄を締めつける。

「ぁ、あ…や……イッて…る……」

無意識に逃げようとするけど、カルロが腰を抱いてそれを阻む。

「どうした、手が止まっているぞ？」

体の変化などとうに分かっているはずなのに、カルロは意地悪く問いかける。

――も…無理……。

断続的に肉筒が窄まり、甘い熱が腰に広がる。

感じすぎて手が動かない。蒼一は涙をこぼしながら、カルロに訴えた。

「助けて…カル、ロ……」

舌足らずに名を呼び、根元を押さえているカルロの手をそっと撫でた。

「嬲っている男に救いを求めるのか。その顔は、最高に綺麗だ、蒼一」

「も…なんでもいい、から…はやく……」

イき続ける苦しみから、早く解放してほしい。

その一心で、蒼一は懇願を続けた。

「お願い、カルロ…イきたい……イかせて……」

内股が震える。もう自分では、手もまともに動かせない。

鈴口がぱくぱくと開閉を繰り返し、射精を強請る。

「蒼一、そのまま膝を立てて、脚を広げるんだ」

「…は…い……」

淫らな姿勢を強制されても、蒼一は素直に従う。

――見られてる……奥まで、全部……。

後孔もすべて晒した状態で、蒼一は自身に手を添えた。

「イッてる間も、脚を閉じてはだめだぞ」

「分かりました……ああっ」

指の縛めが解《ほど》かれ、同時に激しく突き上げられた。なんの前触れもなく襲った快楽に、蒼一はなす術もなく陥落する。

「あ…出る……イく…ッ」

ひくひくと先端が震え、鈴口から精液が溢れ出てきた。けれど射精を止められていたせいで、精液はゆっくりとしか出てこない。

「う…ぁ……」

幹を伝い落ちる濃い蜜液にさえ、感じ入ってしまう。

ひくひくと下腹部が震え、内股が引きつる。

「手を動かさないと、終わらないぞ。それとも、ゆっくり出すのが好きになったかな？」

「ぁ…あ……」

鈴口が開閉を繰り返し、蜜液がだらだらとはしたなくこぼれる。

わざとポイントを外して、カルロが幹を扱く。延々と続くかのような射精に、蒼一はどうにかなってしまいそうだった。

「も、本当に…だめ……よすぎて…へんに、なる……」

「なら、これでおかしくなれるかな？」

「あっあ、嫌っ…カルロ、待って……だめッ…いや…ぁ……」

腰を摑まれ、蒼一は激しく上下に揺さぶられる。張りつめていた雄が、何度も内部を擦り上げ、徹底的に蒼一を蹂躪した。

際限なくこぼれていた蜜が出なくなっても、内部への刺激は止まらない。

「や…こわれ、る……」

「そうか？　君の中は、喜んでいるようにしか思えないが……っ」

「ひっ」

最奥まで突き入れられた瞬間、カルロが熱を放つ。

大量の粘液が、敏感になった肉筒の隅々までを汚していく。飛沫《ひまつ》の熱にさえ感じてしまい、蒼一は背を反らして快楽を受け入れた。

「ぁ……カルロ……ぁ、だめ……」

びくびくと中が震えるたびに、新たな快感が生まれる。

絶頂の余韻が長く続き、意識が途切れそうになった頃、やっと波が引いていく。

「――カルロ…」

彼の胸に倒れ込んだ蒼一には、もう指の一本も動かす力もなかった。

「これで終わりではないよ」

「…覚悟は、できてます……ンッ…このままで……いいから」

必死に起き上がろうとすると、カルロが苦笑しながら蒼一を抱きしめて止める。

「無理はするな」

「……平気、です」

「強情だな。そういう君も可愛いが……」

腰を掴まれただけで、甘い快感が生じた。

「でも……」

「体が動かないだろう?」

「っ……ん、く…」

深く貫いたまま、カルロが体を反転させる。

「ひっ…ぁ」

達したばかりなのに、また蒼一は軽くイッてしまう。

「辛くはないな」

「はい……」

長い絶頂のせいで息は切れているけれど、痛みがあるわけではない。それに蒼一も、さらなる深い快楽を求めていた。

根元まで嵌めたまま、カルロが腰を穿つ。すると中から泡立つような音が響き、大量の精が注がれたことを改めて意識させられた。

「カルロ…もっと、出して……」

恥ずかしいけれど、やめたくない。

「そうやって淫らに強請る君の声を聞いているだけで、私もおかしくなりそうだ」

明らかに欲情しているカルロの目を見ていると、蒼一もまた兆《きざ》してくる。

――カルロも、硬くなってる。

出したばかりなのに、カルロの雄はもう硬さを取り戻していた。内部の反応を確かめるように軽く擦られ、蒼一は身悶《みもだ》える。

中も感じているのに、前も腹筋に擦られて白濁がこぼれる。

「あ……あ……また…俺…」

適度に快感を逸らしながら、カルロが蒼一を追いつめていく。

「今度は、一緒にイこう」

「…カルロ……っ」

涙目で見つめて、蒼一は頷く。

「君は本当に、美しくて淫らだ」

「……あなたも綺麗ですよ、カルロ…愛してます」

初めて自分から気持ちを告げ、蒼一はカルロにキスをする。

「愛している」

唇を重ねたまま返された言葉に、蒼一は頬を染めた。

それからの日々は、慌ただしく過ぎた。

カルロは専務と極秘に取引したらしく、蒼一は卒業を待って、豊原商事のイタリア支社に転勤することになりそうだ。レストラン誘致の交渉などを行う部署に配属されるのだと、豊原商事の人事部からではなくなぜかカルロから聞かされ、開いた口が塞がらなくなる。

「ま、待ってください！　俺は新入社員ですよ！　仕事内容も何も分からないのに……」

アルジェントカンパニーの社長室で、蒼一は思わずカルロに怒鳴ってしまう。

「私がいいと言ったんだ」

人事権は豊原商事にあるはずだが、カルロはまったく意に介さない。確かに今回の件は、カルロが動かなければ豊原は『信頼』という何物にも代えがたいものを失っていた。

「誘致の件が滞りなく終わったら、君は相応の報酬を受け取って豊原商事を退社することになっている」

「……俺、どうなるんですか？」

「私の秘書になるに決まっているだろう。自分で約束したことも忘れたのか？　そうだ今回のことは、沙織が間に入ってくれたおかげで早く話が進んでね。今度会ったら、君からも礼を言った方がいい」

「はあ……分かりました」

ここでなぜ沙織の名が出るのか、今一つ蒼一は理解できない。しかし続いた言葉に、微妙な気持ちになる。

「女性はカンが鋭いからな。そして行動力もある。沙織は、日本女性にしては少々行動的だから、豊原がマリッジブルーに陥るのも頷けるがな」

豊原宗一の失踪理由は、やはり『結婚』が原因だったと後で分かった。婚約者である沙織のことは愛しているけれど、一生彼女の尻に敷かれるかと思うと、現実逃避をしたくなったらしい。

「尾谷さんがカンがいいって…まさか……」

「彼女は、私たちの関係に気づいているよ。別に隠しだてすることではないから、すべて伝えておいた。そうそう、君がマリーナで倒れた時、近づいてきた女性がいただろう。彼女は君に嫉妬していたんだよ」

「ええっ」

「普段、プライベートに口を出してくる女性ではないからね、おかしいと思ったんだ。あの時は君に、何かを感じたんだろうね」

にこやかに話すカルロとは反対に、蒼一は目眩を覚える。

――気づかれてたんだ……。

「豊原としては、君をまだ身代わりとして利用したかったらしくてね、私一人ではやはり説得に時間がかかっただろうけど、沙織が豊原を叱《しか》って、君をこちらに渡すように交渉してくれたんだよ」

これだけの事件に巻き込まれながら、懲《こ》りもせず身代わりを頼もうとする専務の性格にも呆れてしまう。

だがそれ以上に、蒼一の前で微笑んでいる美貌の男が最大の問題だ。

「これで、仕事もプライベートも、一緒にいられるな」

「それは…。嬉しいですけど……本当に、一緒に行くんですか？」

卒業までに大学へ顔を出す用が何度かあるので、いったん日本へ戻ると告げたら、当然のようにカルロも同行すると言い出したのだ。

部下たちには、豊原商事の社長と会う約束ができたと言ってあるらしい。

「卒業式まで、まだ何カ月もありますよ」

「私はかまわないぞ。一度、日本でバカンスを楽しみたいと思っていたからな」

——仕事は大丈夫なのかな……。

カルロと過ごすうちに、彼が真面目に仕事をしていることは分かった。しかし普通の人ではあり得ない量を短時間でこなすので、それを他人にも求める傾向がある。残されるカルロの部下たちに、蒼一は同情してしまう。

「私は一分一秒でも、君と離れたくはないんだ。もし離れたら、私の心臓は止まってしまうよ。この思いを、分かってくれるね」

気障《きざ》な台詞に、蒼一は赤面する。

この尊大で自己中心的な男が、自分だけを愛していると分かるから、多少のことは目をつぶろうと覚悟を決める。

「俺も、カルロといたいから……嬉しいです」

正直に気持ちを伝えると、青い瞳に自分だけを映してカルロが微笑んだ。

公爵様のプロポーズ

「あの、ガルディア様……ここは空港なのですが」

「君と私は恋人同士なんだぞ。他人行儀な物言いはするな」

流暢《りゅうちょう》な日本語で言い返すのは、金髪碧眼《きんぱつへきがん》の誰が見てもつい見惚《みと》れてしまうほどの、整った容姿を持つ青年だ。

「ですが……一応俺は、接待係として……」

「そんなものは建前だと、君も分かっているだろう。蒼一《そういち》、愛しているよ」

歯の浮くような台詞《せりふ》を耳元で囁《ささや》かれ、岩崎《いわさき》蒼一はため息をつく。公衆の面前で男二人が異様に接近しているだけでも注目されるが、何より自分を壁に押しつけ愛を囁くカルロ・ガルディアに九割の原因があると蒼一は信じて疑わない。

旧イタリア貴族の血を引くガルディアは、同性からしても思わず見惚れてしまうほどの美貌の持ち主である。おまけに背も高く、身につけているものも高級と一目で分かる。何より二十七歳という若さで様々な事業を成功させ、イタリアの社交界で知らぬ者はいないと言われる彼には、貴族らしいオーラが漂っている。

それに引き替え、蒼一は今年の春大学を卒業したばかりの、新入社員だ。黒髪、黒目で背もカルロより頭一つ分ほど低く、特別秀でた能力もない所謂何処《いわゆるどこ》にでもいる庶民だ。

ただ一つだけ、一般人と違う部分がある。それは日本でも五本の指に入る『豊原《とよはら》商事』の次期社長となる専務の豊原宗一《そういち》と瓜《うり》二つの容姿をしているということである。

これが原因で、蒼一は失踪《しっそう》した宗一の身代わりとなってイタリアで行われたパーティーに出席することになり、その席でカルロと知り合った。

紆余曲折《うよきょくせつ》をへて恋人同士になった二人だが、他人の目を気にしないカルロの言動に、蒼一は振り回されっぱなしなのだ。元貴族という自負と、完璧すぎる頭脳と容姿を持ったカルロは自身を熟知しており、つねに悪気なく気位《きぐらい》の高さを隠しもしない物言いをする。

それでも許されてしまうのは、部下には完璧な指示を出し人の数倍の仕事を顔色一つ変えずこなしてしまうからだ。加えて、誰もが見惚れる容姿の持ち主とくれば逆らう者などいない。しかし唯一、蒼一だけはあまりに浮世離れしたカルロの言動にしばしば文句を言うので、何故《なぜ》かその点を含めて気に入られて今に至る。

「久しぶりに会えたんだ、愛を確かめ合うのは当然の行為だろう」

「先月も会ったでしょう！　それに人目があるんだから、少しは気にしてください」

半ばカルロを引きずるようにして、蒼一は上司である柴田《しばた》の待つ空港の車寄せまで出てきた。既に車寄せの端にはベンツが待機しており、その助手席には専務の宗一が座って二人に向かいひらひらと手を振っていた。

――この人も別の意味で、人目を気にしないから疲れる。

宗一とは全く血の繋《つな》がらない赤の他人だが、背格好から顔だちもそっくりだ。しかし今日のように、二人が一緒に行動する場合もある。そんな時は髪型を変え、蒼一はだて眼鏡《めがね》をかけることでどうにかごまかしていた。

子供だましの変装だが、カルロ曰《いわ》く『蒼一は豊原の持つ風格はない。二人が並べば、別人と分かる』とのことらしい。事実同期や上司から似ていると言われても、笑い話で済んでしまう程度だ。

「カルロ、岩崎っ。二人ともいちゃつくのは、ホテルに行ってからにしてくれよ」

「専務、声が大きいですよ」

わざわざ窓を開けて名前を呼ぶ豊原を窘《たしな》めるのは、彼の第一秘書を務める柴田だ。まだ四十代の筈《はず》だが、髪の半分以上は白髪となってしまっている。

元々宗一の失踪騒ぎ前から白髪は多かったが、あの事件以降更に老け込んでしまっていた。

「専務直々《じきじき》に出迎えとは、珍しいな」

「気分転換だよ。荷物はトランクに入れてあるから、二人とも早く乗れよ」

『入れ替わり事件』がきっかけとなって、カルロと豊原は仕事を抜きにした友人関係を築いたらしい。それは非常に好ましい展開だけれど、一般人から見ればトラブルメーカーと変わらない二人が意気投合したことで蒼一と柴田の心労は日々膨らんでいる。

——柴田さんは専務のストッパー。俺はカルロへの生《い》け贄《にえ》ってとこかなぁ。

そんな自虐《じぎゃく》でもしていないと、やっていられない。

なにより納得できないのは、どうして平凡な自分をカルロが恋人にしているのかという点だ。熱烈な告白は受けたものの、全てを信じ切れるほど蒼一は楽天家ではない。

全てにおいて完璧なカルロに対して、自分は馬鹿正直なところくらいしか自慢できない至って普通の人間だ。

カルロの気持ちを疑うわけではないけれど、いつ捨てられても仕方ないと覚悟は常に持っている。車に乗り込んでから暫《しばら》く自分のネガティブな感情に浸っていた蒼一は、豊原の明るい声を聞き我に返った。

「……とりあえず荷物はホテルに預けて、カルロは本社で会議に出て貰《もら》うぜ」

「会議は明後日《あさって》からのはずではなかったのか？」

「一応、形式的な挨拶だけでいいから参加してくれよ。本格的にプロジェクト動くんだからさ」

元々は豊原商事の造るビルに、店舗を誘致するだけだったのだが、いつのまにかカルロの会社も融資をする話に発展していた。そして蒼一は、『お客』から『大口の出資者』となったカルロの接待係なのだと、改めて自覚する。

──個人的なことで落ち込んでどうする。これから俺は、豊原商事にとって大事な取引相手を接待するんだから私情なんて……。

「終わったら、岩崎を好きにしていいから。な、頼むよカルロ」

「仕方ない」

けれど蒼一の決意など、二人にとっては全く関係ないようだ。というか肝心の豊原も、仕事の話が出なければ観光旅行に来た外国の友人を迎えに来ただけにしか見えない。

──この状況で、俺に人権なんて……ないか。

焦る周囲とは反対に、カルロも豊原も自分のペースを崩さない。それでも仕事が滞りなく進むのだから、やはりできる人間は違うのだと改めて実感する。

由緒正しい血筋に整った容姿、そして億単位の資金を顔色一つ変えずに動かせる完璧な人間など、滅多にいるものではない。天は二物を与えずと諺《ことわざ》にはあるけれど、世の中には一人で三つも四つも持った人間は存在する。

蒼一は専務の豊原と瓜二つの容姿だが、生活してきた環境が違うので所謂『セレブオーラ』がない。なので豊原がラフな格好をするか、蒼一が分不相応なオーダースーツに身を包み立ち居振る舞いに気をつけなければ、別人だと見分けがついてしまう。

けれど、良くも悪くも一般人の蒼一に対して、完璧が服を着て歩いているようなカルロは愛の言葉を囁き隙《すき》を見せれば束縛する。

その結果、蒼一は豊原商事に『豊原宗一の秘書』という肩書きで勤務しているものの、プロジェクトが終わり次第カルロの会社に移ることが決まっていた。本当は直ぐにでもカルロは蒼一を手元に置きたかったようだが、さすがに入社してすぐに海外勤務は不味いと豊原が判断し、半年は日本で勤務するよう説得したのだ。これは昨年の事件で豊原とカルロの間で取り決められたことだが、蒼一は実現するとは正直思っていなかった。

大学を卒業したばかりで、その上この不況の中、採用されたのは『宗一と瓜二つなので、身代わりに最適』というとても人には言いたくない理由からである。実力主義のカルロの会社に入ったところで、まず仕事などできるはずもないのは蒼一自身がよく分かっていた。

最初の一年はイタリア語をマスターするだけで、終わってしまうだろう。そんな蒼一を、カルロは最初から「秘書にする」と周囲に言って憚《はばか》らない。ただ実績もない日本人を側近に置くのは流石《さすが》に問題があるとカルロも感じたのか、今回のプロジェクトに出資することを条件に蒼一を主要メンバーに加えることを豊原に提案した。

だが当たり前だけれど、新入社員である蒼一を名前だけとはいえメインプロジェクトに入れるのは難しいとして宗一が却下したのである。その件の話し合いのためだけに、カルロは『入れ替わり事件』後、何度か日本を訪れた。

勿論《もちろん》、そんなものは建前で、実際は蒼一に会うために来日していたと、一部の人間は知っている。

最終的に宗一の婚約者で、カルロと蒼一の仲を知る尾谷沙織《おたにさおり》が間に入り、

『蒼一君は新入社員なのにカルロの通訳を一人でやって、接待も完璧にこなした。ってことくらいで実績としては十分でしょ』

の一言と、宗一側から、

『プロジェクトが終わり次第、ヘッドハンティングって形で岩崎はすぐそっちに渡す』

という申し出をカルロが承諾して今に至る。

全て蒼一の意志は無視した形で話が進められたけれど、ただの新入社員に口出しできるはずもなくこうしてカルロの接待を任されているのだ。仕事自体は順調に進んでいるので、自分さえ下手《へた》に口を挟まなければ滞りなく完了するだろうと蒼一にも分かる。

数十億の仕事と、蒼一を天秤《てんびん》にかければ仕事の方へ傾くに決まっている。それに、蒼一だ

ってカルロのことは好きだから、取引自体は、嫌だとは思わない。ただ基本的な人権を無視されているこの状況に、些細《ささい》なプライドが抵抗をしているだけなのである。

「私が会議に出ている間、蒼一はどうする？」

「あの……すみません。もしかまわなければ、一度アパートに戻ってもいいですか？」

カルロに問われた蒼一は、ダメ元で頼んでみる。

意外にも口を挟んできたのは、豊原だった。

「引き払う手続きか？」

「いえ、実家から小包が届いてるって、大家さんから連絡があったんです。それを引き取りに行きたいんですけど……」

最近は会社の近くにある、独身寮で寝泊まりすることが多くなっていた。プロジェクトが終わればカルロの秘書としてイタリアへ行くことになる。

だが直属の上司となった柴田はそんな境遇の蒼一が心配らしく、マンツーマンで秘書として必要な知識を叩《たた》き込んでくれているのだ。

他社の人間になる自分に、ここまで優しくしてくれる柴田に頭が下がるが、曰く『専務の身代わりなんて真似をさせてしまった、罪滅ぼしです』とのことらしい。

なので本社から片道一時間かかる自宅に帰るのは、月に二度あれば良い方だった。

いずれは引き払うつもりなのだけれど、慣れない仕事で忙しくなかなか事が進まない。

「私はかまわないが。豊原は？」

「カルロが了承したなら、何も言うことねえよ」

豊原も柴田も口には出さないが、カルロが自由になれば蒼一を側《そば》に置いて離さないのは分かりきっている。ならばそうなる前に、少しでも自由な時間を持たせてやりたいと考えての発言だろう。

「勤務時間中なのに、すみません」

「蒼一は柴田と一緒で、二十四時間働いてるようなもんだからな。折角だし、荷物受け取ったら実家に電話でもしてみろよ」

「自分を案じてくれる親族を大事にするのは、良いことだぞ。蒼一」

一瞬、カルロが視線を遠くに向けたのを蒼一は見逃さない。彼は完璧な人間だが、唯一親族には恵まれなかった。けれど蒼一を羨《うらや》むどころか、優しい言葉をかけてくれる。

「ありがとうございます。じゃあ一度帰らせて頂きます」

カルロと豊原の計らいに、蒼一は礼を述べた。


本社までカルロを送ってから、そのまま蒼一は柴田の好意で自宅のアパート前まで乗せてもらった。

「明日から忙しくなるから、今日はこのまま直帰扱いでかまいませんよ」

「上司権限で許可します。ガルディア様には会議後に開かれるパーティーへ、何としてでも出てもらう予定ですし……私の方から上手《うま》く話しておくから、今日くらいは休みなさい」
「いいんですか？」

共同出資者となった以上、カルロも会議後に開かれるパーティーに顔を出すよう豊原達は最初から計画済みなのだろう。

いくら我が道を行くカルロであっても、最低限の礼儀として出席を拒絶することはしないだろう。それに相手は自分ではなく、カルロと同じくらい頭の切れる豊原だ。そう簡単に逃がすとも思えない。

――それに柴田さんなら、言いくるめてくれるだろうし。

何度か顔を合わせる間に、柴田もカルロの性格は大分把握したらしい。似たような豊原の秘書として勤めている彼にしてみれば、あしらい方も蒼一以上に心得ている。

「ありがとうございます」

柴田の好意に甘えて、蒼一は礼を言うと車を降りた。走り去るベンツを見送ってから、久しぶりにアパートへ足を向ける。

蒼一はイタリアからの帰国後、借りている一人暮らしのアパートには数回戻っただけだ。なんだかんだで豊原から信頼を得た蒼一は、柴田と仕事を任されている。

そしてカルロが来日する際は、主にカルロの接待専門として拘束されるので、戻る時間などないのだ。

二階建てのこぢんまりしたアパートは大学生時代から住んでいる物件で、大家の一家とも良好な関係で愛着もある。そのせいか、なかなか引き払う決心がつかずにいた。

——でも、そろそろ潮時だよな。解約の話、しないと。

迷惑をかけたお詫《わ》びとして、豊原からポケットマネーで家賃の支払いをしてもらっている。けれどプロジェクトが終わればガルディア社へ移る自分のために、これ以上負担はかけられない。

蒼一は隣に建っている大家宅を訪ね、預けられていた小包を受け取る。そして久しぶりに、一階の端にある自分の部屋に足を向ける。

途中でポストの中を確認した蒼一は、小首を傾《かし》げた。中にはダイレクトメールに混じって明らかに個人からのものと分かる、十通以上の手紙が詰められていたのである。

遠方の実家に住む両親は『大手に就職できて、一安心』といった感じで、完全に子離れをしており、お互いに干渉しない間柄だ。

「誰だろう？」

何気なく手に取った蒼一は、差出人の名を見て眉《まゆ》を顰《ひそ》めた。そこには自分を手酷《てひど》く振った河内洋介《かわうちようすけ》の名が書かれていたのだ。

彼はどうにか卒業単位は修得できたものの、卒業式にもゼミやサークルの追い出しコンパにさえ顔を出さなかったと友人達から聞き知っていた。

さり気なくゼミの知り合いに河内の行方《ゆくえ》を聞いたけど、とりあえず就職はしたらしいという以外、誰も確かなことは知らなかった。

当然、蒼一にも接触は一切なく、彼が今どうしているのかさえ分からない。

部屋に入った蒼一は、玄関で封を切る。手紙には『また会いたい』という内容の文面が、短く綴《つづ》られていた。

――今更、どうしたんだろう?

河内は自分を、見下していたはずだ。その上、蒼一は豊原の指示で学生であるのにイタリアへ仕事のために行かされたと、学部内ではちょっとした噂《うわさ》も広まってしまっていた。河内にしてみれば、非常に面白くない状況のはずだ。

見下したはずの相手が、事情はともあれ有名商社で特別扱いの新人として働いているなど、河内の性格上受け入れがたい現実だろう。なにかトラブルでもあったのかと疑問に思うが、『自分より先に就職先が内定した』という理不尽な理由で別れを切り出されたあの日、蒼一は河内のアドレスなどは全て消してしまっているので、連絡は取れない。

手紙にも彼の名前だけで、住所もメールアドレスすらも書かれていなかった。

「なにがしたいんだよ、あいつ……あれ?」

ふと、蒼一は封筒に違和感を覚えた。よく見れば切手は貼られているけれど、消印が押されていないと気付く。

――直接ポストに、入れに来てたってことだよな。住所知ってるのは仕方ないけど、これじゃストーカーだろ。

そう気づいた瞬間、悪寒が背筋を駆け抜けた。

肉体関係こそなかったが、恋人として付き合っていた頃から河内は蒼一の携帯を勝手に見るなどして行動を逐一チェックしていたと思い出す。

カルロもどちらかといえば束縛体質だが、河内のような陰湿さはない。

一度意識してしまったせいか、なんだか河内らしき人物が周囲にいる気がする。

——それにしても、何しに来たんだ？　また付き合うとか……まさかな。

今更、よりを戻すなど河内が言い出すとは考えられない。それに蒼一にはもう、カルロという大切な恋人がいる。

「アパート、早めに引き払おう」

決心して、蒼一は残りの手紙を見ずにゴミ箱へと投げ入れる。そして念のため、実家の方にも近況報告を兼ねて不審者が現れていないか確認する為に連絡を取ることにした。


その日は、河内からの手紙に悩んでいた蒼一だが、翌日からは思い出す暇もなくなった。

カルロの『接待係』として働いている蒼一は、彼が滞在する間ほぼ二十四時間専属で相手をしなくてはならないのだ。とはいっても、別に仕事の話をするわけでも、彼の好みそうなレストランを探すこともない。

むしろ毎回、蒼一の方がカルロにエスコートされ、オーダーメイドのスーツや宝飾品をプレゼントされたり、値段の書いてない懐石料理の店に連れて行かれる。第三者から見れば『接待される側だから楽』と映るだろうが、ごく普通の生活をしてきた蒼一にしてみれば、分不相応な店に連れて行かれても疲れるだけだ。

その上隣には、誰しもが振り返るような美しい容姿のカルロが、常に笑顔で寄り添っている。

今までの滞在時と同じく、一日中都内の宝石店巡りをさせられた蒼一は、有無を言わせずカルロの滞在している外資系の高級ホテルへと連れて行かれた。

「あの、カルロ。お願いですから俺に無断で、買い物しないで下さい」

最上階のフレンチレストランで食事を終え、スイートルームに戻った蒼一は憮然《ぶぜん》とした顔でカルロを窘める。

「何故だ？　あの腕時計は君によく似合うと思ったのだが……気に入らなかったのか？」

「そういうことじゃありません。大体俺は、あんな高級品なんて怖くて持っていられませんよ」

カルロが彼自身の買い物をするなら別に良いのだが、大抵の場合は蒼一へのプレゼントだ。購入させないよう気をつけているのだけれど、カルロは構わず買ってしまう。

今日は最後の最後で店員と結託され、蒼一を引き離してまで高級腕時計を買われてしまったのである。

値札など出ていない店なので正確な金額は知らないけれど、ブランドから推測すると数百万はするだろうと思われる。

「いつも言ってますけど、これじゃどっちが接待されているのか分かりませんよ」

「しかし、接待という言い方は嫌なものだな」

「どうしてですか？」

「君は私の恋人だから、接待などと言う名目で束縛しているように思われるのは不本意だ」

――実際その通りじゃないか。

反論したところで、言いくるめられるのは分かっているから蒼一は言葉を飲み込む。

「ところで蒼一」

「はい……うわっ」

いきなり腕を摑《つか》まれ、キングサイズのベッドに押し倒される。見つめてくる明るい青の瞳には、欲情が浮かんでいた。

彼が何を望んでいるか一瞬で理解してしまい、蒼一は目元を染めて抵抗を試みる。

「待って、カルロ……せめてシャワーを」

焦《じ》らすように、カルロが耳朶《じだ》に口づける。

「蒼一は私と離れていて、寂しくはなかったのか？」

低い声が、甘く囁く。

――ずるい……。

彼の恋人となってから、セックスは何度も経験していた。それでも恥ずかしく思う気持ちは、消えてくれない。

同性であるという根本的な抵抗感もあるが、何よりこんなに綺麗《きれい》な人が自分に欲情しているという事実を、まだ受け止めきれないのだ。顔だちも体軀《たいく》も、カルロはトップモデルか、それ以上に整っている。その上、彼はイタリア屈指の企業のトップに立つ男だ。あと数年もすれば、世界規模の事業さえいくつも手がけるようになるだろう。

カルロに求められる度《たび》に、覆しようのない現実が蒼一の頭を過《よ》ぎるのだ。口にすれば、カルロは『卑屈な考えだ』と一蹴《いっしゅう》する。

だが努力や根性で対等になれるわけがないほどに、彼とは住む世界が違うのだ。

だから心の何処かでは、いつ捨てられてもいいようにと、覚悟は決めているつもりなのだけれど、こうして触れられると彼の熱に溺《おぼ》れてしまいたくなる。

「また、私以外のことを考えていたね」

「え……あ、その」

行為の前にカルロの機嫌を損ねるのは、危険なことだ。

乱暴されるわけではないが、とことんまで焦らされ、甘い愛撫《あいぶ》を施されて蒼一が泣いて懇願するまでカルロは快楽の中へと堕《お》とす。

そんな夜が明けると、数日はまともに動けない。

必死に最悪の事態だけは避けようと、蒼一が言い訳を考えていると、スーツの内ポケットに入れたままだった携帯が鳴り響いた。

着信音から、柴田がかけてきたのだと分かり、蒼一は隙を突いてカルロの下から逃げ出して携帯を手に取る。

「無粋《ぶすい》だな。蒼一、出るな」

「駄目ですよ、柴田さんからですから」

柴田も、カルロと蒼一の関係は知っているので、接待中は夜に連絡を取ることはない。だがわざわざ携帯にかけてきたということは、緊急事態が発生したということだ。

『すみません……』

憔悴《しょうすい》しきった声が、聞こえてくる。あの『入れ替わり事件』の最中、何度この声を聞いたか分からない。酷く嫌な予感がしたけれど、上司からの電話を切るわけにもいかず、蒼一は問いかける。

「どうしたんですか？　また専務が失踪したんじゃないですよね」

『流石にそれはさせないよ。ただ、また君の協力が必要になったことに変わりはない。すまないが、ロビーまで降りてきてもらえるかな』

「え、もうこちらに来てるんですか？」

直接会って話をするということは、余程の事態なのだろう。不機嫌そうな顔で見守っていたカルロも、蒼一の受け答えから尋常でないものを感じたらしい。

「地下にバーがあっただろう。そこで待つよう柴田に伝えなさい、残っている客には、閉店ということにして帰ってもらおう」

言うなりカルロは、サイドテーブルに置かれた電話を手に取り、内線の番号を押す。何をするのかなんて聞かなくても分かったから、蒼一はカルロの指示通り柴田に告げた。

「……カルロがこれから、地下のバーを貸し切りにしてくれるそうです。直《す》ぐに向かいますから、柴田さんはそちらで待っていて下さい」

電話を終え部屋を出て、エレベーターで地下へと降りるまで約五分。

二十席ほどしかないこぢんまりとしたバーだったが、蒼一とカルロが来る頃には柴田とカウンター内のバーテン以外に客の姿はなかった。

わざわざそれまで飲んでいただろう客を追い出し、貸し切りにするのにいくらかかるのだろうかと考えただけで、蒼一の胃は痛くなる。カルロのポケットマネーで支払われるのは分かっているけれど、庶民である蒼一はこのとんでもない現状だけで目眩《めまい》がしそうだ。

柴田に至っては、どうやら客が追い出されるところも目撃していたらしく、ただでさえ憔悴した顔が青ざめてまるで死人のようだ。

丸いテーブルを挟んで三人が腰を下ろすと、バーテンがワインを運んでくる。カルロが徐《おもむろ》にグラスを手に取り一口飲むと、柴田を睨《にら》む。

「それで、なにがあった？　簡潔に言え」

情事を妨げられたことに余程腹が立っているのか、カルロの口調は普段よりきつい。それでも柴田は豊原の部下として鍛えられているだけあり、冷静に話し始めた。

「実は昨日のパーティーの後、専務が倒れたんです」

「ええっ」

「勿論、社内で知る者は私を含めた側近だけです。この大事な時期に体調を崩すなんて、公《おおやけ》にはできませんから」

「部下達の士気に関わるからな。しかしあの豊原が倒れたか……」

流石にカルロも驚いたらしく、眉を顰める。

「このところ、残業続きで食事や睡眠もまともに取っていなかったんです。休むように言っても、専務は子供の頃から風邪一つひかないのが自慢で、ご自身でも体力を過信していたと仰《おっしゃ》っていました」

柴田の話によると、豊原が多忙の余り体調を崩し、医者から暫くの間は休むよう言い渡されたらしい。重大な病気でないのは不幸中の幸いだけれど、倒れるほど根を詰めていたのだから、相当無理をしていたということだ。

「ですが、動けないほど衰弱しているなどと噂が広まれば、プロジェクトの進行に支障が出ます。なので岩崎君には済まないんだが、また専務の身代わりを頼みたい」

「待って下さい。イタリアの時みたいに、知らない人ばかりいる中で誤魔化すのとは訳がちがうんですよ」

「それは承知してます。ですから岩崎君は、オフィスへの出入りと専務の椅子《いす》に座っていてくれるだけでいいんです」

「本気で言ってるんですか？」

いくら何でも、無謀すぎると蒼一は思う。返答に迷っていると、横からカルロが口を挟んだ。

「直接蒼一に、仕事をさせるわけではないんだな？」

「ええ、どうしても出る必要のある会議には、専務が出向きます。岩崎君は、ただオフィスにいるだけで十分なんです」

「確かに指揮を執《と》る人間がいるのといないのとでは、部下に与える影響も大きい。過労で倒れたなどと噂が流れれば、マイナスのイメージもつきかねない」

豊原と似たような立場にいるカルロの方が、理解は早かったらしい。珍しく真面目《まじめ》な表情で考え込む。

そして徐に、口を開いた。

「やりなさい蒼一」

一番反対するだろうと思っていたカルロが、どういう気紛《きまぐ》れか知らないが許可を出してしまう。そのチャンスを、柴田が逃《のが》すはずもなかった。

「ではガルディア様、今後の予定ですが……」

――え、俺じゃないの？

柴田は何故か、蒼一ではなくカルロに視線を向けている。最終的には、カルロの判断で蒼一を動かせるかどうかが決まると、柴田も十分承知しているのだ。

呆然《ぼうぜん》とする間に、蒼一抜きで二人は話を進めていく。

当分の間豊原は、できるだけ人目につかないよう都内の自宅で過ごすことになっている。婚約者である沙織と主治医の付き添いで自宅療養となるので、仕事上の問題が起こればすぐに対応できる態勢になっているらしい。

蒼一と入れ替わる件も豊原からの提案で、既に準備は整っているとも聞かされた。

――つまり、最初から身代わりをさせるつもりだったわけか。それにしても……。

完全に自分を無視して進められていく行動予定に、理不尽だという思いが込み上げてくる。前回もなし崩しに決められた身代わりだが、まだ自分にも意見を言う余地はあった。しかし今回は、『身代わり』となるのは自分なのに完全に蚊帳《かや》の外だ。

「待って下さい、身代わりになるのは俺なんですよ。どうして俺を無視して、話をするんですか。俺にも決める権利があると思うんですけど」

「岩崎君……」

焦る柴田を余所《よそ》に、カルロが不思議そうに蒼一を見つめ肩をすくめる。

「日本風に言うなら、年齢、地位、立場。などを考慮して、蒼一に発言権はないからだ」

あまりにばっさりと切り捨てられ、蒼一は言葉もない。流石に柴田も気まずそうな表情になり、カルロを宥《なだ》めようとする。

「ガルディア様、なにもそこまで」

「柴田、君は蒼一の上司という立場になったのだから、日本の秩序に合わせて毅然《きぜん》とした対応をすればいい。と言っても、すぐには蒼一も納得できないだろうし説明はしよう」

カルロは不満げな蒼一を一瞥《いちべつ》すると、僅《わず》かな笑みを浮かべて口を開く。

「まず蒼一。君は身代わりで一時的に豊原の立場になったことがあると言っても、彼の立場や考え方までは根本的に理解していない。多少理解しているかも知れないが、君は基本が楽観的すぎるのでこういった計画に発言をするのには向かない。何より君は、思い違いをしている」

「どういうことですか」

「全てを決める立場が、楽だとは限らないぞ。一方的に全てを決められ、狡《ずる》いだのなんだのと考えていたのだろう？」

思いもよらない指摘に、蒼一ははっとする。

確かに、ただ黙って言いなりになるのは悔しく、『身代わり』なのだから少しくらい決定権があっても良いはずだと内心では考えていた。

「どうしても決める立場が欲しいなら、君に権限を与えても構わないが……それに伴う責任は、重いぞ」

暫《しば》し蒼一は黙った。

――狡いとまでは思わなかったけど、近いことは考えてたよな。そうじゃなければ、あんな風に言ったりしない。

豊原が倒れ、自分の存在が会社にとって必要だと説明されたにもかかわらず口を挟んだのは、自尊心がそうさせたせいだと思い至る。

「すみません、柴田さん。何も分かってないのに、感情で口を挟みました。話を続けて下さい。それとカルロ、権限はいりません」

二人に謝罪すると、柴田はあからさまにほっとした様子で胸をなで下ろし、カルロは少しだけ声を出して笑う。

何が可笑《おか》しいのか聞きたかったけれど、どうせ返されるのは意味の分からない理由なので、蒼一は黙って水を口に運んだ。自覚していなかったけれどかなり緊張していたらしく、冷たい水が心地よく喉《のど》を通る。同時に蒼一の思考も、冷静さを取り戻す。

その後は、カルロと柴田が立てる計画を蒼一は大人《おとな》しく聞いていた。

まず、日本には知り合いが多いので、出向くのは外国企業主催のパーティーだけで『顔を少し出すだけですむもの』という限定に決まる。そして話しかけられそうになったら、柴田かカルロが間に入ること。基本は会社やパーティー会場からの行き帰りだけ豊原のふりをして、できるだけ表に出ないよう配慮をすることが取り決められた。

――本当に、いるだけでいいんだ。

ある意味、前回よりも楽な『身代わり』だと思う。打ち合わせが済むと、柴田は蒼一に向かい深く頭を下げる。

「無茶な頼みばかりして、本当にすまない。ただ、君しかこの仕事ができないんだということは覚えていてほしい」

「分かりました。できるだけのことはします」

「豊原のことだ、どうせすぐに復帰する」

さも当然といった様子で、カルロが笑う。

しかし珍しく、この予想は外れる事態となった。


豊原が直ぐに回復すると考えていたのは、別にカルロだけではなかった。柴田も蒼一も、そして豊原自身も数日で復帰できると踏んでいたのだが、予想以上に疲労が蓄積していたらしく、最低二週間の療養を医者から言い渡されてしまったのである。

まさか二週間も療養が必要になるなど関係者は全員想像しておらず、豊原の第一秘書である柴田は調整に追われてすっかりやつれていた。

一方、カルロの接待から豊原の『身代わり』へ仕事内容の変わった蒼一は、専務の椅子に『宗一』として座り決裁の判子《はんこ》を押す日々が続いている。そんな感じなので、当然接待は滞り気味になり、カルロの機嫌は悪くなるばかりだ。

今日も専務のオフィスにやってきたカルロから夕食の誘いを受けたけれど、まだ決裁の書類が残っていたので断ったところ、珍しく彼が整った眉を顰めて溜息をついた。

カルロに言わせれば『最近は二人で過ごす時間がなく、非常に不愉快であること。そして蒼一が頼ってこないことも不満だ』と言うのだ。口を挟む余裕も与えず責め立てたカルロに対して、蒼一も不満はあるので正直に口にする。

「カルロも、俺が身代わりになることに、賛成したじゃないですか」

「あの時とは、気が変わった」

理屈など通じないと分かっていたが、きっぱりと言い切るカルロに蒼一も呆《あき》れた。

ともかく、書類の山に判を押さなければ自分だけでなく秘書課の者が帰れないのだと説明し、結局強請《ねだ》られるまま彼に触れるだけのキスをして、やっとオフィスから出て行ってもらったのが五時間ほど前のことだ。

『会社でも宗一として振る舞って欲しい』、と頼まれているので、蒼一は『豊原宗一』として出社し、退社する。岩崎の方は柴田の計らいで出張扱いにされているから、問題はない。

それに必ず、カルロか柴田がオフィスにいてくれるので、蒼一が困るようなことは何も起こらなかった。

けれど全く緊張がないと言えば、嘘になる。周囲には、『豊原宗一』を知る人物ばかりなのだから仕方ない。

イタリアでの経験と、カルロが気紛れに指導してくれた社長教育のお陰で、かなり堂々としていられるが、不安がないわけではない。

ついでに言えば、戻る場所もカルロの宿泊しているホテルから、豊原が仮住まいとして使っている都内のマンションへ変わった。万が一後をつけられた場合の、カモフラージュらしい。

どうにか仕事を終わらせて退社しても、蒼一のストレスは発散されるどころか溜《た》まる一方だった。その原因は、豊原からあてがわれた住居にある。

『自分の家と思って、寛《くつろ》いでくれ』と豊原から電話で言われたが、部屋がキッチンやバスルーム以外に七つもある高級家具付きの部屋で寛げるほど、蒼一の肝は据わっていない。その上、マンションは一つのフロアに二家族だけしか住めない構造でエレベーターも二基あり、暗証番号を入力しないと動かない造りになっている。つまりそれぞれの部屋専用のエレベーターがついているのと同じなのだ。

二十畳ほどもあるリビングの端に座り、柴田に頼んで買ってきてもらった海苔《のり》弁当とペットボトルのお茶で簡単な夕食を済ませながら、蒼一はとりとめもなく考える。

——家賃いくらなんだろう……。

想像しただけで、身震いがする。備え付けの食器類も自由に使って良いと許可は出ているけれど、一緒に部屋を見に来たカルロの口から聞いたこともない食器ブランドの名を出され、ついネットで値段を調べてからは、とても使う気になどなれなかった。

——万単位するマグカップや、銀のフォークなんて、よく使えるよな。専務にとっては、普通なんだろうけど。

このマンションも賃貸ではなく、都内にいくつか所有するセカンドハウスのうちの一つだと教えられていた。その日の気分で住む場所を変えているらしく、豊原にしてみればマンシヨンなど特別な買い物ではないらしい。

話している分には気取ったところのない性格なので、たまに豊原がセレブであると失念してしまうこともある。

けれどこうして生活の違いをまざまざと見せつけられると、やはり自分一人が場違いな所に放り込まれていると実感する。

――カルロの家ほどじゃないけど、専務だってセレブだから当然だよな。

その一番の問題児であるカルロは、今日は家に来ていない。どうやら倒れた豊原のサポートをさり気なく引き受けているらしく、仮住まいにしている外資のホテルで仕事をしている。

――俺だって、カルロと二人きりでいたいよ。

本人を前にしたらなかなか出てこない素直な言葉が、胸に湧き起こる。伝えたいけれど、時計を見ればもう夜の十二時を過ぎていたので、蒼一は電話を躊躇《ためら》う。

彼ならいつ連絡をしても怒らないだろうとなんとなく分かっているが、こんな下らないことで電話をするのも気が引ける。

色々と話したいことはあるのに、疲れてもう眠ることしか頭にない。

――専務もカルロも、すごいよな。ま、これで倒れない方がおかしいと思うけど。

こんな生活を、ほぼ休みなく続けているのだ。それでも蒼一は、まだ身代わりなので実質的な仕事は当然療養中の宗一が指揮している。

それでも疲れ切ってしまうのだから、彼らの精神力と体力にはただ驚くばかりだ。

とりあえず、明日のスケジュールを確認してからシャワーを浴びようと思った矢先、携帯が鳴り響く。

身代わりを承諾した日から、真夜中の電話は当たり前になっていたので、蒼一は番号も確認せず手に取る。

『ひさしぶりー、元気か？』

「専務っ？　なにか問題でも起こったんですか」

『そうじゃないって。それにしても疲れてそうな声だなー、本当にごめんな』

相変わらず豊原は、とても専務とは思えない気軽さで話しかけてくる。

「どうしたんですか？」

確か仕事の報告は、柴田から行ってるはずだ。けれどこんな夜中に宗一直々に電話をしてくるなどあり得ない。

問うと宗一の声が、少しだけれど真面目になる。

『お前の親戚《しんせき》だって言うやつが、アパートの方に何度か来てるって報告があったんだ。大家がお前の携帯繋がらなくて仕方なく管理会社経由で職場に連絡したって』

そう言われて蒼一は、学生時代から使っていた携帯電話を最近充電していなかったと思い出す。仕事内容が特殊なので、普段使っているのは宗一から渡されたものだ。それに学生時代の友人達とは河内のこともあってなんとなく疎遠になっており、家族もそう頻繁には連絡を取らない。

「仕事用の携帯を使っていて、自分用のは充電を忘れてました。ご迷惑をおかけしてすみません」

正直に説明すると、何故かほっとしたように電話の向こうで宗一が僅かに笑う。

『ならいいんだけどさ。事情があって、切ってるのかと思ったんだ……なんかアパートの周囲うろついてるヤツが、どうしてか名乗らないらしくてさ。心当たり、あるか？』

そういったことなら、総務か柴田から話が来るはずだが、あえて豊原が連絡をしてきたということは、何かしら引っかかる点があったのだろう。そして蒼一も、現状で怪しいと思われる人間は一人しかいないと直ぐに気付く。

——多分、河内だよなぁ。

考えられる人物は、彼だけだ。親には定期的にメールをしているし、親戚は全員地方住まいだから、滅多に訪ねてくることはない。

それに蒼一のアパートを知っているのは河内だけだ。

だが休養中の豊原に余計なことを言って心配させては、元も子もない。

「親戚は……こっちに何人かいるので、明日にでも連絡してみます。わざわざ気を遣わせてしまって、すみませんでした」

『こっちが迷惑かけてるしな、気にするなって。何かあったら、すぐに柴田に言えよ……ってカルロがいるから、問題ないか』

「ええ……」

た。


『どうしたんだ岩崎』

「いえ。なんでもありません」

そのカルロと微妙にすれ違い気味だと言えるはずもなく、蒼一は曖昧《あいまい》に答えて電話を切った。


——それにしても、どういうつもりだよ今更……。

あれからまだ頻繁に河内が訪ねてきていたのだとすると、ポストに溜まっていた手紙を処分したことも河内は気付いているだろう。

もし彼の目的が蒼一と会うことであれば、より頻繁にアパートを訪れて、住人から不審人物として大家に連絡が行ってもおかしくはない。

こんなとき、頼りになるのは豊原の言うとおりカルロだろう。けれどこんな個人的な悩みに、彼を巻き込みたくない。

ついでにいえば、肉体関係はなかったとはいえ、付き合っていた河内の話をしてカルロに疑われたくないという思いもあった。

——カルロがそんなことで、どうこう言うような性格じゃないのは分かってるけど……豊原商事の大切な顧客なんだから、下らないことで負担をかけるのはよくないもんな。

ともかく、暫くはアパートに帰らなければいいだけと考えた蒼一だが、使わない部屋を維持するのは勿体ないと考え直す。

豊原にしてみればアパートの家賃など大した額ではないのだろうけど、戻る予定のない物件の支払いを続けてもらうのは個人的に気が引ける。

それに『身代わりをしているのだから、そのくらい払ってもらって当然』と開き直れるような性格でもない。

「……解約手続きだけなら、不動産屋に行けば済むけど。大家さんにはお世話になったしな」

今回のプロジェクトの進行次第では、年内に蒼一は豊原商事を退社してカルロの秘書となる。そうなれば当然、住居はイタリアに移さなくてはならないし、落ち着いて大家に挨拶をするなどまず無理だ。

――時間の取れるうちに、手続きと、大家さんに挨拶に行かないと。まさか河内も毎日来てる訳じゃないだろうし……そうだ、昼間行けば鉢合わせする確率も減るんじゃないか？

もし河内が普通の会社勤めをしているなら、平日の昼間に来ることはないだろう。それに大家に挨拶をして荷物を纏《まと》めてしまえば、後は引っ越し業者に任せてしまえばいい。

かなり良い案を思いついたと自画自賛しながら、蒼一は上機嫌でアパートを引き払う計画を立て始めた。

一日有休をもらいアパートに戻った蒼一は、大家の老人に挨拶をするために菓子折を持って隣に建つ家のドアを叩いた。

「おや、久しぶりだねえ」

出てきた大家は以前と変わらず白い髭《ひげ》を蓄え、まるでサンタクロースのように明るく微笑《ほほえ》んでいる。田舎《いなか》から出てきたばかりの頃は、あれこれと面倒を見てくれて、蒼一にとっては実の祖父のような存在だ。

「お元気そうで何よりです」

「君も随分と社会人らしくなったじゃないか。まだ学生気分が抜けきらない子が多い時期なのに、こう……雰囲気が違って驚いたよ」

「そうですか？　嬉《うれ》しいです」

――専務の身代わりなんてやってると、それっぽい雰囲気だけは身につくのかな？

実力で仕事を任されているならともかく、顔が似ているというだけで重役扱いされる仕事なんて、自慢できるものではない。余計なことを聞かれる前に、蒼一は来月には退去したいと申し出る。

「……実は、お話があるんです」

書類などの正式な契約は不動産業者に任せているが、世話になった年月を考えると何も言わずに退去するのは正直心苦しい。蒼一は当たり障りなく、けれど正直に自分の現状を告げた。

「取引相手の社長に気に入って頂けて、分不相応なんですが俺みたいな若輩を秘書にしたいと言って下さったんです。それで年内には今の商社を辞めて、海外へ転勤になるかも知れないから、研修もあるので会社の用意した社員寮に移るように言われて……。大家さんには本当に感謝してます。上京してきてから今まで、お世話になりました」

嘘と真実を混ぜながら、蒼一はにこやかに理由を告げた。

「海外に？　すごいじゃないか、頑張りなさい！」

実の孫に栄転が決まったかのように、大家は快く蒼一の申し出に頷《うなず》いてくれる。

「君のように良い店子《たなこ》が出て行ってしまうのは残念だけど、若いうちは色々やった方がいいからね。ただ無理はするんじゃないよ」

「はい。たまにはこちらに、挨拶に伺いますから大家さんも健康には気をつけて下さい」

名残《なごり》惜しいのは、蒼一も同じだ。

けれど快く送り出してくれる大家の前でしんみりするのも申し訳ない気がして、精一杯の笑顔を作る。

「そういえば、親戚とは連絡は取れたのかい？」

言われて、それまでの感傷が吹き飛ぶ。すっかり頭から抜け落ちていた河内の存在を思い出して、蒼一は曖昧な笑みを浮かべた。

「……その訪ねてきた人の名前は聞いてますか？　こっちに住んでる親戚、多いんですよ」

変に心配させても申し訳ないので、蒼一は咄嗟《とっさ》に嘘を吐《つ》く。大家はとくに気にした様子もなく、腕を組んで首を傾げた。

「いや、私は直接話をしていないんだよ。両隣の人が、見かけると声をかけていたんだけど

『留守なら、また来ます』って言って、すぐ帰るらしいんだ」

「特徴とか、分かりませんか？」

「君と同い年くらいだったと言っていたよ。話しかけるとすぐ帰ってしまうから、名前も分からなくてね。すまんね」

「いえ、気にしないで下さい。それじゃあ俺は、部屋の片付けをしてきます。退去する日が決まったら、また改めてご挨拶に伺います」

大家に頭を下げて、蒼一は自分のアパートへ戻った。一階の一番奥の部屋は日当たりが悪い代わりに、他の部屋より家賃が安い。

条件は悪いが、貧乏学生には十分すぎる物件で、大学時代の思い出が詰まった部屋だ。

恐る恐るポストを覗《のぞ》くが、幸い中に手紙は入っておらず、蒼一はほっと胸をなで下ろす。

しかし自室のドアノブに黒いビニールの手提げが掛けられているのを見て、蒼一は嫌な予感を覚えた。

「なんだよ、これっ」

手提げの中には、透明のプラスチックの箱にローターが入れられていた。もしも誰かが興味本位で手提げを覗けば、中身は簡単に分かる。

——これも、河内が……？

どうしてこんな嫌がらせをするのか分からないが、心当たりは彼しかいない。

蒼一はビニール袋をドアノブから外すと、急いで鍵を開けて部屋に入る。ゴミ箱に捨ててしまいたい衝動に駆られたが、この地区はゴミの分別が厳しいと思い出す。下手に捨てれば収集してもらえずに放置され、何かの拍子にビニールが破れて中身が出てしまう可能性もある。噂好きの主婦にでも見られていたら、瞬《また》く間に妙な噂が広がるだろう。

――ともかく、このまま捨てたら危険だよな。せめて形が分からないように、分解しよう。一刻も早く処分したかったが、蒼一はとりあえずローターを袋ごとテーブルに置く。ただでさえ気苦労が絶えないのに、更なる厄介事を背負い込みたくない。

溜息をついて、蒼一は室内を見回す。少し前に戻ったときと同じで、室内に変化はない。流石に中にまで、侵入する勇気は河内もないのだろう。

ほっと胸をなで下ろすと同時に、僅かながら感傷が込み上げてくる。畳敷きの六畳一間に、ユニットバスと簡易キッチンが備え付けられた狭い部屋だ。けれど上京してからずっと住んでいた部屋だから、当然愛着もある。できれば良い思い出だけを持って出ていきたかったけれど、そうもいかない状況だ。

――ここを出たら、カルロと一緒に住むことになるんだろうな。

恋人と生活できるのは、素直に嬉しいと思う。だがそれは、カルロに四六時中振り回される日々が始まるということでもある。

――複雑だな。でも、カルロがずっと俺を好きでいてくれる保証はないし……。やめよう。

不毛な未来を考え始めると、蒼一の思考はどうしても暗い方向に向いてしまう。大体、六畳一間で満足できる人間が、いきなりホテルのスイートルームだの宮殿のような邸宅だのに引っ越して、落ち着けるわけがない。

現在、仮住まいをしている豊原のマンションでさえ、使っているのはたくさんある部屋のうち数室だけだ。それもキッチンやバスルームなど、生活する上でどうしても必要なエリアを仕方なく使っている。

他の部屋は、万が一調度品に傷でもつけたらと考えると、怖くて入ることもできない。

価値観も地位も、何もかもが手の届かない位置にあるカルロと同等に生活していけるのかと考えて、毎回出る答えは『ＮＯ』だ。

恋愛に立場は関係ないとカルロは言うけれど、それは上の立場に立っているからであって、庶民である蒼一からすれば『関係ある』と反論したくなる。

だがそんな反論に、カルロが耳を傾けるわけもないと蒼一は身をもって知っていた。

「……好きなんだけど、セレブと庶民の違いをもう少し理解してくれたらなぁ」

呟《つぶや》きながら、蒼一はいつ引っ越し業者を呼んでも対応できるように、荷物を纏め始める。

大して物はないと思っていたけれど、押し入れを開けると大学時代に買った教科書や雑誌、他にもコンパのビンゴで当てた用途の分からない景品などが無造作に押し込められていた。

それらを指定されたゴミごとに分別し、持って行くものなどをバッグに詰めているとあっという間に時間は過ぎる。

気がつけば外はすっかり暗くなっていて、蒼一は電気を点《つ》けると庭へと出られる唯一の窓のカーテンを閉めた。

「七時か。明日は仕事だし、掃除はまた今度にするか……」

「不用心だな」

背後から聞こえた声に、蒼一はびくりと肩を竦《すく》ませた。恐る恐る振り返ると、そこにはいるはずのない人物が立っていた。勝手に上がり込んできたカルロに、蒼一は慌てて声を張り上げる。

「わっ、カルロ！　靴は脱いで下さい」

「分かっている」

そう言いつつ、カルロははたと動きを止め思い出したように革靴を脱ぐ。珍しくカルロは私服姿だ。

白地に所々明るい色で模様の入ったカジュアルシャツに、シンプルな灰色のコットンパンツという彼にしては地味な出《い》で立ちだが、それでも十分目立つのは浮世離れした雰囲気と美《び》貌《ぼう》のせいである。

この部屋に入ってくるところを、アパートの住人に見られていませんようにと祈りつつ、蒼一は恐る恐る尋ねた。

「どうやって来たんですか……」

「柴田が用意した車だ。運転手と車は、近くの駐車場に待たせてある」

今までも何度かカルロにアパートの住所を尋ねられていたが、毎回あえて答えずにいた。理由は彼の言動が予想できる上に、その内容を聞いた自分が落ち込むと分かっていたからである。

——カルロにとても見せられないから、内緒にしていたのに……。

恐らく住所は、豊原が教えてしまったのだろう。これまで隠してきた苦労が水の泡だ。

「ここは物置か？」

「一般的な独身者の住宅です」

予想通りの反応に、蒼一は溜息をつく。

旧貴族とはいえ、豪邸に数十名のメイドを置き、なんの不自由もなく生活しているカルロからしてみれば、この部屋は物置と言われても仕方ない。

——専務っ……恨みますよ！

物珍しげに畳敷きの六畳一間を見回すカルロをどうにか自主的に出て行かせようとして、蒼一は声を荒らげる。

「ここはカルロみたいな人が来る場所じゃありません！　狭いし、暗くて居心地が悪いでしょう？　早くホテルへ戻って下さい」

掃き溜めに鶴とは、このことだと蒼一は思った。場違いにも程があるし、自分が悪いわけでもないのに申し訳ない気持ちになってくる。

「なかなか面白いな。文献で知る日本家屋とも違って、興味深い。キッチンと住居部分が同じであるのは合理的だが、この部屋はどうも湿っぽいな」

「仕方ないですよ。窓は庭へ出る方に一つしかないし、その庭も路地を隔てた向かいの家に植わっている琵琶《びわ》の木が日を遮ってるんですから。とにかく、面白いものなんてないしいても楽しくないでしょう？」

しかし蒼一が追い返そうと奮闘しても、カルロはまるで意に介さない。

「それにしても狭い。よくこんな所で、生活ができるものだな」

まるで馬鹿にしたように言うけれど、カルロとしては本気で感心していると蒼一も分かるので、ただ溜息しか出ない。

「部屋は確かに古いですけど……大家さんがいい人なんです。それに、家賃も割引してくれたし」

お金に余裕がなかった蒼一にとって、ここはとても有り難い物件なのだ。そう説明しても、カルロは聞いているのかいないのか、生返事ばかりで室内を興味深く見て回る。

「俺、明日も専務の代わりにしなきゃいけないことがありますから、帰るところだったんです。すぐに支度《したく》しますから、待ってて下さい」

カルロの説得は諦《あきら》めて、散らかした荷物を再び纏め始める。

「これは何だ？」

問いかけに振り返った蒼一は、ビニールの手提げ袋を手にしたカルロを見て固まる。

――隠すの、忘れてた。

まさかカルロが来るとは思いもしなかったので、テーブルに放置していたのが徒《あだ》となった。止める前に、カルロは袋から箱を出し、ご丁寧に封を開けてしまう。

怪訝《けげん》そうに眺めるカルロにどう誤魔化そうかと考えるが、焦っている頭では良い案など浮かばない。

それに下手に嘘をついてバレたら、その方が面倒だ。

「……ローター、です」

仕方なく蒼一は、できるだけ冷静に低俗な玩具《おもちゃ》の品名を口にする。

「そんなに寂しかったのか」

「ち、違います！」

「なら、どうしてこんなものを買ったんだ。私では満足できないということか？」

「そうじゃなくてっ…その……たまたま持ってて…」

河内が置いていったものだと言えば、余計な心配をかけることになるだろう。下手をすれば、また付き合い始めたのかと疑われるかも知れない。

否定すればするほど、蒼一の返答は言い訳にすらならなくなってくる。

一方、焦る蒼一とは反対に何故かカルロは楽しげだ。

――この状況、面白がってる。どうしよう……。

「君が欲求不満だと気づかなかった私にも非があるから、蒼一ばかり責められないな」

からかうカルロの目には、雄の欲が滲《にじ》んでいると蒼一は気づいてしまう。

「え、あ。そういう訳じゃ……待って下さい、カルロっ」

いきなり抱き寄せられ、蒼一はカルロに口づけられた。不意打ちのキスだったので、薄く

開かれた唇から、簡単に舌の侵入を許してしまう。

久しぶりに感じるカルロの体温に、蒼一の腰が甘く疼《うず》いた。

「ん、あ……ふ」

舌が絡《から》まり、粘膜の擦《こす》れる刺激だけで背筋に快感が走る。暫く触れられていなかったせいか、体は酷く敏感になっているようだった。

「カルロ……ここじゃ、声が…」

「感じているのに、私を拒むのか？」

「え？　ひ、っ……駄目」

ジーンズの上から熱を帯び始めた自身を握られ、蒼一は悲鳴を上げてカルロに縋《すが》りつく。

——キスだけで、こんなになるなんて。

恥ずかしい体の反応に、蒼一は耳まで赤くなった。

「それとも、私よりこのローターの方が好きなのかな？」

「そんなこと……」

「だったら試そう。蒼一、ズボンと下着を脱いで背中を向けるんだ」

「カルロ？」

「これを挿《い》れたままで、私に奉仕をしてごらん。上手くできたら、こんなものを持っていたのは、何かの『偶然』と認めてあげよう。続きもホテルに戻ってからで構わない」

明らかに、状況は蒼一に不利だ。これ以上言い訳をしても、カルロは更に追及するだけでなんの解決にもならない。それならと覚悟を決めて、蒼一はジーンズと下着を脱ぎ軽く脚を開いてカルロに背を向ける。

「力を抜きなさい」

言うとカルロは、蒼一を立たせたままでローターを後孔にあてがう。

「あっ……ぃ……嫌っ……」

楕円形をした親指ほどのローターが、強引に押し込まれた。コードで繋がったリモコンに、電池が入っていないのは不幸中の幸いだ。

けれど微妙な異物感に、蒼一は腰を揺らしてしまう。

「嫌だと言いながら、雄を欲しがっているようにしか見えないぞ」

「っ……」

「まさか、こんなオモチャで感じたりしないね」

「かんじて、ません……っ」

カルロの前に跪《ひざまず》き、コットンパンツの前を寛げる。そして布の隙間から、彼の雄を外へと出す。

「イッたらおしおきだよ、蒼一」

まだ昂《たか》ぶっていない雄を咥《くわ》えようとした蒼一は、言葉にびくりと身を竦ませた。

——嘗《な》めるだけなのに、体が熱くなってくる……駄目だ、余計なことを考えたらカルロの思う壺《つぼ》だ。

そう思ってみても、雄を見ただけで体が興奮してくるのが分かる。ローターを入れられた後孔が震え、背筋が甘く粟立《あわだ》つ。

蒼一は舌先で亀頭を嘗めると、その逞《たくま》しい雄を口内へと招き入れた。口淫《こういん》だけでなく、触れることも久しぶりだ。カルロのそれは蒼一の辿々《たどたど》しい奉仕を受けて、瞬く間に硬く張り詰めていく。

「……ふ…ぁ」

先走りの味が舌の上に広がる。

その香りと熱だけで、蒼一の頭の中では淫《みだ》らな妄想が膨らんでいく。

——コレで、なか……擦ってほしい。

想像しただけで、腰の奥がぞくりと疼いた。

普段カルロは蒼一を優しく抱くけれど、稀《まれ》に雄の欲を隠さず求めてくる時がある。細身だが、筋肉のしっかりとついたカルロの肢体《したい》は、激しいセックスから逃げようとする蒼一を簡単に押さえ込み、この形良い雄で蕩《とろ》けた後孔を犯すのだ。

その激しさと快感の強さに蒼一はただされるままになり、甘く噎《むせ》び泣いて腰を振る。

——思い出したら、駄目なのに……。

口内を蹂躙《じゅうりん》されながら、蒼一は擬似的なセックスに半ば浸りかけていた。

「っふ……う」

「随分と美味《おい》しそうに咥えるね。私の蒼一は、本当に淫らで愛らしい」

「……んっ、ん……」

カルロの両手が蒼一の髪を掴み、動けないようにしてから腰を使い始める。口を性処理の道具のように使われているのに、何故か甘い悦《よろこ》びが全身に広がっていく。

——俺、口を犯されて感じてる。

喉の近くまで先端が来ると、嘔吐《えず》きそうになる。けれど蒼一は自らカルロの腰に腕を回して縋り、乱暴な行為を受け入れた。

——カルロ……。すき。

誰もが振り返るような男が、自分みたいな平凡な人間の口で昂ぶり、射精しようとしている。そんな被虐の悦びを感じつつ、蒼一は彼の雄に歯が当たらないよう懸命に口を開く。

「ん、ぅ」

舌の上で幹がびくびくと跳ね、カルロが射精する。

「零《こぼ》さず飲んだら、全体を嘗めて綺麗にするんだよ……蒼一？」

蒼一は迷わず、出された熱い精液を飲み込んだ。その瞬間、下腹部がじんと疼き、内部のローターを締めつけてしまう。

「はふっ」

丁度、前立腺《ぜんりつせん》の側にあったローターに刺激され、口淫で昂ぶっていた体は高みへと上り詰める。気付くと蒼一は、触れられてもいないのに中心から蜜《みつ》を放っていた。

——うそ……俺、カルロの飲んで……。

自身の反応に呆然としつつ、蒼一はカルロの言いつけ通り出された精液を飲み、舌で丁寧に雄を清める。

「言いつけを守れなかったね」

畳に散った蜜を一瞥し、カルロが静かに告げる。何を考えているのか、その表情からは読み取れない。言葉もなく呆然としていると、手早く身支度を調えたカルロが蒼一の顎《あご》に指をかけて上向かせた。

「君はもっと、素直になるべきだ。少なくとも、私の前で嘘は良くないな。少し反省した方がいい、蒼一」

何か言わなければと思い蒼一は口を開くが、言葉が出てこない。カルロは僅かに微笑んで膝をつき、後孔から伸びたコードを摑んでローターを引き抜く。

「あっ」

「君のマンションへは行かないことにする。反省しなさい」

それだけ言うと、カルロはあっさり蒼一から離れて部屋から出て行ってしまう。正面から見つめたカルロの目には、明らかに怒りの色が浮かんでいた。痴態を晒《さら》した自分に、呆れてしまったのかも知れない。

遠ざかる靴音を聞きながら、蒼一は惨《みじ》めな気持ちを振り払うように両手で自分の頰《ほお》を軽く叩く。

——怒らせた？　でも今日は、無理矢理したカルロが悪いんじゃないか。勝手に袋開けたりするから……。

　カルロの訪問が予定外だったとはいえ、あんな玩具を適当に放り出していたのは自分だ。隠すなり分解するなりしていれば、変な疑いをかけられずに済んだはずである。

「……カルロが俺様な性格だって分かってるけど。理不尽すぎる」

　怒りたいのに、何故か悲しみの方が強く込み上げてくる。

　どうして真面目に生きている自分ばかり、こんな目に遭うのだろうと蒼一は思う。恋人になった相手は、自分とはとても釣り合わないセレブで旧貴族。おまけに自分勝手だが、それが許されてしまう立場と実力を持っている。

　更には元恋人は、ストーカー寸前の行為を繰り返している。

「あー、もう……やってられない」

　これで豊原に辞表を叩きつけ、カルロにも別れると宣言して田舎に帰る勇気があれば、蒼一の人生はまったく別のものになっただろう。しかし勢いだけで行動できる性格ではないし、理性が落ち着けと告げている。

「俺って、貧乏くじばっかり引くよな」

　こんな理不尽なことをされても、カルロを嫌いになれない自分に呆れて蒼一は深い溜息をついた。

豊原宗一の自宅が、都内の高級住宅街にあることは知っていた。カルロは待たせておいた車に乗り込むと、すぐさま豊原の家に行くよう運転手に告げる。

——非常に、不愉快だ。

蒼一が自分に隠し事をしていることも、その内容がどうやら蒼一の身を危険に晒していると推測できることもカルロには気に入らない。

——大体あんなモノを、蒼一が買うはずがない。

散々蒼一を抱いて、男を受け入れる快楽を覚えさせたのは自分だ。

だからこそ、蒼一がどれだけ快楽を欲しても、自分でなければ満足しない自信がカルロにはある。

それに蒼一の性格的に、淫らな衝動を我慢できなくなったとしても、玩具を使って熱を治めるという発想には至らないはずだ。

となれば、あの玩具は第三者が蒼一に与えたことになる。自分と蒼一の関係を知っているのは、豊原と彼の婚約者である尾谷、そして柴田だけだ。しかしあんな下品なものを買うような人物はその中にいない。

——あの慌てようからして、蒼一は送り主が誰か知っている。しかし、貰ったとは言わず誤魔化そうとした。

自分の知らない相手と蒼一が恋仲になり、その相手があの玩具を持ってきたとも考えられるが、もしそうなら豊原あたりが何かしら自分に仄《ほの》めかすだろう。それに蒼一は、嘘が下手だ。自分に興味がなくなり新しい恋人ができたと仮定する。それを隠したくても、表情や言動から簡単に分かってしまう。

——となれば、答えは一つだな。蒼一はあの玩具を望んで手に入れたわけではない、押しつけられた。

考えが纏まったところで、タイミング良く車は閑静な住宅街の一角に建つ邸宅の門を潜《くぐ》った。周囲には、蒼一が住んでいたようなアパートは全く見あたらない。

あらかじめ運転手が連絡していたのか、車寄せでは執事らしき男がカルロを出迎え、自室で休んでいる豊原の元へ案内してくれる。

「こんばんはガルディア」

「どうしたんだよ。カルロが来るなんて、珍しい」

寝室では豊原と、彼の婚約者である尾谷沙織が待っていた。

安静を言い渡されているはずの豊原は、ベッドに入ってはいるものの上半身を起こしノートパソコンを傍らに広げている。

「体調が悪いなら、余計なことはせずに休んだらどうだ。その方が、早く復帰できるだろう」

「そうも言っていられないらしいの。それに、岩崎君に全部任せるわけにもいかないでしょう?」

「迷惑をかけている自覚があるなら、尚更だ。蒼一のために、早く治せ」

「見舞い……って様子じゃないな」

無意識に焦りが表情に出ていたらしい。豊原が目ざとく、指摘する。

「単刀直入に言う。蒼一にストーカーがいるらしいが、把握しているのか」

「は？　どういうことだ？　いきなり物騒な事言うなよ」

沙織と豊原が、顔を見合わせ首を傾げた。

「どっちかっていったら、ガルディアが岩崎君に張りついてるんじゃないの？」

「人をヤモリみたいに言わないでほしいな、沙織」

「あらごめんなさい」

謝罪しつつも、沙織は大して罪悪感を覚えている様子はない。その上、豊原まで沙織の冗談につられたのか、苦笑を浮かべる。

「ストーカーって、あんたじゃないのか？」

「君が時々見せる立場に似合わない言動は、私も楽しんでいる。だが今は別だ。豊原、真面目に話せ」

再び豊原と沙織が顔を見合わせた。やっとカルロが真剣だと気づいたらしく、二人は暫し考え込む。

「聞いたこと、ないけどなー」

「だったら早く調べろ、今は君の部下だろう」

「早く復帰しろって言ったそばから、それかよ」

呆れる豊原に、カルロは平然と言い放つ。

「日本では恋路を邪魔すると、馬に蹴《け》られて死ぬと聞いたが」

「よく知ってるわね、そんな諺。それにしても貴方《あなた》の言っていることは、何処まで本気で冗談か分からないわ」

「蒼一に関することでは、全て本気だ」

「ま、言いたいことはあるけど……いいわ、協力しましょう」

沙織が肩をすくめる。

「分かったよ。信頼できる興信所の人間を紹介する。こっちで所有してる情報は、明日には渡せるように手配するし、柴田にも使えそうな部下を何人かサポートで出すように言うから、その先はそっちでやってくれ」

「君は何もしないのか？　調べると約束しただろう」

「だから、こっちですぐに手に入る範囲の情報は何とかする。でもその先は、カルロが自分でやった方がいいだろ？　それに俺は、病人だぜ。少しは労《いたわ》れ」

にやりと笑って、豊原が続ける。

「相手はマフィアじゃないだろうから、お手柔らかにな。あ、フォローくらいはするから」

――つまり、相手の処分は任せるということか。

これでも豊原は、将来豊原商事を背負う人間だ。立場的に、あまり騒ぎに関わりたくないのだろう。

けれど外国人であるカルロなら、ある程度自由に動ける。

「分かった」

「あと俺の方からも、一つ頼みがある。蒼一の様子を知りたいから、連れてきて欲しいんだ。身代わりやってもらってる礼も、直接言いたいからさ。あいつ、遠慮して電話も寄越さないんだぜ」

「分かった」

休養を取っている豊原に呼び出されても、蒼一のことだから恐縮してしまい、辞退するのは目に見えている。

そんな蒼一を引っ張ってこられるのは、カルロだけだと豊原も分かっているのだ。

「そうだ、ついでにもう一つ調べ物を頼む。これは君でなくても、できる内容だ」

「なんだよ」

「この辺りで、私の好きそうな家を探してくれ。プロジェクトが終わったら蒼一をイタリアに連れて行くが、年に何回かは此方《こちら》に帰省させようと思う。その時のために支社を作る予定だったんだが、セカンドハウスも必要だろう」

カルロとしては、特別おかしな頼みでもないと思ったのだが、豊原達にしてみると全くの予想外だったらしい。

本気で呆れかえったのか、沙織が額《ひたい》に手を当てて肩を落とす。

「ガルディアって、本当はものすごく馬鹿なのね？」

「言っている意味が分からないぞ、沙織」

「……分からないなら、それでいいわよ。ともかく、家探しの件は、私がやっておくから貴方は岩崎君をストーカーから守ってあげてね」

「言われなくても、そうするつもりだ」

その後、他愛ない雑談をして部屋を出ると背後から、豊原の『また熱が上がりそうだ』と言う声が聞こえてきたが、面倒だったのでカルロは聞こえないふりをした。


『それでは、また』

何十回となく練習させられた英語での挨拶をして、蒼一は今日のパーティーを主催した外資系企業の重役と握手を交わす。基本的な会話は習わなくてもできるが、やはり日頃から話していないと発音が怪しくなる。

それに『宗一』の発音の癖も、考慮しなくてはならない。

都内の有名ホテルで開かれたパーティーには、当然豊原も呼ばれており本人も出席はしたが、最初の挨拶が終わった時点で既に帰宅している。だが体調不良が長引いている上、それを知られるのは対外的にもあまり良くない。なので先に帰ってしまった豊原に代わり、蒼一が途中から入れ替わったのだ。

とはいってもここは日本なので、イタリアの時のようにはできない。周囲に豊原宗一を直接知る人が多い場所で蒼一がパーティー会場へ入るわけにはいかず、苦肉の策として『どうしても抜けられない仕事が入り、ロビーで指示を出していたが、やはり本社へ戻らなくてはならなくなった』という話をでっち上げて、実行している最中なのである。

常に柴田が側にいるとはいえ、いつバレるかと思うと気が気ではない。

――胃が痛い。

幸いなことに、パーティー会場から出てくる人は少なく、ロビーの隅でノートパソコンを広げて見る振りをしている蒼一と柴田に声を掛けてくる者はほとんどいなかった。今声をかけてきた初老の外国人も、主催側として義務的に挨拶をしただけのようで、柴田が『用があるので、申し訳ないが早く帰りたい』と謝罪すると、すぐに引き下がってくれた。

「では、専務。少々お待ち下さい」

「ああ」

柴田の言葉に、蒼一はすぐに頷く。車に乗り込むまで、気は抜けない。

入り口の近くで待機して欲しいと小声で告げ、地下駐車場へ車を取りに行く柴田の後ろ姿を見送る。本来なら運転手に任せる仕事だが、専務の身代わりだと気づかれる可能性を考慮して雑務も全て柴田が取り仕切ってくれている。

一刻も早く、この場から立ち去りたかった。蒼一は目立たない場所に置かれたソファに、腰を下ろす。

「……疲れた」

何度も経験したが、やはり身代わりは慣れることができない。

セレブな生活や華やかなパーティーは、憧《あこが》れている間が一番楽しいと、当事者になってから知った。

身代わりという特殊な立場を差し引いても、一般人には気苦労が多すぎる。

常に他人の視線を意識し、話しかけられればその相手に合わせた会話をしなくてはならない。蒼一は豊原の面子《メンツ》を潰《つぶ》さないように気を配っているけれど、その『豊原宗一』自身は更に会社や人脈など、多くの柵《しがらみ》を背負って立たなくてはならないのだ。

――俺、こんな世界でやっていけるのかな？

カルロの会社に引き抜かれれば、必然的に彼の秘書というポジションが与えられることになっている。

あくまでカルロのサポートだが、それでも気苦労は絶えないだろう。

ついでに言えば、数日前の出来事が蒼一の気持ちを不安定にさせていた。

あんな酷いことをされたのにもかかわらず、夢にカルロが出てきてはあの恥ずかしい行為を再現するのである。

――これまであんな夢、見たことなかったのに。

結局、カルロとは話もしていない。本当は蒼一だって、カルロの誤解を解き愛し合いたいが、仕事が立て込んでいるのと、どう説明すればいいのか分からないまま、日々が過ぎようとしていた。

ぼんやりとソファに凭《もた》れたまま、蒼一は軽く目を瞑《つぶ》る。

夢の中のカルロは、現実の彼と同じく強引で、自分本位だ。なのに決して、最後まで蒼一を抱こうとはしない。

夢は必ず途中で終わり、焦れったい熱を宿したまま目覚める日々が続いていた。

——だからって、自分で処理するのも……。

想像して、蒼一は首を横に振る。

カルロに抱かれてから、これまで一度も自慰をしていない。

する必要がなかったと言えばそれまでだが、蒼一はあえて気づかないように自身の情欲を抑えているのだ。

自身を擦り射精しても、体の疼きが治まらなかったらと考えると、恥ずかしくて頭の中が真っ白になる。

あの青い瞳に見つめられながら、後孔を犯されないと満足しない。そんな被虐を帯びた予感が現実にならないようにするために、蒼一は淫らな疼きを覚えても決して自身には触れないようにしていた。

——カルロの、馬鹿。

身勝手な恋人を心の中で罵倒《ばとう》する。

どうせカルロのことだから、自分がこんなことで悩んでいるなど微塵《みじん》も思ってはいないだろう。

「……なあ、もしかして。岩崎？」

名前を呼ばれて、蒼一は我に返った。

――ヤバイ、気を抜いてたから本名に反応したけど、否定しないと……っ。

顔を上げると、そこには見知った顔があり蒼一は青ざめる。

「河内……」

「やっぱり岩崎だよな。高そうな服着てるし、なんか『専務』とかって呼ばれてたから人違いかと思ったけど。俺が見間違えるわけねえもんな」

今一番会いたくなかった相手が唐突に現れたことで、蒼一は困惑する。

「どうして、ここに……」

「商談で上司のお供。新入社員は、パーティーが終わるまで上のラウンジで待機ってことだったんだけど。俺は先に出て、次に行く店の確認するの忘れててさ。それで降りてきたらお前がいたってわけ」

この状況をどうやって誤魔化そうか考えるが、頭が混乱して言葉が出てこない。口ごもる蒼一に、河内が笑みを浮かべて顔を寄せてくる。そしてさも親しい友人のように隣に座り、安心させるように声を潜めた。

「お前が専務って呼ばれてるってことは、豊原本人は欠席なのか？　豊原の坊ちゃんが、新入社員と入れ替わってパーティーサボってるなんて知られたら、会社の信用がた落ちだぜ。

大丈夫か？」

一番危惧《きぐ》していたことが起こってしまったが、もう取り返しはつかない。

「安心しろよ。俺がここで暴露しても、誰も信じないだろ。まあ、バラし方にもよるけどな……けどちょっと頼み事を聞いてくれれば、黙っててやってもいいぜ」

「頼み事って？　まさか、豊原商事を強請《ゆす》る気じゃ……」

「そんなことしたら、逆に俺の方が名誉毀損《きそん》で訴えられて終わりだろ。そんな大したことじゃねえって。お前昔から心配しすぎなんだよ」

けらけらと笑う河内に、蒼一は胸をなで下ろす。

蒼一が内定を貰った日、酷い言葉を吐いて関係を断ち切った本人とは思えないほど、河内はにこやかだ。

――あの手紙やローターは、河内じゃなかったのか？

疑って申し訳ない気持ちになり、蒼一は反省する。確かに河内の名前は書いてあったが、筆跡は真似ようと思えば素人《しろうと》でもできるかもしれない。それにローターに至っては、誰が置いていったのかも分からないのだ。

「本当に岩崎って、隠し事とか下手だよな。すぐ顔に出る」

深い関係にはなっていないが、仮にも恋人として付き合いのあった相手だから嘘を言ってもすぐに気づかれるのは目に見えている。なら素直に打ち明けてしまった方が、いいのかもしれないと考える。

「専務にちょっと急用ができて。今日だけ代理として出たんだ」

具体的なことは避け、当たり障りのない答えを返すと河内は納得した様子で頷く。だがすぐに、蒼一は一瞬でも河内を信頼したことを後悔した。

「やっぱり実力じゃなくて、たまたま似ていたから内定をもらったのか」

「え？」

「手紙、読んでくれたよな？」

口は笑っているが、目は別れたあの日と同じようにぎらついていた。

「俺がプレゼントしてやったローターも、あの外国人と使ったのか？　知ってるんだぜ」

「知ってるって……何を……」

ストーカーが河内だった事実と、カルロの存在を知られているという驚きでそれ以上言葉が出ない。

「ボロアパートに連れ込んで、何をしてるかと思えば……随分、慣れてるよな」

――見られてた？

立ち上がり離れようとするけれど、素早く河内に腕を掴まれる。青ざめる蒼一を更に追い詰めるように、河内が続けた。

「お前が自分からフェラするなんて、信じられなかったぜ」

蒼一の部屋は丁度裏路地に面していて、死角も多い。カルロに弄《もてあそ》ばれた時間帯を考えれば、カーテンの隙間から部屋を覗く不審な男を見咎《みとが》める通行人はいないだろう。それに蒼一も行為に集中していたので、外にいる人の気配に気づく余裕などなかった。

やはり河内は、自分の身辺を探っていたのだ。

「あの外国人も、相当な金持ちらしいな。先に出ていったから、後をつけて車のナンバーから調べたんだぜ。豊原の上客だろ？」

自分はあの時カルロの名前を呼んでいたし、車は豊原の私用車だ。それにカルロは、まだ日本に進出はしていないがイタリアでは政財界に広く顔が利く、大企業の社長である。本気でカルロが何者か調べようと思えば、河内でも可能だろう。

「分かった！　お前、豊原商事からの貢《みつ》ぎ物にされたんだな」

余りの言いように河内を睨み、蒼一はきっぱりと否定する。

「カルロは俺の恋人だ。それに専務は、そんなことはしない」

だが河内は蒼一の答えを聞くと、いやらしい笑みを浮かべた。

「権力持ってる相手に、喧嘩《けんか》売るつもりはねえって。それに俺の勤め先は、豊原の世話になってるから馬鹿なことはしないって……けどよ、そのカルロってヤツ。俺とおまえが何もなかったって言って、本気で信じると思うか？」

冷たい汗が、蒼一の背筋を伝い落ちる。

酷く、嫌な予感がした。

「そのカルロが、蒼一の恋人ってのが本当なら好都合だ」

「なにする気だよ」

「完全な嘘より、真実が混じっていた方が人は信じやすいんだぜ。俺が直接話をしたら、関係は壊れるだろうな。大学時代の連中に聞けば、俺とお前が付き合ってたって知ってるヤツいるしさ」

確かに友人達の中には二人の親密な付き合いを知っている者もいる。けれど最終的に、告白した河内が本気ではなかったと知り、誤解も解けている。

カルロも蒼一の過去を知っても信じてくれたが、当事者である河内に直接話されたらどう思うだろうか。

「どうせお前のことなんて、遊びだろ。二股かけてましたなんて聞かされたら、すぐ捨てられるだろうな。あの外国人プライド高そうだし」

ずっと悩み続けていたことを指摘され、蒼一は言葉に詰まる。

金もないし立場も違う自分がカルロと出会えたのは、偶然が重なった結果だ。豊原が履歴書の写真で自分を見つけ、あのタイミングで失踪しなければ会うこともなかった。

――そんなのは、俺が一番よく分かってる。

しかし、カルロとの関係を執拗《しつよう》に壊そうとする河内の意図が分からない。

「何が目的なんだ」

「岩崎がマジで恋愛したって、あんな金持ちがお前を相手にするわけないだろ。どうせお前のことだから、あいつが初めてなんじゃないのか？　何人か経験すれば、身分違いの恋なんてすぐ忘れるって」

粘つくようないやらしい目で、河内が顔を覗き込む。

「お前を抱かせろよ、一回だけでいい。これが頼み事だよ、安いモンだろ」

「河内は同性に興味ないんだろ？　ノートや金を借りやすくするためだけに俺と……付き合ったって、知ってるぞ」

別れた直接の原因は、蒼一が豊原商事の内定を貰ったからだ。けれど最初から河内は、蒼一を体《てい》よく使うためだけに近づいたと、公言していたはずである。

「お前は別だって……前は、先に内定取ったからさ、つい意地張ったっていうかさ」

「言い訳は聞きたくない」

「つれないこと言うなって。それとももう、ガイジンのブツでしかイけない体に調教されてんのか？　なんにも知らなさそうな顔して、いやらしい体になったんだな」

それまで這《は》うような視線で見ていただけの河内が、太腿《ふともも》に触れてくる。スラックス越しとはいえ、明らかに性的な意図を含んだ触れ方に嫌悪で総毛立つ。

「さっき見かけたとき、雰囲気全然違ってたからお前だって一瞬分からなかったぜ。物憂《ものう》げにぼんやりしてさ、艶《つや》っぽくなったよなぁ。あんな男のオモチャにされるより、俺と恋人に戻ろうぜ」

「カルロは俺をオモチャ扱いなんてしない！」

自分を見下されるのはまだ我慢できるが、豊原やカルロを悪く言われるのは許せない。ついホテルのロビーにいることを忘れて、蒼一は怒鳴った。

客の姿はまばらだが、ホテルの従業員達が異変に気づいたらしく視線を向けてくる。その雰囲気を察して、河内の方が慌ててソファから立ち上がり一歩距離を置いた。

この場で蒼一は『豊原宗一』だから、何かあれば河内の方が問い詰められると本人も分かっているのだろう。

「怒るなってば、俺も言い過ぎたよ。岩崎のこと、結構気に入ってるんだぜ。落ち着いて考えろよ、元貴族のセレブと庶民じゃ釣り合うわけないだろ。早く目をさませよ。俺も気が長い方じゃないから、荒療治に出るかもしれないぜ」

カルロも自分勝手であるが、河内のように横暴ではない。それに好きだと言う相手を、脅すことなどしない。

確かに初めは河内に押し切られる形ではあったが、蒼一なりに真面目に向き合っていた。

ただ改めて考えると、それは愛情というより友情に近かったのかもしれない。

せめてあの苦い思い出のまま、河内と疎遠になれればと思っていたが、どうやら無理らしい。河内は自分から過去を蒸し返しただけでなく、より悪い方向へ物事を進めようとしている。そして蒼一は、それにどう対応して良いのかが分からない。

「これ以上、つきまとわれたくないだろ？　取引しようぜ。携帯番号書いてあるから、その気になったら連絡くれよ。そうだな十日以内に決めてくれ」

言うと河内は名刺を出して、無理矢理蒼一の手に押しつけた。そして素早く、蒼一から離れて、エレベーターの方に向かう。

それとほぼ同時に、車を取りに行っていた柴田が車寄せから戻ってきた。

「すみません、遅くなって。どうしました？」

「……いえ、なんでもない……」

咄嗟に蒼一は、河内から渡された名刺をスラックスのポケットへ隠す。

柴田に話したとしても、今回はあまりに条件が悪い。『身代わり』などという、到底常識では考えられないことをしているわけだが、河内は真相を知ってしまった。信じない人が大半だろうけど、そういった話を面白おかしく書き立てるゴシップ雑誌にでもリークされたら、豊原商事にとって良いわけがない。

下手をすれば蒼一の個人的ないざこざで、進めているプロジェクトに支障が出るかも知れないのだ。

——河内も『自分が話しても信じない』って言ってたし、とりあえずもう一度話をしよう。

金銭の要求もなく、求められているのは自分の体だけ。

勿論蒼一は、彼の恋人に戻るつもりなどないが、こんな下らないことに療養中の豊原やカルロを巻き込みたくない。

「では行きましょうか」

「ああ」

豊原宗一としての顔を作り、蒼一は自分には不釣り合いな高級ホテルを後にした。

翌朝、出社しようとした蒼一は、マンションを出たところでいきなりカルロの乗る車に連れ込まれた。

「あの、カルロ。今日も代理で出ないと……」

「休め。これから豊原の家に行く」

——俺が悩んでたことなんて、どうでも良くなるな。

連絡もせず、気まずく思っていたのはやはり蒼一だけだったらしく、カルロは至って普通だ。これで河内のことがなければ、普段通りに振る舞えただろう。

けれど河内の持ちかけた取引が頭を離れない蒼一は、隣に座るカルロをまともに見られない。そんな蒼一の態度に気付いているのかいないのか、カルロは特に気にする様子もなかった。

無言のまま、二人して後部座席に座り、三十分ほどで豊原の療養している邸宅に到着する。

——あの広いマンション、簡単に貸してくれるわけだ。

ここが都心だと忘れてしまうほど、邸内は静かで奥には手入れされた庭が広がっている。流石にカルロの自宅ほどではないが、庶民の持つ一般的な一戸建ての三倍はある家を前にして蒼一はただ目を見開く。

車を降り執事に案内されてカルロと共に中へと入る。室内は暖かみのある木目調の家具で統一されており、程良い間隔で絵画や彫刻が飾られており、個人所有の美術館のようだと蒼一は思った。

二階の一番日当たりの良い部屋に入ると、窓際に置かれたベッドに豊原が腰掛け、その斜め向かいでは沙織が椅子に座ってリンゴを剝《む》いているところだった。

思っていたより豊原の顔色は良かったが、よく見れば左腕に点滴を打たれていることに気付く。それでも彼は、蒼一とカルロの姿を見ると、笑顔で手招きをした。

「悪かったなあ。まさかこんなに長引くなんて、自分でも思ってなくてさ。迷惑かけて悪いな」

「それだけ疲れていたんですよ。俺の方は柴田さんやカルロがサポートしてくれてますから、専務は休養して下さい」

身代わりの話を持ちかけられたときは理不尽だと思ったが、いざ豊原を前にすると自然に気遣う言葉が出る。

彼が専務という地位にあるからではなく、気さくな豊原の人柄がそうさせるのだ。

「なあ、岩崎。良かったら、あのマンション貰ってくれよ。今のアパート引き払うんだろう？そしたら住む場所なくなるじゃないか」

「そんなっ、そこまでして頂かなくても大丈夫です。今の身代わりが済んだら、独身寮に入るつもりですから」

慌てて辞退する蒼一に、何故かカルロが割り込んでくる。

「私の家に住めばいい」

「家って?」

「ここの側に家が欲しいってこの間相談されてね。探したら丁度売り出し中の物件があったから、見てもらったの。そしたらガルディアが気に入って、日本での自宅にするみたいよ。そこに岩崎君も、住んでもらいたいんじゃないの?」

沙織の話に、蒼一は目眩を覚える。

支社を作るとは聞いていたが、家まで買ったとは初耳だ。

「それはそれで、セカンドハウスくらい持っててもいいんじゃないか。岩崎だって、一人になりたい時もあるだろ」

「ええ……できれば」

蒼一としては『一人になりたい』に反応したのだが、彼らはそうとは取らなかったようだ。勝ち誇ったように豊原が微笑み、用意してあった書類を取り出す。

「名義変更の書類。あとはお前が捺印するだけだから。手続きはうちの司法書士がやる。税金もこっちで全部支払うから、安心していいぜ」

「ですが」

「遠慮すんなって。カルロと喧嘩した時に、逃げ場があった方がいいだろ」

豊原としてはあくまで冗談のつもりだろうけど、蒼一にしてみればつまらないことでカルロを刺激して欲しくない。

「喧嘩なんてしませんよ」

「まあまあ。たとえばの話だ」

結局蒼一は逆らえず、押し切られる形でマンションの名義変更に同意してしまう。横では不満げなカルロがずっと豊原を睨みつけており、居心地悪いことこの上ない。

「家の一つや二つ、岩崎は気にしすぎだ。カルロもそんなに気にするなよ」

――俺は、そんなに家は必要ありません。専務……。

言いたいけど、世話になっている身で言えるわけがない。大体、無理矢理買わされたわけでもなく、逆に至れり尽くせりの物件を無償で譲渡してもらったのだから、これで文句を言える方がどうかしている。

――やっぱりこの中にいると、会話が別世界でついていけない。

用意された椅子に座り、一人肩を落としていると柴田が駆け込んでくる。

「遅くなって、申し訳ありません。資料を揃《そろ》えていましたらこんな時間に……」

「いいって。まだ本題に入ってなかったし」

柴田にも座るように促《うなが》し、豊原がベッドを囲むように座る面々を見回す。

「これで全員、揃ったな。それじゃ極秘会議、始めるぞ」

「何の話をするつもり？」

ずっと側にいた沙織も知らされていないのか小首を傾げると、緩く巻かれた艶やかな髪が肩からさらりと落ちる。その仕草は箱入りの令嬢らしくとても可愛らしいのだが、性格はとても激しい女性だとこの部屋にいる全員がよく知っている。

「岩崎、今回のプロジェクトに関して、なんかない？」

「は？」

予想していなかった質問に、蒼一は間の抜けた返事をしてしまう。だが、それを咎める者はいない。豊原以外は皆、蒼一と同じく固まっている。暫くの沈黙の後、まず立ち直ったのは豊原の性格を把握している柴田だった。

「専務、岩崎君は新人ですよ」

「でも参加してるじゃん」

完全に普段モードで話す豊原は、点滴をしていなければいつもと何ら変わらない。

「本気で言ってるんですか？」

「うん。ほら、岩崎って新卒だけど珍しい経験してるだろ。だからなんかアイデアないかなと思ってさ。行き詰まってるわけじゃないけど、俺としてはもう少し何か欲しいところなんだよね」

つまりは、真剣に形のしっかりした意見を求めているのではなく、ぼんやりとしたヒントが欲しいのだと蒼一は察した。

――そりゃあ、俺が熱く語ったって採用はされないだろうし……されても、困るし。

プロジェクト自体は殆《ほとん》ど概要が固まっていて、ビルの設計や入る商業施設も八割方埋まっていると聞いている。

なので大幅な変更は無理なはずだから、蒼一は当たり障りない提案をしてみた。

「家族連れでも楽しめるものを、作ってみたらどうでしょう。ミニ遊園地とか」

「結構あるだろ」

あっさり却下され、蒼一は少し考える。ここで無理だと言うのは簡単だけれど、それでは面白くない。

採用されなくとも、即興で案は出せるのだと豊原に認めさせたいというプライドが頭を擡《もた》げてくる。

「……えぇーと、だったらポップカルチャー系とか？　外国の観光客も視野に入れて、本格的な店舗を作るんです」

かなり突拍子もない案だと自分でも思うが、流行《はや》りものを取り入れるのも一つの戦略だと思う。最近はどこの企業も飛びつくが、意外に奥が深いものらしく、余程上手く作らなければ失敗する。しかし宣伝方法や市場調査を間違わなければ、かなりの需要は見込めるはずだ。

「お客様の傾向や流行りを調べるから、少し時間はかかりますけど。海外で知られているアニメとか以外に、ちょっとマニアなものやスマートフォンのカメラと連動したＣＧコンサートイベントを企画して売り出したら面白いと思います。あとこの間、ネットで見たんですけど、高層ビルの階段や施設を使って、スポーツ自転車の競技会開くとか」

「冒険だけど、既存の方法では頭打ちなのは確かだしなー」

「店舗なら、まだ全部埋まってないし。どうにかできるんじゃない？　それに室内でＢＭＸ

って、面白そう」

意外なことに、沙織が興味を示す。

「ＢＭＸ？」

一方豊原は、聞き慣れない言葉に首を傾げる。そんな豊原に、沙織が嬉々《きき》として説明を始めた。

「短距離レースや、スタントに使われる小さな自転車よ。あれ面白いの！　宗一も元気になったらやりましょうよ」

「……沙織がやりたいだけだろ」

話し合った結果、豊原は蒼一の案を基に一部企画の追加をすると決定した。口を挟まず話を聞いていたカルロ側からも、出資の了解が出る。

「凄《すご》いじゃない、岩崎君」

「とりあえず仮ってことだけど、会議にはかけるから」

半ば勢いで提案したものの、誉《ほ》められれば嬉しい。本来なら正式な会議の場で説明しなくてはならないが、新入社員の蒼一が会議で個人的な意見を述べられるわけもない。

変則的だが、こういう形で意見を発表するのが一番無難なのだ。

「当面は、俺と出資者側で考えたってことにしておくけど、落ち着いたらちゃんと岩崎の名前も資料に入れるからさ」

「専務が気に入ってくれただけで、俺は満足です」

まさか自分の案が通るとは思ってもいなかったから、蒼一としてはかなり満足だ。ちらとカルロを見ると、彼も満足げに頷いてくれる。

「悪くないと思うぞ。凡人が勢いで出した意見が良い結果を生むことはままあるからな」

——それ、誉めてないよなあ。

彼が蒼一の意見を評価しているのは本当だ。だが常に上から見た物言いをするので、どうも引っかかる。カルロの性格を知らない者が聞いたら、馬鹿にされたと思うだろう。

しかし仕事に関して、カルロは一切の妥協もお世辞もないと蒼一は知っているから、複雑な気持ちになる。

カルロが認めたということは、期待されているということでもある。

誰もが立て直すことなど無理だと思っていたアルジェントカンパニーを、二十代の青年がたった数年で元通りどころかイタリアの代表格となる企業に作り替えたのだ。そんな彼に認められたというのは、ある意味ものすごいプレッシャーでもある。

——もしも恋人でなくなっても、俺に仕事をこなす能力があるならカルロは側に置いてくれる。けどそんなのって辛《つら》いだけだし……。その前に、仕事ができなくて恋人として見限られる確率の方が高いんじゃないのか？

今回の企画はたまたま通っただけだ。もしカルロが今の発言を蒼一の能力と考え期待されたとしても、応え続けるなんて自分には無理に決まっている。

「ところで岩崎、アパートの方はどうした？」

暗い考えに沈みそうになっていた蒼一は、豊原の問いかけで我に返った。

「……はい。大家さんには挨拶を済ませたので、後は契約を代行している不動産屋で書類を受け取るだけです」

一瞬河内の顔が頭を過ぎり焦るけれど、どうにか打ち消して冷静に答える。蒼一にとって現状で一番問題なのは、豊原の身代わりでもプロジェクトの内容でもなく、河内の存在なのだ。


なんだかんだで療養している筈の豊原を含めた全員での話し合いは夜まで長引いてしまい、結果的に蒼一が解放されたのは朝になってからだ。一晩中慣れない企画会議に付き合わされ、とても『豊原宗一』として振る舞う気力もなくなった蒼一は豊原の了承を得て会社を休むことにした。

――休んだのは、俺じゃなくて専務なんだから関係ないんだけど。

それでも小心者なので、気が引けてしまう。表向き、『岩崎蒼一』は重要な取引相手のカルロを接待しており、出張という扱いになっている。

しかし現在、一番の問題はまたカルロと二人きりだということだ。マンションへ帰ろうとする蒼一は、当然のようにカルロの車に乗せられてしまい今に至る。

運転席には専属の運転手がいるのだが、完全に気配を消しており後部座席へ意識を向けている様子もない。

流石プロと言いたいけれど、豊原の家を出てから一言も喋《しゃべ》らないこの空間では、とにかく気まずくてたまらない。

――機嫌、悪いのか？　って、どうして俺が、カルロの機嫌を気にしなきゃいけないんだ。

アパートでの出来事に関して、カルロはまるで何もなかったかのように一言も喋らない。

発端は蒼一がローターの出所を言わなかったからだけれど、あんな酷い真似をしなくてもいいと今なら思う。

ただでさえ、河内の脅迫めいた言葉が気になって仕方ないのに、更にカルロの機嫌まで気にしなくてはならないとなると、本格的に胃が痛くなりそうだった。

蒼一は、ちらと右に座るカルロを見遣る。真《ま》っ直《す》ぐ前を見つめる横顔は相変わらず綺麗で、窓の外を流れる夜景と相俟《あいま》って幻想的な雰囲気さえ纏っている。

――カルロにはボディーガードがついてるから、河内一人じゃ何もできないと思うけど……。

カルロとは接触できないと分かっていても、河内は何をするか分からない。彼が行動を起こす前に、どうにかしなければと考えていると、突然カルロが予想もしていなかったことを言い出す。

「河内と、会ったのか」

「会ってません」

訪ねられて、驚きの余り咄嗟に嘘を言ってしまう。

河内との関係は以前話したし、カルロも信じてくれた。けれど脅されているという現状が、蒼一から冷静な思考を取り去っていた。

ローターを見つけられた時よりも、はるかに動揺している。

――どうして、いきなりそんなことを聞くんだ？

これまでカルロは、蒼一の元恋人である河内の話題など出したことがなかった。あくまで河内は蒼一にとって『友達以上、恋人未満』という認識でしかなく、別れた相手であるのなら蒸し返す必要性も感じない。

というのがカルロの考えらしかった。

けれどカルロは、動揺する蒼一を追い詰めるように続ける。

「嘘は良くないな」

「え……」

――知ってて、わざと聞いたのか？

思わずカルロの方に顔を向けるが、横顔からは何の感情も読み取れない。

嘘をついたことを叱《しか》られるかと思ったが、カルロは全く気にしていない様子だ。それが更に、蒼一を不安にさせる。

「彼は変わった人物だ」

『会ったんですか』と聞きたかったけれど、唇が震えて声が出ない。しかし明らかに会ったとしか思えない物言いに、蒼一は困惑する。

自分の態度を不審に思い、カルロの方から河内に接触を試みるという可能性に、今更気付いた。カルロが自分を信頼しているという大前提があるから、そんな心配はしていなかったけれど、それこそが思い上がりだったのかもしれない。

——俺ってカルロからしたら、どういう位置づけなんだろう。

愛してると言われたけれど、未《いま》だ彼の告白を信じきれていない。カルロほどの人物が、自分を恋人として認めてくれているのが、理解できないのだ。

たとえ遊びだとしても、いや、遊びだからこそその相手が元の恋人とよりを戻したとなれば、プライドの高い彼が許すはずもない。

蒼一が不在の間に入れられていた手紙のことや、ホテルでの接触のことを話そうかと思ったけれど、この状態では言い訳にしかならないだろう。

——どうすればいいんだよ……。

返答に困って黙ってしまった蒼一に、カルロは特に気遣う素振《そぶ》りもない。気まずいどころではない沈黙が、車内に満ちる。

こみ上げてくる不安は大きくなるばかりで、冷静になろうとする思考を止めてしまう。

そんな中、まるで見計らったようにカルロのジャケットから携帯の着信音が響いた。

「私だ……分かった。すぐに行く」

相手が誰だか分からないが、相当重要な内容なのだろうと声で察せられた。

「用ができた。数日は、会えないだろう。なにかあれば、柴田に伝言を頼め」

「俺が直接電話したら、駄目ですか？」

「そうだ、気が散る」

冷たく拒絶され、蒼一は息を呑《の》む。

——嫌われた……のか。

いつのまにか車はマンション前に到着しており、運転手が蒼一の座っている側のドアを開ける。仕方なく外へ出ると、すぐにドアが閉められた。

「あの、カルロ」

ガラス越しでも届くように強く呼びかけたはずなのに、カルロの視線は前を向いたまま微《び》動《どう》だにしない。普段の彼なら窓を開けてくれただろうけど、それもしないどころか、まるで蒼一の存在を忘れてしまったかのように無表情だ。

呆然とした蒼一を置いて、カルロを乗せた車は走り去った。

それからどうやって、部屋まで戻ったのか記憶がない。気づいた時には真っ暗なリビングで、床に直接座り込んでいた。

「あんな人、もう好きじゃないって言えたら、楽なんだろうけどな……」

あまりに唐突すぎる展開に、涙も出ない。カルロの気持ちが自分から離れたのだろうと理解はしたけれど、感情が追いついていかないのだ。

なのに自分は、カルロを嫌いにはなれない。

もしカルロが河内と接触していたら、絶対に河内から理不尽な要求を突きつけられているだろう。カルロが河内の浅知恵にすんなり屈するとは思えないが、少なくとも、不愉快な思いをするのは確実だ。

ただでさえ新しいプロジェクトや支社の準備で忙しいのに、こんな些細なことでカルロの気分を害したくない。

カルロは河内が何を要求しようと聞き流すだろうが、煩《わずら》わしくは感じるはずだ。僅かの間でも、カルロが自分のせいで不愉快な思いをすると考えると、蒼一は憂鬱《ゆううつ》になる。

——嫌われても、俺はカルロを守ろうとしてる。俺って馬鹿かも。

あんなに身勝手なのに、やっぱり自分はカルロが好きなのだ。理不尽な真似をされても、こうして心が離れてしまったのを感じても、カルロを想うことを止められない。

「だからって、カルロに何か言ってもウザがられるだけだろうし。だったら……俺にできることをするしかないよな」

河内がカルロに纏わりつかないようにするには、彼の要求を呑むのが手っ取り早い。それは蒼一にとって耐え難いことだけれど、他に良案がないのだから仕方がなかった。

自分はどのみちカルロから別れを告げられる。なら気にせず河内の誘いも断ればいいが、それではカルロに迷惑がかかる。自分との関係を盾に強請られる可能性は高い。

黙って言いなりになる彼ではないだろうけど、ただでさえ忙しいカルロにつまらないストレスを残して去るのは嫌だった。

――つまらないプライドだって分かってるけどさ……。

ここまで追い詰められても、カルロの心配をしてしまう。僅かな間でも彼と恋人だったことは、蒼一にとって誇らしい思い出だ。一般的には同性同士の恋愛はまだ社会的に認められていないけれど、あのカルロと対等にいられた時間は素直に嬉しいし楽しかった。

それをこんな形で壊してしまうのだから、せめて彼には煩わしさを感じて欲しくない。

好きでもない相手に一晩だけ抱かれることを選択した瞬間、蒼一の目から一粒の涙が零れた。


数日経過しても、状況は何も変わらない。否、悪化しているとカルロは感じている。

カルロは、どうしても蒼一《そういち》の行動が理解できなかった。

――どうして私に、頼ろうとしないんだ。

イタリアの時もそうだが、どういうわけか蒼一は自身の手に余る問題でも『迷惑はかけられない』という理屈で、なかなか打ち明けないのである。

カルロにしてみれば、蒼一が悩んでいることなどとうに調べがついているので、事情も九割方把握している。

豊原《とよはら》の邸宅を訪れた帰りに、興信所からの連絡を受けた後は蒼一とは連絡を取らず、今後の計画を練っていたのが裏目に出た。

特にここ数日、蒼一の憔悴《しょうすい》ぶりは誰の目にも明らからしく、事情を知らない柴田《しばた》でさえカルロに疲弊している理由を尋ねてくるほどだ。

話しかけても上の空、といった状態とは逆で仕事に集中しすぎてまともに食事や休憩も取らない。表情も笑うことがなくなり、眠っているのか訝《いぶか》しむほど、顔色も悪いと聞いている。このままでは蒼一の体調も心配だが、身代わりとして演じている『宗一《そういち》』が酷《ひど》い病気なのではと疑われるかも知れない。

そんな表向きの事情にも考えが及ばないほどに、蒼一は馬鹿げた脅迫に振り回されている。

――いい加減、蒼一も限界だろう。

自分のことは棚に上げて、カルロは珍しく溜息《ためいき》をつく。

仮住まいとしているホテルには戻らず、豊原から貰《もら》った合い鍵を使い蒼一の暮らすマンションに来たのが一時間ほど前のこと。今日は残業もパーティーの予定も入っていないから、もうそろそろ蒼一が戻る時刻だ。

久しぶりに訪れたマンションのリビングで、ワインを片手に勝手に寛《くつろ》いでいたカルロは玄関のドアを開ける音に気づいて視線を向ける。

「予定通りだな」

「カルロ？」

どうして自分がいるのか分からないといった様子で、蒼一がぽかんとしてカルロを見つめる。

「話がある。座れ」

用事があっても、カルロから出向くことはまずない。豊原のように病気で動けないなどの事情がなければ、自分のオフィスに呼び出すのが常だ。

しかし、蒼一だけは特別なのだが、肝心の恋人はその重大さを全く理解していない。

「えっと……すみせん、これからまだ仕事が……」

「嘘を言うな。君のスケジュールは確認済みだ。今夜から、明後日《あさって》までは待機だろう」

はっきり言うと、蒼一が唇を嚙《か》む。

恋人はとても分かりやすい性格をしていて、カルロはそれをとても好ましく思っているが、時々それが徒《あだ》となる。

「蒼一」

「すみません。急な仕事なんです…本当に……」

少し強く名を呼ぶと、気まずそうに俯《うつむ》いて同じ言い訳を繰り返した。呆《あき》れて黙ると、蒼一は踵《きびす》を返して部屋から出て行こうとする。

「待ちなさい。話はまだ、終わっていないぞ」

ソファから立ち上がり、蒼一の側《そば》に歩み寄るとその手を摑《つか》んで引き留めた。触れた瞬間、びくりと蒼一が体を竦《すく》めるので、カルロは何ともいえない気持ちになる。

恋人を、苛《いじ》めたいわけではない。

むしろ、周囲に気を遣いすぎて全て抱え込もうとする蒼一を守りたいのに、本心を聞き出そうとすると、どうしてもその過程で怯《おび》えさせてしまう。

だがカルロには、頑《かたく》なな蒼一の心をこれ以上どうやって優しく解《ほぐ》して良いのかが分からないのだ。

自分の地位や能力を知っているのに、追い詰められるまで何故《なぜ》助けを請わないのだろうか。

そんな苛立《いらだ》ちが、声に出てしまう。

「どうして学習をしない？」

「カルロ、俺は……」

「イタリアでの入れ替わり騒動の時もそうだ。君は問題が起こると、全て自分だけで抱え込もうとする」

指摘に思うところがあるのか、蒼一が俯く。

「解決する能力がないのだから、私に頼れ」

「そりゃあ、俺はカルロみたいに万能じゃないけど自分のことくらいはなんとかしたいんです」

「解決できるなら、私も口出しなどしない。しかし今回のことは、そう簡単にはいかないから悩んでいるのだろう？　一人で背負っても、悪化させるだけだ」

そう諭《さと》しても、蒼一は納得いかないのか、なかなか返事をしない。煮え切らない恋人の態度に、苛立ちがつのる。

「どうせ金か体を要求されたんだろう？　そんなことを受け入れれば、二度三度と要求されるに決まってる」

カルロからしてみれば、脅迫する側の心理など手に取るように分かる。特に今回のように単純な相手の場合は、金か体を要求してくるだけだ。冷静な思考が出来るよう話したつもりだったが、蒼一からすると完全に予想外だったらしく、カルロの指摘は裏目に出た。

「やっぱり河内《かわうち》と会っていたんですね？」

理解しがたい理論展開に、カルロは目眩《めまい》を覚える。

八方ふさがりの状態で、ネガティブな思考になるのは仕方がないが、ここまで悪い方向に思い込んでいるとは予想外だ。

「言っておくが、私は河内本人と接触などしていない。私が言っているのは、君の言動から察せられる予想だ。脅されて屈するのと、相手の意見を聞き入れつつ、妥協案を受け入れるのとでは意味合いが違う」

項垂《うなだ》れる蒼一に、カルロは冷静に続ける。

「蒼一は弱さと優しさを混同している。自己犠牲など、蒼一の独りよがりでしかない。私は蒼一が犠牲になることで解決するような案には、賛同しかねる。それに豊原達にも、隠し通せると思っているのか？　君は感情が表に出やすいから、すぐに気づかれるぞ。そうなれば、彼らも悲しむ。大切に想っている周囲にも迷惑がかかることを忘れるな」

大切に想っているからこそ、多少厳しく言わなければと思い諭したのだが、蒼一の反応にカルロは目を見開く。

「……カルロから見たら、俺は馬鹿で役立たずだよ。何の取り柄もないし」

ぼろぼろと涙を零《こぼ》し、自身を卑下する恋人を呆然《ぼうぜん》と見つめる。

「考え方、甘いし。相応の地位もないのに、偉そうに意見言ってすみません」

泣いているのに、声はよどみなく謝罪を口にする。感情のままに泣きわめくなら、まだ心は正常の範囲だが、今の蒼一の精神状態は明らかに不安定だ。

——普段とどうも雰囲気が違うと思っていたが、ここまで弱っているとは想定外だな。全く、冷静になるべきは私の方だ。

恋人の気持ちを思い遣《や》れなかった自分に内心呆れつつ、カルロは蒼一の腰に手を回し抱き寄せる。

「すまない」

「カルロは、悪くないです」

瞬《まばた》きをするたびに、黒い瞳から大粒の涙が零れて落ちる。蒼一は自分が泣いていると自覚がないのか、それを拭《ぬぐ》いもしない。

どこか諦《あきら》めたような表情で涙を流す蒼一の姿は、見ていて痛々しかった。

「気紛《きまぐ》れでも、俺のこと恋人として扱ってくれて、自惚《うぬぼ》れてたから罰《ばち》が当たったんだ」

「なにを言っている？」

「河内に言われたんです『お前とじゃ、釣り合う筈《はず》ない』って」

「私ではなく、第三者の言葉を信じてたのか？」

呆れて問い質《ただ》すと、蒼一が力なく首を横に振る。

「俺自身が、ずっと思っていたことです。堂々と『カルロの恋人』だって、俺は自信がないから言い切れない……改めて指摘されて、周囲から見たら釣り合わないって思われても仕方ないんだなって思ったんです」

「私達の関係を知らぬ者に何を言われようと、気にすることではない」

「カルロの気持ちは疑ってないけど、俺が側にいたら迷惑になるのは本当だし……」

イタリアで何度も繰り返された問答だ。

最近になって、やっと蒼一も自分の恋人であることを受け入れたと思っていたが、どうやらそうではなかったらしい。

「私はこんなにも君を愛しているのに、そんな戯《ざ》れ言《ごと》に惑わされて。馬鹿げているにも程があるぞ」

柔らかな黒髪をそっと撫《な》でながら、カルロは恋人の瞳を覗《のぞ》き込む。

「君を豊原の家に連れて行ったのも、彼の提案だ。皆君を心配している」

「そんな、俺なんてただの社員なのに」

「もっと自分に自信を持て。私は恋人として君を守りたいし、豊原達は友人として君を案じているんだぞ。ただ心に留め置いて欲しいことがある。君は無防備で、人を信頼しすぎる。

それは美徳だが、相手によりけりだ。決して君を責めているわけではない、分かるな蒼一」

カルロからすれば、どうして蒼一がここまで自身を卑下するのかが分からない。自分もそうだが、豊原達も蒼一を彼らなりの価値観で認めているからこそ、プライベートに踏み込むことを許しているのだ。

これが単に『身代わり』要員としてだったり、下らない遊びに付き合わせるだけなら、その都度《つど》呼び出せばいいだけだ。

なのに蒼一は、それを理解していない。

いや、理解したとしても、心理的に一歩引いてしまうのだろう。

「君の言葉を借りて表すなら、確かに蒼一と私たちとは住む世界が違う。だが私も豊原達も、君を好ましく思っているから友人と思って接しているんだ。もし君が『付き合いきれない』と考えているなら、素直に言えばいい。君の心地よい付き合い方を、彼らは考えてくれるはずだ」

「カルロ……」

「ただし、私は君との関係をゼロに戻すつもりはない。君は、私のものだ」

真摯《しんし》に想いを告げたのだが、何故か蒼一が吹き出す。

「貴方《あなた》は本当に、なんて言えばいいんだろう……暴君ですよね」

やっと気持ちが落ち着いたのか、蒼一が深く息を吐いてそっと身を寄せてくる。相当緊張していたと分かり、カルロは愛《いと》しい恋人を抱き寄せると優しく頭を撫でてやる。

「いい子だ蒼一。ただ、一つ失言をしたぞ。私は自分が暴君とは思わない、しかし――」

意地の悪い笑みを浮かべ、蒼一の額《ひたい》に口づけを落とす。

「今回は特別に許そう」

触れるだけの軽いキスをすると、蒼一の頬《ほお》が見る間に赤く染まる。数え切れないほど淫《みだ》らな夜を共にしているのに、未《いま》だにこの羞恥心《しゅうちしん》の強い恋人は些細《ささい》なことで過剰反応するのだ。

それがまだカルロを楽しませるのだけれど、蒼一は気づいていない。

「待って、カルロ。河内の話を……」

「その前に、君を抱く。もう随分と、触れていないんだぞ」

「や……っ」

スラックスの上から自身をやんわりと握ると、蒼一が甘い悲鳴を上げて縋《すが》りついてくる。敏感な反応に加虐心が煽《あお》られるが、カルロは理性でそれを抑えた。

――泣かせるのは、ベッドの上で十分だ。

「ここではしない。だからそう、慌てるな」

優しく微笑《ほほえ》むと、蒼一も幾《いく》らか落ち着きを取り戻しておずおずと頷《うなず》く。

――自覚していた以上に、私は蒼一に執着していて酷くなるばかりだ。

愛おしすぎて、冷静になれない。だがそれを改めるつもりなど、カルロにはなかった。

蒼一が絡《から》むと、どうしても理論よりも感情が先に立ってしまう。

これまでは周囲の利害関係を考慮して行動していたはずなのに、蒼一の安全のみを考えている自分がいる。

万が一、感情で動いたとしても失敗しない自信はあった。だが今回のことで一つだけ、カルロは自身の失敗を認めざる得ない。問い詰めたり、わざと気持ちを揺さぶるような言動をしたのは、カルロ自身が不安だったからだ。

それはらしくなく、嫉妬《しっと》と呼ばれる感情で、愛する人に向けてしまった。

――これでは、蒼一ばかりを責められないな。……しかし、もう少し冷静にならないと蒼一を理不尽な嫉妬心で縛りつけてしまう。何か自身を制する案を考えないといけない。

蒼一を抱きしめたまま思案していると、不安げな声がカルロの耳を擽《くすぐ》る。

「カルロ？」

「今は寝室で君との愛を確かめたいよ、蒼一」

今度は頬だけでなく、蒼一の体がふわりと火照《ほて》るのが分かった。


寝室で二人きりになるのは、久しぶりだと蒼一は気づく。

ベッドに押し倒され服を脱がせあう間も、カルロは飢えた獣のように蒼一の体へ口づけてくる。自分のアパートで口淫《こういん》をして以来、まともに触れられていなかった肌はそれだけで疼《うず》いてしまう。

「あ、あの……そう言えば、カルロの仕事は？」

「大体は決まった。あとは部下に任せてある。支社の方も、問題ない」

「専務の代理をしてたんじゃないんですか？」

確かカルロは、豊原直々《じきじき》に新規プロジェクトの確認を頼まれていたはずだ。機密部分は流石《さすが》に公開はしていないだろうが、部下に任せて良い内容ではない気がする。

決裁書類の判子《はんこ》押しだけが仕事だった『身代わり専務』の蒼一でも、それくらいは想像がつく。

「流石に他社の仕事だけを手伝うほど、間抜けではない。こちらに来てからも、本国の仕事は全て目を通していたぞ」

冷静に考えれば、その通りだ。カルロはアルジェントカンパニーのトップで、ほぼワンマンで指揮を執《と》っていると言っても過言ではない。信頼できる部下が揃《そろ》っていようとも、必ず最終チェックは彼自らが入れるのだ。

「カルロはすごいですよね」

「やけに、素直だな。急にどうしたんだ？」

「やっぱり、不安になりますよ。俺なんかが、カルロの側にいていいのかって」

「私の方こそ、不安だぞ」

思いもよらないカルロの告白に、蒼一は目を見開く。そんな蒼一に、カルロが更にたたみ掛けた。

「蒼一は私が好きなのか」

一瞬、耳を疑う。あの自信家のカルロが、恋人と公言している自分の気持ちを確かめようとしているなど、信じられない。

――俺が嫌いだって言っても、否定するような性格なのに……。

互いに無言で見つめ合い、沈黙に耐えられなくなったカルロが口を開く。

「私を本当に不安にさせたのは、蒼一だけだ。会社建て直しのときは難しかったが、不安などなかった」

意外な告白に驚くけれど、素直な思いを聞けたのは嬉《うれ》しかった。だから蒼一も、胸につかえていることを吐き出す。

「河内が俺の元恋人って知ってて、誘導尋問するような言い方したでしょう……だからカルロが、河内と会って話をしたのかと、勘違いしたんです」

「君がなかなか素直にならないのが悪い。だが私にも非があったのは認めよう。それと、あの男のことは、個人的に調べさせてもらった。手紙も玩具《おもちゃ》も、彼が用意したものだね」

「調べたって……」

仕方ないけれど、ショックを隠せない。今なら蒼一のことを心配しての行動だと頭では理解できるけれど、秘密裏に動いていたと知らされて直《す》ぐには納得ができなかった。

「君が正直に話せば、こんなことはせずにすんだ」

「……そう、ですけど……」

素直じゃない蒼一を叱《しか》ってから、カルロが深く溜息をつく。

「君の尊厳を無視するような真似をして、すまなかった」

「尊厳だなんて、大げさですよ。止《や》めて下さい！　あなたがそんなふうだと、調子が狂うから普段通りにして下さい。お願いします」

叱責されるかと思いきや、珍しくカルロが非を認めるので蒼一の方が慌ててしまう。

その言葉を聞いた途端、カルロはすぐ立ち直る。

「そうか」

彼らしいと言えばそれまでだけれど、何だか釈然としない。

——カルロなりに本気で謝ったのは伝わったけど。もう少し反省させても、良かったかな。

もし沙織《さおり》がいたら『岩崎《いわさき》君は甘い』と断じていただろう。

「愛しているよ、蒼一」

「好きです、カルロ……貴方は、夢の中でも強引でした。でも」

夢に出てくるカルロは現実の彼と同様強引にベッドへ誘うのに、キスと口淫より先に進まないのだ。焦《じ》らされた状態で目覚めると、当然下半身は情けないことになっている。

「どういうことかな?」

興味津々といった様子のカルロに、蒼一は半ばヤケになって、ここしばらく見ていた夢の話をしてやった。

ついでにいつもは強引に触れるのに、夢では何もしないカルロに苛立っていたと、理不尽な怒りを口にする。

「また一つ、君の魅力をみつけたよ」

真顔でのしかかってくるカルロが、蒼一の顎《あご》を掴んで視線を合わせた。

――なにを言うつもりだよ……。

微笑むカルロは、おとぎ話に出てくる王子そのものだ。肩口まで垂れた金色の髪に、碧《みどり》がかった青の瞳。

貴族然とした雰囲気を纏《まと》い、それが嫌味でなく当然のものとして受け入れられる。そして頭脳明晰《めいせき》、容姿端麗とくれば欠点を探す方が難しい。もしも今、カルロに欠点を聞けば『欠点ではないが、弱点は蒼一だ』と臆面《おくめん》もなく答えるだろう。

嬉しいような、くすぐったいような不思議な感情が蒼一の胸を満たす。

「拗《す》ねた君も、可愛い」

男が言われて嬉しい言葉じゃないのに、恋人という特別な立場を抜きにしても赤面してしまう。

蒼一が言えば笑われて終わるような台詞《せりふ》でも、カルロが口にすると全く重みが違ってくる。

「夢の中だけでは、満足できないか？」

意地悪を言うカルロに、蒼一は不満げに唇を尖らせる。

「キスとフェラしか、許してくれなかったんです」

喉奥《のどおく》を小突く感触を思い出して、背筋が震えた。カルロの雄は彼の容姿と同様にとても整った形をしているくせに、逞《たくま》しくそして射精も長い。

数回続けてセックスをしても芯は硬く、精液の量も変わらないのだ。あの男性器でイく快感を知ってしまったら、性別など関係なく虜《とりこ》になる。

「夢の中の私は、随分と謙虚なのだな」

「現実と全然違いますよね」

嫌味を言うと、カルロは眉《まゆ》を顰《ひそ》めて怒った振りをする。それさえ整いすぎていて、見惚《みと》れてしまうから困る。

「では、蒼一には現実がどんなものか、思い出してもらわないといけないね。膝を立てて、脚を開きなさい」

「あ……ぁ…カルロ……」

「君の蕩《とろ》けた声は、とてもいい」

快楽を欲しがっていた体は、恥ずかしい命令に嬉々《きき》として従う。後孔に指が触れただけで、蒼一はこれから与えられる激しい快感を予感して息を呑《の》んだ。

「普段清楚《せいそ》な君が、私の前でだけ乱れるというのは非常に嬉しいよ」

「だって…カルロが、そういうふうに変えた…から……っあ」

「後悔、しているのか？」

「そんなこと、ありません」

こんな綺麗《きれい》な人となら、同性であっても肌を重ねることに抵抗は感じない。

それも遊びではなく、真摯に自分を好いてくれるから、その気持ちだけで嬉しくて泣きそうになる。

「ぁ…ゆび……挿《はい》ってる」

「私だけのものだよ」

感じやすいようにしつこく愛撫《あいぶ》された前立腺《ぜんりつせん》は、ぷくりと膨れている。指の腹で刺激され、蒼一は甘い吐息を零した。

入り口付近も好きだけれど、指では届かない奥を擦《こす》られないと、淫らな疼きは治まらないのだ。

「お願い…カルロの、挿《い》れて……」

「仕方がないな。もう我慢ができないのか」

既に蒼一の痴態《ちたい》を見て勃起《ぼっき》したカルロの雄が、これ見よがしに内股《うちもも》へ擦りつけられる。逞しい欲望は、蒼一を欲して反り返っていた。

先端から溢《あふ》れる先走りを目にした蒼一は、口淫したときの痴態を思いだし、そしてカルロが勘違いをしているだろうことを訂正すべく羞恥で震える唇を開く。

「この間のは……」

無意識に手を伸ばし、カルロの雄を支えて後孔へと導く。

「いったのは、カルロの精液……飲んだから。その時、カルロに……されるの、想像したら感じて……だから、ローターじゃイッてない」

「君はどうして、そう可愛いことを言うんだ」

額にキスをされるのと同時に、先走りで濡《ぬ》れた先端が後孔を割り開いた。カリ首までを含ませる軽い挿入だが、今の蒼一にはとてつもない快感として認識される。

「あっ」

「このままでも、達してしまいそうだね。まあ、勿体《もったい》ないから、奥まで堪能《たんのう》させてもらうよ」

「ん、く…ぅ」

下腹部がひくりと痙攣《けいれん》し、後孔が亀頭をきゅうっと締めつける。

カルロはささやかな抵抗など構わず、自身の半ばまで含ませると、そのまま体を反転させた。カルロの腰を跨《また》ぐ形で座った蒼一は、己の痴態と快感に身悶《みもだ》える。

「ひ、っ……嫌ぁ……あ」

自重でカルロの雄を飲み込んだ蒼一の体は、衝撃に震えた。

暫《しばら》く受け入れていなかったせいもあり、ただでさえ狭くなっていた後孔をいきなり奥まで貫かれ少しの間、快感よりも恐怖が勝る。

——硬い…カルロの、奥まで一気に来た。

何度挿入されても、慣れることができない。張り出したカリに肉襞《にくひだ》を擦り上げられると、全身がふわりと熱くなり軽く達してしまう。その余韻に浸る間も与えず、カルロは蒼一の内部を甘く責め苛《さいな》むのだ。

——それに、久しぶりだから……感じすぎる。

少し動いただけで、全身が蕩けそうになる。

「あ、あ……カルロ」

ぞくぞくと背筋が震え、自身の先端に蜜《みつ》が浮かぶ。

硬い腹筋に両手を置いて体を支えたまま、蒼一が動けずにいるとカルロの手が太腿《ふともも》をなで上げる。

「ひっ」

「君がこの体位が好きなことは知っているよ」

「かるろ……なに？」

「好きな所を擦れるからね。その細い腰を自ら折ってしまいそうなほど激しく動かす君は、淫らでとても愛らしい」

緩い愛撫にもどかしさを感じて、蒼一は無意識に腰を揺らす。すると蕩けてしまいそうな刺激が繋《つな》がった部分から広がり、快楽の涙が目尻《めじり》に溜《た》まる。

「君の瞳は潤むと、宝石のように輝く」

「恥ずかしいから言わないで下さい！」

「本当のことだ。快楽で蕩けて泣く君は格別に美しいよ、蒼一」

控えめに腰を動かすと、合わせるように突き上げられる。自然と蒼一は悦《い》い部分にカリが当たるように、深くまで銜《くわ》え込む。

次第に激しくなっていく互いの動きに合わせて、淫らな水音が結合部から響き、蒼一の羞恥を煽った。

「ひっあ、う……」

「ああ、この辺りがいいんだね。ずっと痙攣している」

苛めとしか思えないカルロの指摘に、蒼一はいたたまれない気持ちになる。

「私と離れている間、こんなに感じやすい体をどうしていたのかな？　正直に言いなさい」

「っ……」

もう射精だけでは満足できない体だと、カルロには見抜かれている。こんな体に作り替えてしまった張本人なのだから、当然と言えばその通りだ。

隠しても無駄だと悟った蒼一は、淫らな変化を赤裸々に口にする。

「自慰は、我慢してました」

カルロと会えない間、男としての生理的欲求に苛まれたことは何度もある。けれど蒼一は、夢精以外では決して自分から自身に触れようとはしなかった。

昂《たか》ぶり疼く下肢から気を逸《そ》らすのは容易ではなかったけれど、触れてしまった後のことを考えれば一時的な慰めなど無意味だ。

「俺……前を弄《いじ》っただけで満足できないかもって、何となく思ってて…でも今日、カルロとセックスして分かりました」

話している間も、後孔は淫らな収縮を繰り返す。

「カルロに挿れてもらわないと、俺もう……駄目……ん」

体はカルロの雄が与えてくれる悦《よろこ》びを、完全に覚えてしまった。

「こんな、やらしくて…ごめ…なさい……」

「何故泣く？　君が私だけに淫らなのだから、問題ないだろう蒼一。これからはもう、君を離しはしないよ」

濡れた頬を、カルロの手が撫でる。

愛撫するように目尻を擽られて、蒼一は困ったように微笑む。

「けれど、黙っていた分のお仕置きはしないといけない」

「え……嫌ぁ、ッ……カルロ……ひっ」

自身の根元を指で縛《いまし》められた蒼一は、カルロの手を退《ど》かそうと試みた。けれど激しく突き上げられて、指先から力が抜ける。

体が崩れないよう支えるだけで精一杯になり、カルロの腹筋に両手を置いたままいいように弄《もてあそ》ばれてしまう。

「……も、やだ…ぁ……かるろ、助けて……」

「嫌？　私が指で押さえても、ここは嬉しそうに涎《よだれ》を零しているよ」

「でも…苦しいっ」

「酷くされると、君は感じると実証済みだ。君の痴態は私しか見ていないのだから、もっと乱れればいい」

——だから、そんな恥ずかしい姿を、カルロには見せたくないんだってっ……分かれよ、馬鹿カルロ！

口を開けば恥ずかしい嬌声《きょうせい》か、あるいは情けない懇願が切れ切れにしか出てこない。なので仕方なく心の中で罵倒《ばとう》して、蒼一は延々と続く快楽の波に翻弄《ほんろう》される。

「このまま、どのくらいイき続けられるか試してみようか」

「やだ…出したいっ」

単純にカルロは、蒼一を快楽に浸らせたいだけで悪意などない。そう分かっていても、射精を許されないまま緩い絶頂を繰り返すのは苦しいだけだ。

「頼むから…カルロ……ゆび、離して……」

懇願は聞き入れられ、根元を摑んでいた指は外れたが、かわりに指の腹が鈴口を押さえた。緩く封じているだけなので、蜜を放つことは可能だ。

「い、く……ッ」

最奥まで犯す雄を締めつけながら、蒼一は吐精した。けれど指が邪魔をしているせいか、勢いよくは放てずとろとろと幹を伝い落ちていく。

もどかしさに蒼一は自ら腰を振り、自身を追い上げていく。だがそれは、カルロの快感も高めることに繋がる。

——カルロも…っ…おくに。

中に勢いよく出され、蒼一は息を詰めた。蕩けた内壁に、熱い流れがばしばしと当たる感触まで分かる。

「あ、あ…違う……カルロ」

手を伸ばすと、カルロが両手を握り返してくれる。

「蒼一？」

「これ、やだ……」

息が整っていないせいで、どうしても言葉が舌足らずになる。しかしカルロは全てを理解したらしく、薄く微笑んで蒼一の手をそっと引く。

促《うなが》されるままに、蒼一は完璧すぎる恋人の胸に倒れ込んだ。

「すこし、苛めすぎたな」

——やっぱり、自覚あったのか。

文句を言ったところで、カルロが謝罪するわけがない。それどころか、どれだけ蒼一の体が敏感に反応していたか事細かに説明されるのがオチだ。

「ンッ……ぁ」

カルロに抱かれたまま、再び体位が変わり雄が抜かれた。

膝裏を摑まれ曲げられると、後孔から精液がこぽりと溢れ出てシーツに滴《したた》る。

——カルロに…見られてる……。

蒼一の両脚を限界まで開くと、カルロが半勃《はんだ》ちの自身を入り口に押しつけた。彼の精液で濡れたそこは、易々と男性器を飲み込む。

「カルロ…んっ」

ゆっくり挿入されると、雄の形が分かってしまい淫らな欲求が込み上げる。

「そのまま、動かずにいなさい」

「…はい……」

正面から抱きしめられ、蒼一はほっと息を吐いてカルロの背に両手を回す。体温も鼓動も近づくこの体位が、蒼一にとって一番落ち着くのだ。

「これ…すき……なんです」

「何故？」

「カルロを沢山感じられるし、抱きしめることもできるから……」

ストレートに言い過ぎて、急に気恥ずかしくなってくる。だが、言ってしまったものの取り返しはつかない。

やけに真剣な青の瞳が、蒼一を射た。

「カルロ？」

「これまでも数え切れないくらい誘惑は受けてきたが、蒼一の言葉が一番心に響いた」

真顔のカルロに、自分がとんでもなく面倒な事態を引き起こしたと気付いたが、既に遅かった。

「言った分の責任は取りなさい」

「…え、待って……あぁっ」

腰を抱えられ、急激に質量と硬さを増した雄が奥を抉《えぐ》るように何度も突き上げる。感じる

ように開発した本人に、敏感な部分ばかりを狙《ねら》って刺激されたらひとたまりもない。

蒼一はカルロにしがみつき、両脚をカルロの腰へ絡めた。

「ぁ…あ……おく、いい…っ」

足先までぴんとひきつらせ、カルロの背中に爪《つめ》を立てる。

「んっ……っ」

くぐもった喘《あえ》ぎ声を上げて、蒼一は弱い絶頂を迎えた。一応射精はしたけれど、勃起した先端からとろみのある蜜が数滴零れただけだ。とても射精と呼べるものではないが、確実に蒼一は達していた。

——ずっと感じて、後ろが震えっぱなし……あっ。

無意識にカルロの背に爪を立てていたと気づき、蒼一は急いで手を離そうとする。

「ぁ…あ、ごめ……カルロ……」

「何故、謝る?」

「だって背中、引っ掻《か》いて…」

「それだけ感じているんだろう? 気にすることはない」

楽しげに言って、カルロが蒼一にそっと口づけた。

「は、ふ……」

硬いカルロの雄の位置が僅《わず》かに変わっただけで、下肢が震えてしまう。

——繋がってるだけなのに、俺……軽くイッてる。

敏感になっていることを当然カルロも気付いており、緩急をつけた動きを繰り返して蒼一を弄ぶ。快感に浸らされ続けても、まだ後孔は貪欲《どんよく》に男性器を食い締めている。

「…っう…ぁ…ああっ…も、無理っ…よすぎて、おかしくなる……ひっ」

「今日の蒼一は、いつにも増して愛らしい」

珍しく乱れる蒼一に、カルロは満足しているらしく微笑みながら濃厚な抽挿《ちゅうそう》を続けた。肉襞を丁寧に擦り上げ、根元まで嵌《は》めてから奥を捏《こ》ねるようにして腰を揺すられる。

それが一段落すると、激しく最奥を突かれるのだ。

「蒼一の体は突かれるのと回されるのと、どちらが好みかな」

恥ずかしくて、いつもなら絶対答えられないような問いかけだ。けれど甘い快感ですっかり理性を蕩けさせられた蒼一は、舌足らずに返事をしてしまう。

「ゆっくり回されて……奥を…突くのが…いい……」

「両方ということだね。蒼一は物欲はないのに、快楽には欲張りだな。普段の君を知る者からは、想像もつかないほどの淫乱だ」

「カルロ……」

「責めているわけではないよ。もっと素直になって、私に甘えればいい」

「ひ、ッ…ああっ……ぁ」

ぐいと腰を持ち上げられ、カルロの性器が最奥を抉る。それと同時に、熱い迸《ほとばし》りが蒼一の体内へと注がれた。

――二度目なのに、量…たくさん……。

後孔をひくつかせながら、蒼一はもう何度目か分からないほどの絶頂を迎えた。内壁が痙攣するたびに、全身に甘い痺《しび》れが広がる。

「すっかり私の形を、覚えてしまったようだね」

「カルロ、だから……他の人に、こんなことされたって全然感じない…んっ」

深く繋がったまま、濃厚な口づけを与えられ蒼一の体は淫らに揺れた。

体内のカルロは流石に硬さは失っているのだが、その質量と熱だけで蒼一を煽るのには十分だった。

カルロを受け入れていると意識するだけで、入り口が雄を食い締める。

「淫らな君は、とても美しい」

「…ん…ぁ、ふ…カルロ」

額に触れるだけのキスが落ちる。

「理性を捨てて、乱暴に抱きたくなる」

優しい声で恐ろしいことを言うカルロに、蒼一は目を奪われた。

射精した直後の、雄の色香を纏ったカルロは酷く妖艶《ようえん》で、今彼に命じられたら何も考えず実行してしまえるような気がする。

それほどまでにカルロの全てが魅力的で、蒼一は怯えながらも頷いた。

「カルロが、そうしたいなら……好きにして、いいよ」

「蒼一」

僅かに眉を顰めたカルロが、綺麗な指で蒼一の唇を撫でる。

「嘘はよくない」

青の瞳はまだ欲情に濡れているけれど、凶暴さは感じない。むしろ愛しい相手を労《いたわ》る気持ちが見つめ合っているだけで伝わってくる。

「本当はどうされたいんだ？」

「……怖いけど、少しだけ乱暴に、されたい……」

こんなふうに求めるなんて、とてもいやらしく恥ずべきことだ。なのに欲求を止めることができない。

「どうして恥じらう？　私たちは公私ともにパートナーだ。全て受け止めるから、蒼一の全てをさらけ出せばいい」

「さっきの、して、下さい……また、奥で射精して」

根元まで嵌めるられるのが好きだと続けると、中で雄が兆《きざ》してくるのが分かる。

――俺、カルロに欲情されて……嬉しいって思ってる。

「もっと……カルロが欲しい」

「素直な恋人には、ご褒美をあげないといけないな」

「う…あっぁ……」

「好きなだけ、中でいきなさい」

開発された内部を激しく張り出した部分で擦られて、蒼一は乱れた。精を浴びせられ、休む間も与えられず立て続けに絶頂を迎えた肉壁はすっかり蕩けており、激しく突き上げられても甘い快感だけが広がる。

「あっ、あ……そこ、すき…っ」

その後カルロも、数回蒼一の中に射精した。だが蒼一は、その倍どころか蜜が出せなくなるまで快感の中に身を置くこととなる。


触れていなかった分を埋めるように、二人は外が明るくなるまで抱き合った。


「カルロ！　これ、どういうことですか！」

昨夜はあれから犯すように貪《むさぼ》られてしまい、蒼一は気絶するように眠ってしまった。そしてやけに甘ったるい香りで目覚めてみれば、夜が明けたばかりの薄暗い部屋中に大輪のバラが飾られていたのである。

更にサイドテーブルには、買った覚えのないプレゼント用の梱包が成《な》された箱が山と積まれていた。

「安心しろ。部屋に入れたのは、国から連れてきたメイドだ」

――そういう問題じゃない。っていうか、あの人達を入れたのか……。

恥ずかしさを通り越し、絶望的な気持ちになる。

こんな手の込んだことをカルロ一人の手でできるとは思っていなかったが、平然と言い返されて泣きたくなった。

「君は私との関係を、他人に知られたくないのだろう？　だから知っている者を入れた」

「それでも十分、恥ずかしいんです！」

身支度《みじたく》を終えたカルロが近づいてきてベッドの端に腰を下ろし、毛布にくるまっている蒼一の手や頬に何度もキスを落とす。

既にメイド達の気配はなかったが、裸のまま熟睡している姿を見られたのは確実だ。

「お願いですから、無断でメイドさん達を入れるのは止めて下さい。まだここは、専務の持ち家なんですから」

「考えておこう」

「彼女達って何処《どこ》に泊まっているんですか？」

「今は私が借りているホテルだ」

彼の言うホテルとは、普段使っている外資系のホテルだろう。

釣り合う、釣り合わないと悩む次元を、完全に超えたレベルになんだか全てが馬鹿馬鹿しくなってくる。

「それと……聞きたくないんですけど、何ですかその箱の山。また無駄遣いしたんですか？」

「君への愛情を見える形にしているだけだ。これは私の自己満足でもあるから、気にする事はない。それにこの部屋なら、適当に置いても邪魔にはならないだろう」

中身はどうせ、自分と会わない間に買った宝飾品や服などだろう。

この数カ月でカルロの好むブランドや、懇意にしている店は把握したので、中を確かめなくても大体想像はつく。

——値段も大体分かるようになってきたから、嫌なんだよな。

この箱一つが、蒼一の一年分の給料と同額である可能性は非常に高い。そんなものが、十以上積まれているのだ。

純粋に喜べばいいのだろうけど、庶民で小心者の蒼一としては非常に心苦しくなる。でもカルロなりの愛情表現だと知ってるから、無下にもできない。

好意で購入されたものを返しに行くのは失礼なので、とりあえず蒼一はプレゼントの存在を視界から外すことで心の平穏を保とうとする。

だがカルロは、そんな些細な抵抗さえあっさりと奪い去った。

「他に欲しいものがあれば言え」

——これだから、金持ちは……。

カルロが物だけで蒼一の心を捕らえようとしているのではないと、分かっている。だから呆れるけれど、完全に否定するつもりはない。

それにカルロは、蒼一がきちんと意志を示せば気持ちを酌《く》んでくれる。蒼一は少し黙ってから、ぽつりと『一番欲しいもの』の名を口にする。

「……カルロが……」

「大分、成長したな。良い傾向だ」

答えはカルロも気に入ったようで、機嫌良く微笑み蒼一を抱き起こした。やんわりと唇が重なり、どちらからともなく深く舌を絡める。

息が乱れない程度に唇を求め合った後、蒼一はカルロの手を握った。言わなければならないことが、蒼一にはもう一つある。

「今日は、側にいて下さい。仕事が忙しいのは知ってます。でも……」

「皆まで言わなくていい。君は本当に、我儘《わがまま》を言わないな。本命は他にあるんだろう?」

カルロは既に、分かっている。この頭の良い恋人をもう煩《わずら》わせないと決めたので、蒼一は自身の考えを伝えた。

「河内とのことは、自分で話をつけます。だからカルロは何もしないで下さい」

「弁護士を通せば、簡単に終わらせることはできる。だが君は、自分でその男と話をしたいと言うんだね」

「はい」

我が儘だと、分かってる。

散々心配をかけて、最終的に出した答えがこれでは呆れられても仕方がない。

「君はとても不思議だ」

苦笑しつつも、カルロはどういう訳か蒼一を咎《とが》めようとはしなかった。

「私が君の頼みを断るわけがないだろう。学習していないのか？」

言い方は辛辣《しんらつ》だが、カルロが自分を心配してくれているのは分かる。

「だが君を危険に晒《さら》すことはできない。無謀な計画なら、許可はしないよ。それと言い忘れていたが、彼の勤め先は沙織の父が経営する企業の子会社だ。下手《へた》な対応をすれば、彼女達にも迷惑がかかる」

「そんな大事なことは、早く言って下さいよ！」

確かに河内は、豊原商事と取引があるような話をしていたが、まさか沙織の会社と繋がりがあるとは思っていなかった。河内が沙織に危害を加えることはないだろうけど、知ってしまった以上どうしても慎重になる。

「君のしようとしていることは、想像がつく」

言ってカルロは、椅子にかけてあった蒼一の上着を拾い上げると、ポケットから携帯電話を取り出す。

「説得なら、電話で済む。相手に聞く気がなく、君の交渉力が低ければ失敗する。その場合、どんな形でも君は一人で解決できないとみなす、いいね」

恐る恐る電話を受け取り、蒼一は念のため持ち歩いていた名刺を鞄から出し、書いてある番号を押す。暫く待たされた後、河内の怒鳴り声が響いた。

『ったく！　こんな時間にかけてくんなって……それとも直ぐ、俺に抱かれてえのか？　蒼一』

「河内、話がある」

『待てねえなら、俺のアパートにすぐ来いよ。仲間もいるし、可愛がってやるぜ』

飲み会でもしていたのか、河内の声に被《かぶ》さるように数人の笑い声が聞こえてきた。もう朝なのに飲み続けているらしく、呂律《ろれつ》が回っていない。昔から乱れた生活をしていたが、社会人になってからも変わっていないようだ。

『来たら誰にでも脚開くセックス依存症だって紹介してやるから。蒼一、早くしろよ！』

勝手な事を一方的にわめいて、電話は切れた。

「人とは思えない、汚い言葉を喋《しゃべ》るな。これで蒼一が、一人で行く理由はなくなった。むしろ、させられない」

あれだけ大きな声でわめいていたから、カルロが聞き耳を立てていなくとも内容は全て筒抜けだったのだ。

度を過ぎた侮辱《ぶじょく》に怒りを通り越して唖然《あぜん》としつつも、蒼一は何とか迷惑をかけない方法を模索する。

「きっと電話だったから、上手《うま》く伝わらなかったんです。直接会って話せば、真面目《まじめ》に聞いてくれます」

不機嫌を隠しもせず、カルロが首を横に振る。

「あり得ないな……それで、相手に呑ませる条件は決めているのか、蒼一」

「ええ、まあ……」

——計画とか、条件なんて深く考えてなかった。

まさか自分がこんなトラブルに巻き込まれるなんて思っていなかったので、正直対応の仕方など分からない。

つい動揺したからつけ込まれただけで、改めて面と向かってきっぱり断れば引き下がるだろうと軽く考えていた蒼一はカルロの問いに焦る。

「ファミレスに呼び出して、話をつけようと思ってます。そんな大事にしたくないし、河内だって自分がどれだけ馬鹿なことをしているか分かれば引き下がりますよ」

彼だって、この不況の中、トラブルを起こして仕事をなくしたくないはずだ。

それに自分のしていることを冷静に考えれば、普通は馬鹿馬鹿しいと気付いてくれるだろうと、蒼一は思う。

だが、カルロの考えは違ったらしい。

「君は馬鹿か？」

それまでとはうって変わって真顔のカルロに、蒼一は小首を傾《かし》げた。

「相手が複数で来たら、どうするつもりだ」

「まさか！　そんなことは、しないと思う…けど……」

「相手はストーカーだぞ。君を脅しているのだから、脅迫罪にもなる。そんな人間と、まともに話ができると思っていたのか」

言われてみれば、その通りだ。話して和解できているなら、こんな事態にはなってない。

「すみません。でも、どうしたらいいんでしょう……」

甘い考えを素直に反省したものの、一体どう諭せば河内の考えを変えられるのかも分からないし、まず安全な場所での話し合いに引っ張り出す方法も皆目見当がつかない。

そんな蒼一の悩みを察したのか、カルロが救いの手を差し伸べてくれる。

「不本意だが、有効な方法があるだろう」

「どうするんですか？」

余程言いたくないのか、カルロは珍しく口ごもった後、深い溜息をつく。

「『私が君と河内の仲を疑っているから、オフィスに来て釈明しろ』…とでも言えばいい。喜んで出向いてくるに決まってる」

「いいんですか、そんな……」

カルロを利用するようなことは、蒼一としてもできればしたくない。ただでさえ迷惑をかけているのだからと躊躇《ちゅうちょ》する蒼一に、カルロは鋭く言い放つ。

「これは君の安全を確保するためでもある。蒼一に万が一のことがあれば、私の流儀でその男に報復をする」

青い瞳が、冷たく光る。カルロは本気だ。

「穏便に済ませたいというのなら、私の指示に従え。蒼一」

本当はカルロも、おびき出す嘘とは言え『蒼一の気持ちを疑う』など、口にしたくもないのだろう。

けれど蒼一の案を確実に実行するには、カルロを巻き込むのが一番手っ取り早い方法だ。

「できればこういった不愉快な問題は、早く決着をつけたい」

単純に、河内を会社から追い出してしまうのは簡単だ。けれど遺恨を残さないためには、徹底して諦めさせなくてはならない。もし河内が自暴自棄になり、逆恨みで何かしでかしたらたまったものではない。

もう二度と、蒼一に関わりたくないと思わせることが、カルロを含めたみんなの安全にも繋がる。

「これから河内に、メールします」

行動は、早いほうが良い。声は聞きたくなかったから、蒼一はカルロが言ったとおりに待ち合わせ場所と指定時間だけを河内にメールした。


カルロのオフィスへ河内を呼び出すのは、想像していたより簡単だった。電話だと話になりそうもないので、以前渡された名刺に書かれたアドレスに連絡をする。暫くすると、河内は都合のいい解釈をしたのか『仮病で休むから明日会おう』と返信がきた。

あまりにあっさり事が進むので、カルロなどは逆に『なにか企《たくら》んでいるのでは』と警戒したほどである。けれど思い立ったら後先を考えず行動する河内の性格を知っているので、予想通りの展開だ。

あとは河内がどう出るかということだけが、気がかりだった。

——やるとすれば、お金の要求……かなぁ。

河内本人が『豊原の身代わりをしていると言っても、誰も信じない』と断言していたほどだから、その線で脅してくることはないだろう。

だとすれば過去の関係を持ち出し、つきまとわない代わりに金銭の要求というのが妥当なところだ。

どちらにしろ、カルロも自分も要求は呑まないという点で一致している。あとは河内を諦めさせるだけだが、それが一番の難題だ。

午後二時。指定した時刻に少し遅れて、河内がカルロのオフィスに現れた。

「すっげーな、流石イタリアのアルジェントカンパニー様は、オフィスの雰囲気からして違うね。都心の一等地で、こんな高層階で仕事なんてしてみてぇわ」

案内の女性と共に入ってきた河内は、服装こそ普通のサラリーマンだが口調は大学時代と変わっていない。正面の重厚なデスクと、その対になっている革張りの椅子《いす》に座るカルロを見ると多少は怖《お》じ気《け》づいたのか声のトーンを落とす。

「お前もここで働いてんのか？　蒼一」

ソファに座って待っていた蒼一は、思わずカルロと河内を隔てるように立ち上がる。

「河内、話があるんだ」

「そんな他人行儀に呼ぶなよ、蒼一。いつも通り、洋介《ようすけ》って言えって」

にやにやと下卑《げび》た笑いを浮かべて、河内が近づいてくる。

「河内、君を呼び出したのは話し合いをするためなんだ。君がしたことは間違ってる、それを認めて謝罪してくれるなら手紙や……玩具のことを責めるつもりはない。それと二度と近づかないことも……」

「なにワケ分かんねえこと、言ってんだよ」

最初から河内は、話し合いなどする気はなかったらしい。真面目に話し合おうとする蒼一を無視して、正面の椅子に座るカルロに視線を向けた。

「そっちのガイジンさんも、こっち来て差しで話そうぜ。これから込み入った話すんだろ？さっさと終わらせたいなら、言うこと聞いた方がいい」

二人がけのソファの真ん中に、河内が足を広げて座る。会社員のはずだが、どう見てもチンピラ崩れだ。

「俺は蒼一とはまだ、体の付き合いは続いてるんだ。俺のお下がりで良けりゃ、くれてやってもいいぜ。ただし引き渡し料は、きっちり請求させてもらうけどな」

げらげらと下品に笑う河内を前に、蒼一はどうしていいか分からなくなる。

「大丈夫だ。側にいる」

いつの間にか隣に立っていたカルロが肩を抱いて、横長のガラステーブルを挟んだ向かい側へ一緒に腰を下ろす。

「改めて聞くが、引き渡し料とはなんだ？」

「恋人をあんたにくれてやるんだから、当然だろう？　あんたが蒼一のボロアパートでしてたことなんて、とっくに知ってるんだ。あの部屋で、俺も蒼一と大学時代は何度もヤッてたんだぜ。蒼一の声が漏《も》れて、隣や大家から苦情が来てさ……」

「もうやめてくれ」

得意げに嘘を並べ立てる河内に、蒼一は泣きたくなる。確かに大学時代は素行が悪かったけれど、ここまでひどい性格ではなかったはずだ。二人の関係を捏造してまで金を毟《むし》り取ろうとするその態度に、ただ呆れてしまう。

「君の行いは、尾谷グループの本社に報告済みだ。当然、勤務先の子会社にも連絡は行っている。それに君たちが恋人ではあっても、肉体関係には至らなかったことは分かっている」

冷静にカルロが告げると、見る間に河内の顔が青ざめる。そして再び蒼一に視線を向けると、怒りを露《あら》わに怒鳴り散らす。

「本社に連絡って、どういうことだ！」

「どうって……」

「愛人に泣きついて、失職させる気かよ。いいよなお前は、男に脚開いていればそれが仕事になるんだもんな！」

「違う、俺はただ河内に自分のしたことを考えて欲しいだけなんだ」

「なんだよ、愛人の前だからってイイコぶるのか？　本心じゃ笑ってるんだろ『ざまあみろ』ってさ。こうなったら、徹底的にお前らの関係をばらまいてやる。ゴシップ誌なら、食いつく所もあるぜ」

「くだらないことは、もうやめてくれ」

自暴自棄に吐き捨てる河内に、蒼一は狼狽《うろた》える。目先の利益にも貪欲だが、それ以上に頭に血が上ると勢いで何をしでかすか分からないのだ。

現に河内は、怒鳴りつつ自嘲《じちょう》気味に笑い始める。

「くだらないって何だよ。お前は俺に使われてりゃ良かったんだよ！　それがいつの間にか偉いヤツに取り入って、運と体だけで出世確実とかさ。金だけ毟ろうと思ったけど、こうなったら徹底的にお前の人生壊してやる」

目を血走らせた河内は、まるで別人だった。

「二度と俺には近づかないでくれ。それと俺に関わりのある人達にも、迷惑はかけるな」

「脅しか？　いいご身分だよな、バックに有力者がいれば、お前に何の価値がなくても偉そうなこと言えるもんなあ」

「河内！」

まるでカルロや豊原達を馬鹿にするような発言に、流石に蒼一も怒りを抑えきれなくなる。

だが続いた河内の言葉に、蒼白《そうはく》になる。

「ああ、脚開いて、イタリアの大企業をバックつけたんだっけ？　体だけは価値あるって、認めてやるよ。クビになっても、股で稼げるんだから楽だよなぁ」

やっと気にせずにいられるようになってきたことを蒸し返され、体が震えてしまう。動揺はすぐ河内にも伝わったらしく、再び蒼一を貶《おとし》めようと口を開く。

だがすぐに、カルロが鋭く遮った。

「君は真摯に向き合おうとしていた蒼一を傷つけた。本来なら消されてもおかしくない大罪だが、恐らく蒼一は望まない。虫以下の存在に相応の罰を与えられないのは不本意だが、まあ仕方ない…蒼一が寛大な性格で、良かったな」

人の上に立つ地位を持っている者の発言とはいえ、見下すどころか同じ人としても扱われていないと知って、河内は目を見開いている。

「それにしても蒼一のコネが目当てかと思えば、辱《はずかし》めて引きずり下ろす目的のみとは呆れた。のし上がろうとする気概があるなら、蒼一の希望通り穏便にすませてやろうと思ったが。やはり徹底した処罰が必要だ」

言葉に、蒼一ははっとしてカルロを見た。

——カルロ、俺の考えを気にしてくれてた？

「二度と、蒼一の前に姿を見せるな。君には怒りすら湧かない。見ていて不愉快になるだけの存在など、相手にするだけ時間の無駄だ」

何の感情も籠《こ》もらない目で、カルロが河内を見据える。

「どうした？　茶番劇は飽きたから、もう帰っていいぞ」

自分に向けられたわけでもないのに、蒼一の背筋を冷たいものが走り抜けた。これが本来の『カルロ・ガルディア』という男なのだ。

感情で物事は決めず、常に冷徹で自身とアルジェントカンパニーの利害を計算して生きてきた。蒼一が出会った頃は大分柔軟に物事を考えられるようになっていたようだが、その片鱗《へんりん》は確実にカルロの中に残っている。

それを今、自分は目《ま》の当たりにしているのだ。

けれどそんなカルロの事情など知らない河内は、本能的な怯えを隠すかのように明らかに虚勢と分かる怒号を上げた。

「てめえっ、ブッころしてやる！」

チンピラ紛《まが》いの台詞と共に、河内がソファに座るカルロに殴りかかろうとした。

大学時代も見知らぬ相手と喧嘩《けんか》をしたと自慢していたから、それなりに腕に自信はあったのだろう。

何より言葉遣いから、因縁をつけることに慣れがあると分かる。

「カルロ！」

ソファから立ち上がっていたカルロがテーブル越しに河内の胸ぐらを掴み、そのまま鳩尾《みぞおち》に拳《こぶし》を叩《たた》き込んだ。

明らかにリーチが違うので、河内の手は全く届いていない。加害者であるのに哀れとしか思えないその構図を、蒼一はただ眺めることしかできずにいた。

「反論できなくなると、暴力に訴え出る。野蛮だな」

殴っておいて随分な言い分だが、カルロなので仕方がない。

一方床に転がり胸を押さえて咳《せ》き込む河内は、完全に戦意喪失したらしく這《は》いつくばったままじりじりと扉の方へと移動していく。

しかしそんな姿を前にしても、カルロは容赦なかった。

「誰か、この男を追い出せ。それと、この部屋の家具は壁紙も含めて全て取り替えろ。この不愉快な男が吐き出した息が残っているなど、虫酸《むしず》が走る」

「カルロ、ここって借りてるだけですよね。新しく支社のビルを建てるんじゃないんですか？」

イタリアの本社と連絡を取るためだけに、臨時のオフィスとして借りていると聞いている。

「残りの滞在が数日でも、あの男がこの部屋にいたというだけで気分が悪くなる。それに次の借り手も、いい気はしないだろうしな」

そんな遣り取りをしていると、廊下側のドアが開いてカルロのボディーガードと思われる黒服の男が数名入ってくる。そして河内の両脇を抱え、何処《いずこ》へともなく連れ去った。

「カルロ、河内は……」

「彼の勤め先に返すだけだ」

「それと…あの、どうしてあの人達……」

「念のため、監視カメラを設置してある」

なにもかもが完璧に用意されていて、蒼一が全てを問う前にカルロに即答されてしまう。

扉が閉まったのを確認すると、カルロが呆然としている蒼一に歩み寄り肩を抱く。

「これで、終わったな。後は豊原を交えて、今後の事は協議する。異存はないな」

カルロのオフィスで暴力沙汰《ざた》となってしまった以上、蒼一が個人的に河内を諭すのは無理だ。最初からカルロがこうなると予想していたかは分からないが、どちらにしろ蒼一の出る幕はない。

「ありがとうございます」

「私は礼を言われるようなことはしていない。恋人を信じることは、当然だろう」

顔を上げると、普段通り優しく微笑むカルロの顔があり、蒼一はほっと胸をなで下ろす。

「カルロ……」

「疲れたようだな。隣の仮眠室へ行こう」

側にある確かな温《ぬく》もりに安堵《あんど》して、蒼一は素直に頷いた。


——仮眠室？　どう見ても、イタリアにある自宅の寝室だよなあ。

扉一枚隔てた先にあったのは、王侯貴族の私室と見まごうばかりの豪華な調度品で埋め尽くされた部屋だった。

「仕事中は、ここで仮眠しているんですか？」

「この方が、落ち着くだろう。良い睡眠は、大切だぞ蒼一」

言っていることは正論だが、何か違う気がする。

手近なソファに腰を下ろすと、珍しくカルロがコーヒーを淹《い》れてくれた。

簡易なものとはいえお湯を沸かして抽出するタイプの機械を使うので、数分の時間がかかる。カルロはその数分が蒼一の心を落ち着けるために必要だと分かっているらしく、何も言わない。

「さっきは、何もできずにすみませんでした」

二人分のカップを持ったカルロが、蒼一の隣に座る。少しの時間と、この現実離れした部屋が蒼一からあの現実を多少引き離してくれた。

「相変わらず、君の謝る癖は直らないな……しかしああいった人間と話をするのは、気分の良いものではない」

「はあ……」

「歪《ゆが》んだ妄想の果てとは言え、君との肉体関係を匂わされるのは、非常に不愉快だ」

——嫉妬、してる？

気のせいかと思ったが、明らかにカルロは不機嫌だ。

「河内のことですけど。俺の友人だったから、少し手加減しようって考えてくれてたんですか？」

結果として河内自身が温情の余地をなくしてしまったので、カルロが最初どう判断するつもりだったのかは今となっては不明だ。けれど蒼一の考えを少しでも酌んでくれていたと取れる発言が、気になっていた。

「少しばかり温情をかけてやろうかと考えてはいたが、蒼一が思っているような優しさは私にはないぞ。それにあれは、沙織の父が所有する子会社の人員だろう。そこでの判断材料に、私見を述べるつもりでいただけだ」

疑問を口にした途端、カルロが堰《せき》を切ったように捲《まく》し立てる。余程河内の態度が、腹に据えかねていたのだろう。

「物怖《ものお》じしないのと、立場を理解していないのとではまるで違う。あれは後者だ」

「意味がよく分からないんですけど」

「勢いと私欲だけで突っかかってくるなど、馬鹿のすることだ。相手を見て態度を変える。上辺《うわべ》だけでもそうしておけば、もしかしたら利になった可能性もある。特にこういった状況ではな。つまりあの男は、頭が悪い。それだけだ」

きっぱり言い捨てるカルロに、蒼一は唖然とする。

「乗り込んできた度胸は認めるが、ここまで何の考えもなかったというのは驚きだな。それだけは、賞賛に値する」

河内が聞いていたら殴りかかりそうな皮肉を言うカルロの横顔は、全くの無表情だ。けれど一旦言葉を切り、コーヒーを口にすると眉を顰めて今度は蒼一に矛先が向けられる。

「それに私より、君の方があの男に情けをかけていただろう」

「別に情けって訳じゃ……」

「蒼一、もっと危機感を持て」

そう言われても、今ひとつ実感がない。確かに河内の件は衝撃的だったが、あれは相手の性格と感情のもつれから発展してしまった事件であり、自分の身にまた同じことが降りかかるとは到底思えないのだ。

「俺はカルロみたいに綺麗じゃないから、ストーカーなんてもうつきませんよ」

何故かカルロがカップをテーブルに置き、両手で頭を抱える。そしてとても珍しいことに、蒼一にも聞こえるほどの深い溜息をついた。

——なんか様子がへんだけど…とりあえず、カルロがまた怒り出さないうちに言っておかないと。

「あの……河内なんですけど。会社を辞めさせたりとかしませんよね」

「君はどこまで、お人好《ひとよ》しなんだ」

「違います！　あいつが逆恨みして、尾谷《おたに》さんや専務に迷惑かけたら大変だし。カルロだって狙われるかもしれませんし」

「……分かった。それは彼の処分の際、考慮するよう豊原達に伝えると約束する」

呆れて言葉もないといったふうだが、とりあえず言質《げんち》は勝ち取ったのでよしとする。

カルロも豊原達も、プライベートではボディーガードを雇っている。そんな彼らからすれば、一般人である蒼一の安全を最優先に考えるのだろう。けれど蒼一なりに考えて、完全な安全などあり得ないと思っている。

自分の大切な人達が、ほんの僅《わず》かな確率でも危険に晒されるのは単純に嫌なのだ。

——でも、説明しても分かってくれないだろうし。

誰より暴走しそうなカルロにストップをかけられたのでほっと胸をなで下ろす。しかしそれはカルロも同じだったらしく、珍しいことにカルロが独り言を呟《つぶや》く。

「——あの忌々《いまいま》しい者に、蒼一が汚されなくてよかった」

自分が言えば安堵程度の意味合いだが、カルロがこんな物言いをするのは初めてだ。聞かない振りをした方がいいと分かっていたけれど、不安が心の中で膨れ上がる。

——やっぱりカルロは、俺が河内に抱かれていたら……捨てるつもりでいたのかな。

恋人だと言っても、自分はカルロに所有されている意識が強い。カルロもまた、悪い意味でなく、蒼一を自分の自由に出来る恋人として認識している面もある。

だからこそ、伴侶《はんりょ》の許可なしに河内と寝る決断をした蒼一は、裏切りと取られても仕方がない。

蒼一は少し迷ってから、カルロに問いかけた。

「……すごい下らない質問で、呆れられるの覚悟して聞きますけど……」

「遠回しに予防線を張らなくていい。はっきりと言え」

「あのとき……俺は河内の要求を呑んで、抱かれるつもりでいました。そうなっていたら……カルロはやっぱり……俺を捨てますか」

カルロの表情が変わる。けれどそれは、決して呆れたものではなく怒りと悲しみが混ざった感情だ。

自分ばかりが悩んで、勝手に離れようとした結果、カルロを傷つけてしまうことになるかもしれなかったと、今更気がついた。

蒼一が謝罪しようか迷っている間に、カルロは大きく息を吐くと先程見せた感情などなかったかのように綺麗さっぱり消してしまう。

「あり得ない仮定だな。質問する意味もない」

予想通り、きっぱりと否定される。嬉しいと思う反面、こんなに想われて良いのかと不安さえ覚える。

「だが蒼一が不安だというなら、答えてあげよう。君の性格を考えれば犯されていた場合、罪悪感で私の前から逃げ出すだろう。だが私は必ず、君の心を取り戻す。権力など使わず、私自身の力で。しかしそんなことになる前に、危険な目になど遭わせはしない」

「カルロは本当に、強いですよね。俺も、見習わないと」

自分でも、答える声が情けなく震えていると分かる。カルロはきっと、自分を守ってくれると分かっていても、蒼一自身が彼の側にいることを申し訳ないと感じて、何が何でも離れようとするだろう。

そんな蒼一の心中を察したのか、カルロが上着のポケットから指輪を出す。

「心配なら、これを身につけていればいい。今回の滞在中に渡すつもりで持ってきていたんだが、丁度良かったな」

その指輪には、精巧な文様が彫られている。控えめに半透明の石が塡《は》め込まれているが、宝石に詳しくない蒼一には何なのかが見当もつかない。

——でも、高そう……。

「値段のことを考えたな？　顔に出てるぞ」

両手で顔を押さえる蒼一に、カルロが微笑を浮かべる。

「君を想う気持ちと比べたら、この指輪など無価値だ。しかし、指輪は形としての役割がある。君が私のものだという証《あかし》になり周囲に知らしめることができる便利な道具だ」

カルロらしい言い分に、なんだか指輪の値段を考えたことが馬鹿馬鹿しくなってくる。

「いいんですか？」

蒼一にもこの指輪が、所謂《いわゆる》ブランド品ではなく、骨董の部類に入るのだと分かる。

「私の指輪だ。銀製だから手入れが必要だが、そう難しくはない。悪い虫除《むしよ》けになるから、必ず指に嵌めていなさい」

「分かりました。あ、少し緩いかも」

「体も華奢《きゃしゃ》だが、君は指も細いんだな」

右手の薬指に嵌めたのだが、それでも指輪はくるくると回ってしまう。

「蒼一」

明らかに欲情の籠もる声が、耳元で名を呼ぶ。

驚く蒼一に構わず、カルロの手がジャケットを剝《は》ぎネクタイに指をかけた。

「待って下さい、こんな所で……？」

「シャワー室もある。着替えも用意させよう」

「そういう問題じゃないんですけど」

まるで余計なことは聞きたくないとでも言うように、カルロが強引に口づけてくる。身構える間もなくカルロの舌が口内に侵入してきて、粘膜を丁寧に愛撫した。

その間もカルロの手は器用に動き、シャツの上から蒼一の胸を愛撫する。

「だ、駄目…カルロ……」

「胸の感度がかなり上がっている。良い傾向だ」

「ひっ…ぅ」

服越しに抓《つま》まれただけで、甘い悲鳴を上げてしまう。

「蒼一、脱がせてあげるから腰を上げなさい」

優しい声だが、これは命令だ。蒼一は言われるままに腰を上げ、カルロの手がベルトを外しスラックスと下着を脱がしていく様を見ていることしかできない。

「そのまま、私の膝に跨《また》がって座りなさい。それからどうするかは、分かるね」

低い声は、まるで媚薬《びやく》のように蒼一の理性を溶かす。恥ずかしさに耳まで赤く染めながら、蒼一は露わになった下半身を晒《さら》し、カルロの膝に向き合う形で跨る。

そしてカルロが自分にしたように、彼のジャケットを脱がせてからベルトを外した。けれどそこで、指が止まってしまう。

——もう硬くなってる……。

スラックスの上からでも、カルロの逞しい屹立《きつりつ》の形が分かる。

これから自分は、この明るい部屋でカルロに抱かれるのだと思うと、淫らな期待が下半身を疼かせた。昨夜体を繋げたばかりなのに、自分もカルロを欲している。あれだけ激しく求め合っても、互いに足りていないのだ。

「触っても、いいですか？」

「愚問だな。それとも、事細かに指示されないと、君は何もできないのか。なら、とても恥ずかしい指示をだしてもいいんだぞ」

「やりますから、カルロは黙ってて下さい！」

どちらにしろ主導権は握られるのだが、それまではできるだけ穏やかに済ませたい。

ワイシャツをはだけられ、下半身を全て晒したまま、蒼一はカルロの雄をスラックスから取り出す。

既に勃起していたそれは、ぶるんと撓《しな》って蒼一の両手から飛び出してしまう。その際、先端から先走りが飛び散り手のひらを汚す。

何故かそれすらも愛おしく感じて、蒼一は迷わず彼の先走りのついた指を嘗《な》めた。

「君は私が予想しているよりずっと早く、愛らしさが増している」

「馬鹿なことを言わないで下さい」

カルロは誉《ほ》めているつもりでも、蒼一には羞恥プレイでしかない。早くカルロを黙らせたくて、彼の亀頭を刺激した。

——少しは静かになるかな。

ほぼ屹立している雄を完全に勃起させるのに、そう時間はかからなかった。先端から溢れる先走りを幹へと塗り込めて、裏筋をそっと刺激する。

ちらとカルロの様子を窺《うかが》うが、相変わらず余裕の微笑みを浮かべる彼に見返されて、逆に蒼一の方が恥ずかしくなる。

「……ん、ぁ……ふ」

奉仕しているのは自分で、それも手で触れているだけなのに甘い溜息が零れてしまう。

——どうして……あ、カルロの精液の香りで…欲情してるんだ……。

覚えてしまった香りに、頭の中がくらくらとする。

口で受け止めただけで達したのだから、香りに感じ入るのも仕方ない。昂ぶり反り返ったカルロの雄に、蒼一は魅入《みい》ってしまう。

彼は容姿だけでなく、全てが芸術品のように整っている。屹立した雄は逞しく、射精しても男性器として完璧な形と硬度を保つ。

「感じているね、蒼一。もう挿れても構わないよ」

「でも」

「怖いなら、私が支えてあげよう。ほら、腰を上げて」

おずおずと腰を上げ、硬い先端に指を添えて蒼一は後孔へそれを導く。怯えて揺れる腰はカルロが摑んでいるから、今更逃げることも叶《かな》わない。

──先、熱い……。

後孔に亀頭が触れて、挿入が始まった。

甘い痛みに、蒼一の呼吸は荒くなる。

「ん……っ」

挿れただけで、達してしまいそうになる。

「君はとても、感じやすくなったな」

「だって……カルロが……っく」

雄を受け入れ快楽を得られる体に変えてしまったのは、カルロだと訴えたかったけれど腰を揺すられて言葉は途中から悲鳴にかわる。

「たまにはベッド以外の場所でするのも、面白いな。蒼一の反応が敏感になる」

「ぁ……あっぅ」

──入って、きてる。

亀頭が敏感な部分を刺激し、自然と体が熱くなる。

「もっと深くまで、銜えられるはずだ」

「だめ、です……かるろ……んっく……ぁ……」

根元まで嵌められ、蒼一は息を吞む。昨日解《ほぐ》されたばかりの後孔は、信じられないほど深くまでカルロの雄を受け入れてしまった。

呼吸する度《たび》に内部が締まり、太く逞しい雄に絡みつく。

「あ…いや……嫌ぁ……」

「元々感じやすい体だったが、より魅力的に変化している」

「言わないで…くださ……ああっ」

「射精しなくても、何度もイけるようになっている。以前よりももっと快楽を素直に受け入れて、最高の形で表現できる体になった」

こつんと奥を小突かれて、蒼一は喉《のど》を反らす。明るい時間に、それもオフィスの隣室での情事を意識してしまうせいか、背徳感で肌がより敏感になっているようだ。

「カルロ、駄目っ……っ」

「可哀想に、こんなに食い締めて。そんなに欲しかったのか」

「ちが…ぅ……くぅ」

額をカルロの肩に当てて、蒼一は全身を震わせる。昂ぶった体は蒼一の意志などお構いなしに、急激に上り詰めていく。

あと少しで最初の射精が来るという段階になって、カルロの指が蒼一の中心を強く縛めた。悲鳴すら上げられず硬直した蒼一は、そのまま何度も射精なしの絶頂を迎える。

——この間より、強く……イッてる……。

根元を押さえられた状態で迎える絶頂は、なかなか終わらない。射精を伴わない完全な性快楽に身を委《ゆだ》ねていた蒼一は、不意に胸を弄られて息を詰めた。

「く、あっ…ぁ」

「全身が、性感帯だな。折角だから、私なしでは生きられない体にしてあげよう」

「そんな……っあ、ぅ」

今だって彼に抱かれないと体が疼く夜もあるのに、改めて宣言されてしまうと淫らな期待に腰が熱くなる。

「蒼一の体も心も、私だけのものだ」

カルロは蒼一が否定するなど、考えてもいないのだろう。その証拠に、余裕すら感じられる微笑みを浮かべている。蒼一は答えの代わりに、甘えるようにカルロの肩へ縋りついた。

「脚をもっと広げなさい」

高そうな布張りのソファを汚してしまいそうで戸惑っていると、あっさりカルロが片方の足首を摑み抱え上げようとする。これ以上抗《あらが》えば、もっと恥ずかしい体位を強制されると気づいた蒼一は、膝を曲げて自ら脚を開いて自身を晒した。

するとカルロが満足げに足首から手を離し、両手で腰を摑み引き寄せた。そして結合を深くして蒼一を動けなくする。

「カルロっ…それ、駄目だ」

「好きなのだろう？」

「っは……ああっ」

回すように奥を先端で捏ねられ、蒼一は甘く鳴いた。

「それとも、止めるか?」

上り詰める寸前で、カルロが動きを止め意地悪く問いかける。

「嫌っ」

「私の恋人は、我が儘だな」

楽しそうに言って、カルロは蒼一に軽く口づけてくる。

そのまま今度は大きく、蒼一の腰を廻《まわ》す。根元まで嵌められた男性器が満遍なく内壁を刺激し、蒼一はあられもなく喘いだ。

「あ…ああっ……っ…や、もう……無理…」

顔を伏せてしがみつこうとすると、カルロが喉の奥で小さく笑う。

「駄目だ、蒼一。そのままで射精するんだ。君が可愛らしく上り詰める時の顔が見たい」

「そんな……っは…」

カリが弱い部分を擦り、自身がひくりと震える。

「できるだろう?」

優しい微笑みを向けてくるが、こういう時のカルロは否定の言葉には耳を貸さない。蒼一が頷くまで、執拗《しつよう》に甘い愛撫を繰り返すと身をもって知っている。

「蒼一、返事は?」

「……はい…」

「宜《よろ》しい」

恋人ではあるが、カルロは持って生まれた『上の者』としての物言いをする。

それが嫌味に感じられず、当然のこととして受け止められるのは、ひとえに彼が持つ独特の雰囲気のせいだ。

本能的に、蒼一はカルロの命令に逆らえない。

恐怖でも、力ずくで押しつけられるのでもなく、自然に命令に従えるオーラをカルロは持っている。

「出すときは、言いなさい」

「…わかり…ました……」

見られるだけでも恥ずかしいのに、カルロは達する瞬間を告げろとまで言う。しかし一度言い出したらカルロは実行するので、蒼一は頷くよりほかに選択肢はない。

仕方なく彼の肩に手を置き、蒼一はカルロと視線を合わせながら、腰を揺らす。カルロも蒼一の動きに合わせ、感じる部分を突いて射精を促した。

後孔から広がる快感が、蒼一の下肢を痙攣させる。自身の根元からせり上がってくる解放の悦びを、止める術《すべ》はなかった。

「あっぁ……い、く……ッ…」

命じられた通り、蒼一ははしたない言葉を口にしてから上り詰めた証を鈴口から零した。

――カルロに見られて……イッてる……。気持ちいい。

青い瞳に、自分の痴態が映っている。愛おしげに微笑みながら、形良い指先が蒼一の頭を撫でる。まるで幼子にするような行為なのに、肌はそれすら愛撫と捉えてひくひくと震えてしまう。

「素直な、いい子だ」

足先までぴんと引きつらせ、蒼一は断続的に吐精した。

「見ないで……カルロ……」

射精している最中の顔も、蜜を滴らせる自身も幾度となく見られているけれど、慣れることなんてできない。

この綺麗な瞳に、快楽を貪る自分が映っているという事実が恥ずかしくて堪《たま》らない。

「何故だ？　こんなにも美しい君を見られるのは、私だけの特権だろう」

「はずかしい、こと……言うな……ッ」

萎《な》えそうになった自身をカルロの手が包み、そのまま丁寧に扱《しご》き始める。強制的に射精が続き、蒼一はあられもなく鳴いて仰《の》け反った。

「ひっ…あぁっ」

「手を使わなくても一滴残らず出せる体にしてあげよう」

「…う…あ」

苦しいのに体はカルロの手の動きに合わせて、腰を振ってしまう。硬い雄に貫かれたまま、吐精したばかりの自身を扱かれるなど、快楽の拷問と同じだ。

なのに体は、更なる快感を求めてカルロに縋る。

――あ…カルロのシャツにかかって……。

とろりとした蜜が、カルロの服を伝い落ちていく。咄嗟《とっさ》に手で拭おうとすると、それより早くカルロが指で掬《すく》い上げ平然と口に運ぶ。

まるでデザートでも食べるような優雅な仕草で蒼一の放った白濁を嘗めるカルロに、一瞬ぽかんと見惚れた後、慌ててその手首を掴む。

「カルロ、駄目だ！」

「蒼一？」

「き…綺麗なあなたが。ひっ……俺の…なんて、なめたら、駄目。ぁ……汚いし」

快楽で呂律が回らない、必死に理性を戻そうと格闘するが少しの刺激でも嬌声が混ざってしまう。

「理由になっていない」

苦笑しながら、カルロは構わず指についた蜜を嘗め取る。

「蒼一も私の精液を飲んだじゃないか」

「そうじゃ……なくてっ……かる、ろ……だめ」

涙目になって反論するけれど、カルロは軽く肩をすくめただけで止めようとしない。自分の放ったものを口にされて、蒼一は羞恥のあまり俯いた。

「手を離しなさい。君が恥じ入る必要性は、全くないんだぞ」

そう言われて、はいそうですかと頷ける性格であれば恥ずかしく思ったりしていない。返事をしないでいると、不意打ちで突き上げられる。

「あ、んっ」

まだカルロは溜まった熱を出していないのだ。自分ばかり感じて、乱れさせられているという事実が、蒼一の羞恥心を煽り立てる。

「は、ふ…ぁ……」

「いい声だ」

「かるろ……も…やだぁ」

蜜を放ったことで更に過敏になっている、内部を容赦なく突かれて蒼一は嫌々をするように首を横に振る。

「あ……ひ、ッ」

射精が近いのか、カルロの雄が中でびくりと跳ねた。その瞬間、蒼一は本能的な恐怖に襲われ、思わず声を荒らげる。

「動かないでっ……カルロっ」

珍しく強い拒絶に、カルロも異常を察したのか動きを止めて顔を覗き込んでくる。

――やばい……このままされたら、絶対俺、やばいって。

息が上がり、全身が達した直後のように汗ばんでいる。けれど体の芯は、さらに深い快感を求めていると分かる。それを知ってしまったら、カルロ以外とセックスをしても、絶対に満足のいく快感は得られないだろう。

「どうした、蒼一。理由を言いなさい」

僅かに動かれただけで、後孔がひくひくと痙攣する。無意識に腰を浮かせようとすると、彼の腕に抱きしめられ阻《はば》まれた。

「……へん…俺……からだ、おかし…くな…っ……」

こうしている間にも、繋がった部分から疼きが広がり、蒼一はまともに答えられない。

――感じすぎて辛《つら》いのに、体がカルロを欲しがってる。

全身が、カルロを欲していた。

彼に愛され支配されたいと、切望してるのだ。

「君は、奥で射精されると確実に達してしまえるようになった。抱く度に射精されるのが好きになっているね？」

耳元で卑猥《ひわい》な言葉を低く囁《ささや》かれ、どうにか保っていた理性が崩れる。

「どうされたい？　君に決定権をあげよう」

「……奥…一番おくで、カルロの…精液、出して……んっ……カルロの、ものにし……て」

これまでも同じように強請《ねだ》ったことはあるが、今は意味合いが違った。この状態で射精されたら、自分の体は最高に深い快感を得てしまう。

「奥に出されると、酷く感じるんだね？」

想像しただけで、蒼一は軽く達した。

こくりと頷き、カルロのシャツを握りしめる。

「はい……カルロのじゃなきゃ、いやだ……」

——俺の体にカルロの精液だけで感じるんだって、教え込んで……。

淫らな望みをまるで見透かしたように、カルロが優しく微笑む。

——俺、何考えてるんだよ……っ。

「愛しい蒼一。君の望みを叶えよう」

カルロが蒼一に顔を寄せ、両方の瞼《まぶた》にそっと口づけた。

「この黒く美しい瞳が私を映さなかったら、君への愛は生まれなかった」

歯の浮くような台詞を口にしても全く違和感を覚えない恋人に、蒼一は内心溜息をつく。

——でも俺、カルロのこういうとこが好きなんだよな。

青い目の縁に口づけを返すと、カルロが心から嬉しそうに微笑む。それだけならば、王子か天使かと見まごう美貌《びぼう》だ。

けれど本性は、優しげな外見とは反対の雄そのものだと知っているのは自分だけ。

「…っ…そこ、ばっか…擦らないで……」

「蒼一は奥が弱いな。ココを擦りながら出してあげよう」

「そんな……ひ、ッ…う」

宣言通りに、カルロは感じる部分をカリで擦りながら射精した。

あまりの衝撃に、蒼一は背を反らして全身を震わせる。絶頂感に歓喜して肌が桜色に染まり、カルロが精を出し切るまで数回上り詰めた。

「あっ、ああ……ッ」

後孔が狭まり、雄を食い締める。深い快楽に蒼一はあられもなく乱れる。

恥じらいも何も捨てて、蒼一は腰を揺らし快感を持続させる。カルロも蒼一を突きながら、両手で腰や乳首を擽り、濃厚な快感に浸らせてくれた。

「カルロ…好き、んっ。俺のこと、体だけでも——構わない」

絶頂の波が緩やかになってきた頃合いを見計らって、蒼一は恋人の背にぎゅっとしがみついた。

「また下らないことを言う」

「卑下してるわけじゃ……ない。だって、本当に全然釣り合わないって、俺も分かってる。カルロは対等だって言ってくれるけど……やっぱり自信がなくなるときの方が多いしさ」

「蒼一」

「……でも、カルロの事は好きだし、想いにも応えたいっておもう。矛盾してるけど……っ」

萎えた自身を蒼一から引き抜くと、カルロが真っ直《ます》ぐに見つめてくる。

「君は私のパートナーだ。何故自分の価値を否定するのか理由が分からないが、ともかく蒼一が納得するまで何度でも言う。私は君の全てを愛している」

「ありがと……カルロ」

これまでカルロの周囲には、自分のような性格の人間は存在しなかったはずだ。むしろカルロが、毛嫌いする部類に当てはまる。

自信がなく、カルロから見て『卑下』としか取れない言動をする自分など、河内とは別の意味で対等に話す価値もない存在だ。

けれどカルロは優しい。

「それに、淫らな君を好きだと言う私も、淫らだという結論になる。だから体だけがどうの、と、馬鹿げた妄想は止めるように努力しろ」

頷こうとした蒼一だが、ふとカルロと河内の遣り取りを思い出す。自分を真っ直ぐに見つめてくれる青の瞳は、宝石のように綺麗だ。けどあのときは、まるで氷そのもので、感情の欠片《かけら》もなかった。

冷徹な経営者としての姿が、本来のカルロだと分かっていても蒼一は怯えてしまう。

「どうした？」

隠してもカルロは、すぐに察してしまう。

――正直に、言った方がいいな。

この指摘はカルロにしてみれば、気分の良いものではないはずだ。それでも蒼一は、隠してまた拗《こじ》れるより伝える方を選んだ。

「……河内と話をしていた時のカルロが、知らない人のようで恐かったんです。思い出したら、なんだか不安になって……」

「非常に、君らしい意見だ」

本性を現し暴力的になった河内も怖かったが、本能的に恐怖を覚えたのは冷徹に対応するカルロの方だ。自分の恋人は、敵とみなした相手には容赦がない。それは蒼一を守るためだと分かっていても、あんなカルロはできれば見ていたくなかったと、素直に告げる。

「正直な君は、とても可愛い」

「俺が甘いだけだって、分かってますよ」

「からかっているわけではないよ」

不機嫌になるかと思っていたのに、カルロは何故か楽しげだ。

それどころかカルロは子供にでもするように、蒼一の頭を撫でてくれる。

「そういうふうに言ってくれる君だから、私は愛した」

ああいった表情は、上に立つ立場だから自然に出るのだと蒼一は思う。どんなに練習しても、蒼一には無理だ。生まれ持った性質と環境が揃ってるからこそ、得られる威厳だろう。

『畏怖《いふ》』、そんな単語が頭を過《よ》ぎった。そんな相手を好きになってしまったのだから、一般人である自分が振り回されるのも仕方ない。

「初めは一目惚《ひとめぼ》れでもあったが、本質を知るにつれて益々愛しくなった。今も愛する気持ちは、深くなるばかりだ。納得したか？」

「はい……」

すぐに気持ちを切り替えられるなら、こんなに悩むわけがない。

煮え切らない返答に、カルロの口調が厳しくなる。

「あの男の言ったことが、まだ気になるのか」

折角厄介事が片付いたというのに、カルロが不機嫌になってしまっては意味がない。それにこの状況でカルロが『お仕置き』などと斜めの方向に怒りを向けたら、何をされるか見当もつかないし考えたくもなかった。

——これ以上したら、絶対動けなくなる。どうにかカルロを宥《なだ》めないと。

咄嗟に蒼一は、自分からカルロにキスをして吐息がかかる距離で微笑む。

「今の俺は、カルロのことしか考えてません。あなたが好きだって言ってくれる俺の目に、貴方以外の人が映っていますか？」

照れくさいけれど、蒼一は頑張って口にしてみた。カルロなら様になる台詞でも、自分が口にしたら似合わないに決まっている。

しかしカルロは嬉しかったらしく、大真面目な顔で蒼一を強く抱きしめた。

「君は最高の恋人だよ、蒼一。私の命をかけても、君を守る」

「……か、カルロ？」

普段カルロが言う甘ったるい台詞を真似てみただけだと言いたかったけれど、とてもそんな雰囲気ではない。

「ベッドの方がいいだろう」

数歩先に置かれている巨大なベッドに移動するつもりなのだと気づいて、蒼一は青ざめた。

「ま、待ってカルロ……これ以上は無理。それに今日の仕事は？」

問いかけに、カルロが首を傾げた。

「終わったじゃないか。それに本社への連絡は、夜にすれば済むことだ」

――支社のこと聞いたんだけどな……もしかして河内とのことだけで、今日は時間を作ってくれたのか？

カルロならば、やりかねない。本来の仕事を無視してでも、彼は蒼一のためだけに行動を起こすと確信がある。

「カルロ……やっ」

「それにこの体位では、満足しないのだろう？」

解れた後孔に指が入り込み、中出しされた精液を肉襞へ擦りつけるように掻き混ぜた。ぐちゅぐちゅという卑猥な音が響き、快楽の余韻が呼び覚まされる。

「ぁ…あ……」

「ベッドで愛し合った後は、バスルームで可愛がってあげよう」

「や、やめ…動けなくなる、から……ぁ」

「構わないよ。豊原には、私と愛を確かめ合っているので何があっても連絡するなと伝えておこう」

いくら豊原も二人の関係を知っているからといって、そんな言い訳をされたら恥ずかしくてとても顔を会わせられない。

快感に流されそうになりながらも、蒼一は必死に訴える。

「止めて下さい！　上手く誤魔化《ごまか》せないなら、これ以上のことはしないで下さい。俺、本気で怒りますよ！」

「なら、セックスをしていると気づかれないよう誤魔化せばいいのだな。了解した。これは君が提示した条件なのだから、言い訳は聞かないぞ蒼一」

「え、ええっ」

横向きに抱き上げられた蒼一は、そのまま天蓋《てんがい》のついた巨大なベッドに運ばれた。そして纏わりついていた少ない衣類を、強引に剝ぎ取られてしまう。

——またカルロにやられた……。

服を脱ぎ、のしかかってくる恋人にせめてもの抵抗のつもりで、蒼一は横を向く。

「愛してるよ、蒼一」

「っ……」

耳元で愛を囁かれた瞬間、体の芯がじわりと疼き淫らな欲求が急激に高まる。

「私を受け入れたいと思うなら、脚を開いて誘いなさい。上手にできたら、ご褒美をあげるよ」

濃密で甘い交わりが始まる予感に、蒼一は目元を赤く染めて頷いた。

数日前まで座っていた専務の椅子には、本来の主である宗一が上機嫌で腰掛けている。一方、蒼一はと言えば、身代わりをする必要がなくなったこともあり、肩の力を抜いて豊原の話を聞いていた。

こうして彼のオフィスに蒼一として入るのは、久しぶりである。

「入れる店もほぼ決まってるし、岩崎の提案したポップカルチャーも最近注目されてる若手のクリエイターが、企画に乗ってくれてね。出資する企業も、結構ノリノリで引き受けてくれてるらしいから問題ないだろ。自転車関係は沙織が率先してやってるぜ」

「ありがとうございます」

無事にプロジェクトは、山場を越えた。

土地は既に都心の開発地区を買収済みで、周辺住民や行政との話し合いも問題なく纏まっている。

「畏《かしこ》まるなって。岩崎のお陰で、企画も進んだんだからさ。もっと自分に自信持てよ」

緊張感が取れたお陰で、蒼一は良くも悪くも『一般庶民』に戻っている。

毎朝鏡を見て『宗一』らしく装うようにしていたから、気合いを入れればそれなりにセレブらしくなる。けれど根本的な生活の基盤から違うので、少しでも気を抜くとやはり違和感が出るのだ。

念のため、『岩崎蒼二』として働くときは、だて眼鏡《めがね》をかけ髪型も少しラフな雰囲気にしている。これは沙織からの指示だ。

当初は『いっそカツラを被るか』とまで提案されたが、似ていることを逆手にとり、聞かれたら『似てますよね』と蒼一が答えることで、ある意味『持ちネタ』にした方が自然だと言われたのだ。

彼女の指摘は見事に当たり、今では蒼一も『専務と似た顔だが、オーラがない新人』という立場を確立していた。

「そういえば、カルロは来てないのか？」

「ええ、午後には顔を出すと言ってました。なんだか忙しいみたいで」

ストーカー事件が収まっても、カルロはなにやら単独で動いており、蒼一のマンションに戻ってくるのは十二時を過ぎることが多い。

既に豊原の自宅近くに家を購入済みだが、家具の選定が済んでいないらしく、結局蒼一と同居状態にある。

「あ、そっか。あいつこっちの支社と、セカンドハウスの内装も自分で決めるとかって言ってたもんな。その上、イタリアから来る報告に、毎日細かく指示出してるんだぜ」

やっぱりカルロは、蒼一の知らない所で仕事をしていたのだ。自分の前ではそんな素振《そぶ》りは全く見せなかったし、疲れている様子もない。

そういえばイタリアでも、昼間は蒼一に付き合い夜に仕事をしていたと後から知らされた。

「俺はあんなの、絶対無理だよ。ぶっ倒れてた時は、カルロにプロジェクト関連の手伝いしてもらってたんだけど、あいつ完璧に仕上げてくるんだぜ。もうすげー自信なくした」

豊原が倒れた時も、サポートしていたとは知っていたが、それはあくまで蒼一の身辺だけのことと思い込んでいたから、今の話は初めて聞く。

「あいつ、寝たり食事したりするんだよな？」

「はい……」

同じ人間なのに、スペックがおかしいと呟く豊原に、蒼一も無言で頷き同意を示す。豊原自身もかなり仕事のペースは速いし、指示も的確だと聞いている。だが側で見ていて、カルロの仕事量と処理能力はやはり異常らしい。

――そんな人の秘書に、なれるんだろうか？

主な仕事はスケジュール管理になるのだろうけど、それすらまともにできるか不安だ。そんな悩みをカルロに相談すれば、確実に『恋人として、隣にいてくれるだけでいい』などと馬鹿みたいなことを言い出すだろう。

けれどただでさえ、コネというかカルロに気に入られて引き抜かれる身だから、余計仕事面で彼に甘えるのはよくないと思ってる。

――できるだけのことはしたいけど、まずはイタリア語を勉強しないと始まらないしな。

当分、給料も最低限のものにしてもらおう。初めに言っておかないと、カルロの事だから、重役クラスの対応にしそうだし。

そこまで考えて、はたと蒼一はマンションのことで豊原に言っておかなければならないことを思い出す。

既に前のアパートは引き払っており、現在は豊原が譲渡してくれたマンションが蒼一の住まいとなっていた。

「専務、先日マンションを頂けるとのお話がありましたけど、やっぱり幾らか支払いをさせて下さい」

「気にするなって言っただろう、迷惑料だと思って受け取れって」

「無理ですよ！　確かな金額は分からないけれど、俺の給料じゃ家賃の半分も払えない物件だってネットで調べました。それに家具もそのまま譲られるなんて。申し訳ないです。せめて半額は、返済させて下さい」

いくら豊原の好意とはいえ、都心の一等地にあるマンションを無償で受け取れるほど蒼一の神経は太くない。ネットで調べた際も、価格が提示してあったのは一番安いランクの部屋で、豊原の譲ってくれた部屋とは広さも日当たりも違いすぎる。

豊原にしてみれば大した額ではないのだろうけど、庶民からすれば一世一代の買い物になるだろう物件のはずだ。

「半額、ねえ」

少し考えた後、豊原が机の端に置かれたメモを取りボールペンで数字を書き入れる。

「この額だけど、いいのか？」

「うっ」

思わず、蒼一は唸《うな》ってしまう。

書かれていた額は、想像していたものよりゼロが二つばかり多かった。家具などを入れての金額なのだろうが、マンション自体の額も相当なものになるだろう。

困惑する蒼一に、豊原が決定打を告げる。

「どうせカルロと、毎晩新婚さんしてるんだろ？　だからいいって」

つまり『他人が散々、ヤッてる家はいらない』と言いたいのだと察して、蒼一は真っ赤になって俯いた。

「……すみません」

「気にするなって。この程度で畏縮《いしゅく》してたら、向こうに行ったら精神的に参るぞ」

「言われなくても前回、一度カルロの生活についていけなくて倒れました」

言うと豊原は、同情の眼差《まなざ》しを向ける。

「俺もまあ、色々あるけど。カルロは規格外だもんな。頑張れよ」

何を頑張ればいいのかと八つ当たりしたくなったけれど、蒼一は我慢する。ここで豊原に訴えたとしても、意味がないからだ。

「そうだ、これ。お前も持ってろ」

「なんですか？」

「河内の接触禁止の念書。拘束力はないけど、あいつにはこれで十分だろ。沙織も見張りつけるって息巻いていたからな」

河内をカルロのオフィスに呼び出した翌日、蒼一は会社を休むように言われた。単に休暇を取れと言う意味だと思ったのだが、実際は河内の処分を決めていたと後から知った。

カルロは一番物騒な処分を提案したらしいが、蒼一がそれは望まないだろうと沙織が口添えして、最終的に蒼一への接触禁止と子会社勤務から更に下の支社へ左遷ということで話は纏まった。更に河内には監視がつき、もし下請け会社を辞めてもカルロの部下が見張ることになっていると本人にも知らされている。

――弁護士を挟んで、念書も取ったのに。大げさだよ。

処分を知らされた際、つい『そこまでしなくても』と言ってしまったら、カルロと沙織に『危機感が足りない！』と散々説教をされてしまったのである。

唯一味方になってくれそうな豊原も、沙織に逆らうのは怖いのか黙って見ているだけだった。

「ま、向こうに行ってからもたまには顔出せよ。岩崎って変に俺達の地位を利用したりしないから安心だし、態度が変わらないから話してて楽なんだ」

屈託なく笑う豊原に、蒼一も笑みを返す。

――この人達に振り回されるのも、ちょっとは楽しいかもな。

価値観の違いで胃が痛くなることもあるけれど、毎日刺激があって楽しいのも事実だ。全てが順調とまではいかないが、前向きに受け止められるようになってきている。

「今日はもういいから、戻ってカルロの食事でも作って待っててやれよ」

「はい」

こうして、日々は平和に過ぎていく筈だった。

豊原から『訪ねて来ていた親戚と無事に連絡がついたと大家に説明しておけ』と言われたこともあり、蒼一は午前休をもらい久しぶりにアパートに戻った。大家に改めてこれまでのお礼を言ってから出社する。

──きちんとお礼を言えてよかったな。

気持ちの上でも、一区切りついた気がする。

これまではプロジェクトが終わった後は、カルロの秘書になるという契約を聞かされていたけれど、今ひとつ実感が湧かなかった。

けれどこうしてアパートを引き払い、荷物を全て豊原から譲られたマンションに移すと、夢のような出世話が現実味を帯びてくるから不思議だ。

──一年前まで、内定取るのに必死だったなんて考えられないよな。

幸運と偶然が重なった結果だと、自覚している。ただ、全く努力をしなかった訳でもない。

それも踏まえて、蒼一は改めてカルロの為《ため》に精一杯働こうと心の中で誓う。

──専務にもお世話になったし。カルロにも失望されないよう、これからはもっと頑張らないとな。

そんな決意を胸に、『岩崎蒼一』として豊原商事の本社ロビーへ足を踏み入れた。すると背後から、軽快なハイヒールの靴音が聞こえてきて思わず振り返る。

「久しぶりー」

緩いウエーブのかかった髪をなびかせ、満面の笑顔で駆け寄ってきたのは沙織だった。クリーム色のシャネルスーツを品良く着こなす彼女は、まさに正真正銘のお嬢様である。可愛らしいとしか形容できない彼女が、将来豊原商事を背負う宗一を既に尻に敷いているなど、誰も信じはしないだろう。

「お久しぶりです、尾谷様。河内の件で、迷惑をかけてすみま……」

「待った！」

鋭く遮られ、蒼一は沙織の勢いに押されて黙る。

「そんな他人行儀な言い方しないでよ。友達なんだから、困ってたら助けるのは当然でしょ。それに子会社でも、父の会社の社員なんだから私にも責任あるし」

穏和で気弱そうな外見とは反対に、沙織の性格はそのへんの男よりずっと逞しくさばさばとしている。

こうして平社員の蒼一にも対等に接してくれるのも形だけではなく、本心からだと分かるので、そう緊張せずに話ができるのだ。

「今回のことは、父にも話を通したから、何かあればお寺にでも叩き込んで修行させるわよ。俗世のことなんて忘れるくらい、厳しい所で根性叩き直さないと」

「支社に転勤じゃなかったんですか？」

「社員教育の一環として、お寺での修行を取り入れたのよ。あくまで『自主的な参加』だから、強制じゃないわ」

にこりと笑う沙織に、蒼一は返す言葉もない。というか、恐ろしくて何も言うことができなかった。

年頃の沙織からすれば、河内のような人間はどれだけ厳しい制裁をしても気が済まないのだろう。

——事が大きくなってる気がする。でも、カルロに任せるより良かったのかな。

結局、カルロが提案したという処分を蒼一は聞かされていない。

本人に問いただしても『沙織から言うなと叱られている』と珍しく言い淀《よど》むので、相当厳しく口止めされたのだろう。

つまりそれだけショッキングな内容だと、豊原と沙織は考えていたのだ。

——教えてもらえない俺って、どれだけ弱い人間だと思われているんだろう……。

深く考えると情けない気持ちばかりが膨らむので、蒼一はこの疑問を頭の隅へ押しやり、改めて沙織に頭を下げた。

「本当に、何から何まですみません」

「いいのよ。ストーカー一人、退治できたんだから。あれには一生監視つけておくから、安心してね」

「はい……」

河内の自業自得とは言え、一生監視されるのは気の毒だと思う。

ただそれを口にすれば、また沙織から叱られるのは目に見えているので蒼一はただ頷くだけに留《とど》める。

――女の子にまで心配かけるなんて、もっとしっかりしないとな。

気恥ずかしい気持ちを誤魔化すように、蒼一は何気なく右手でネクタイの位置を確かめるように触った。

その瞬間、文字通り沙織の目が大きく見開かれキスでもするように顔を近づけてきた。

「尾谷さん？」

しかし沙織は困惑する蒼一を無視し、右手を摑み持ち上げる。

「この指輪、どうしたの！　ちょっと見せて」

余程珍しい石なのか、沙織は蒼一がカルロから贈られた指輪を食い入るように見つめる。

「石は小ぶりだけど、装飾が見事だわ。素敵……」

勢いに驚きはしたが、イタリアでの出来事を思い出して蒼一は納得する。

――そういえば、留学先の友達がジュエリーのブランドを立ち上げたって言ってたっけ。

大抵の女性は、宝飾品に目がない。それに親しい友人が宝石に関わる仕事を始めれば、自然と知識も増えるのだろう。

「カルロから、もらったんです。変なのが寄ってこないように、必ず身につけていろってこうるさくて。目立ちますか？」

「この程度なら、つけてても仕事に支障はないけど。そう…ガルディアからもらったの……」

心なしか、沙織が青ざめている気がする。嫌な予感が胸を過ぎるが、右手を強く摑まれているので逃げ出すこともできない。

それに好奇心という名の悪魔が、頭を擡《もた》げてくる。

「尾谷さん、この指輪って特別なんですか？」

「特別って言うか……石だけでもすっごい価値だけど、ガルディアの紋章が入ってるでしょ。ほらここ」

小さく彫られている紋章らしき凹凸《おうとつ》を、沙織が指さす。

「模様だと思ってました」

本当に小さなものなので、凝視しなければ紋章だとは分からないだろう。ここ数日つけていた蒼一でさえ気にも留めていなかったから、宝飾品に興味のある沙織だからこそ気づけたようなものだ。

「値段て、いくらくらいなんですか？」

言ってから、少し後悔する。

庶民根性丸出しの発言に沙織は呆れただろうかと危惧《きぐ》するが、彼女は別のことに気を取られているらしく、指輪を見つめて黙り込んでしまう。

「正式な年代は分からないけど、相当古いものね。なのに傷がほとんどついてないなんて、すごいわ。大切にされてたんでしょうね。こんなの値段なんて、つけられないわよ。私だったら、銀行の金庫に預けるわ」

言葉とは反対に、沙織は恐ろしいものを前にしたかのように唇を震わせて視線を逸らした。

「でもカルロは、つけてろって……」

「単なる骨董品ってだけじゃなくて、歴史的な価値もある指輪よ。国の博物館に所蔵されても、おかしくない品だわ。それに……」

「それに？」

蒼一は、言い淀む沙織を促す。

「ええと、それってとても高いのよ。岩崎君。指輪目当ての連中に、誘拐《ゆうかい》されないように気をつけてね。間違っても捨てたりしたら駄目よ」

「はい」

「……指輪一個で、あのマンション十棟は買えてお釣りまで出るなんて知ったら、岩崎君気絶するわね」

「どうしました？」

「独り言だから、気にしないで。とにかく大事なものだから、扱いには気をつけた方がいいわよ」

真剣な眼差しで語る彼女から、只《ただ》ならぬ雰囲気が感じられる。蒼一にはカルロからもらったというだけで十分なのに、どうやら第三者からするととんでもない品物らしい。

——聞いたって、どうせ胃が痛くなるようなことだって分かってるからなあ。聞かなかったことにしよう。

指輪も恐ろしいが、カルロの対応も考えたくない。

いっそ返してしまいたいけれど、当たり前にカルロが受け取るとは思えなかった。

二人していやな沈黙に包まれていると、ある意味元凶とも言える人物が二人の間に割って入る。

「こんにちは、沙織。いつも君は、美しいね」

「ありがとう、ガルディア」

自然な仕草で、カルロが沙織の手を取り指先に軽くキスをする。出社時刻のピークは過ぎ、昼休みまでは時間があるのでさほど人はいないが、ロビーにいる全員の視線が集まっていると、蒼一は感じ取れる。

カルロと沙織は目立つことに慣れているので落ち着いているが、明らかに浮いている蒼一は『誰あいつ』という疑問を隠しもしない不躾《ぶしつけ》な視線をひしひしと感じて、居たたまれなくなる。

ブランドものでもない背広に、冴《さ》えないだて眼鏡をかけた蒼一はどこにでもいる新人サラリーマンにしか見えない。

「豊原がオフィスで待っているよ」

「はいはい、お邪魔虫は消えるわね。ガルディア、あまり岩崎君を責めたら駄目よ。普段から誘拐だのなんだの、ボディーガードつけているのに慣れてる私たちと違って、日本じゃ一般人なんて犯罪に巻き込まれるのは稀《まれ》なんだから、危機意識がなくても仕方ないのよ」

「沙織も散々、蒼一を叱っていただろう」

「あの時だけよ。ガルディアの場合、ことあるごとに言いそうだから釘を刺したの」

納得いかない様子のカルロだが、下手に沙織と言い合いをしても分が悪いと判断したらしく黙ってしまう。

そんなカルロに構わず、沙織はにこやかな笑顔を蒼一に向ける。

「岩崎君、来週父の会社が主催するパーティーがあるの。良かったらガルディアと一緒に遊びに来てね」

「はい」

断る理由はないので頷くと、沙織は満足したらしく片手を振って踵を返す。豊原のオフィスへ向かう沙織を見送っている蒼一の背後で、何故か恨めしげな声が響く。

「今の挨拶を見て、拗ねてはくれないのか?」

「して欲しいんですか?」

「ああ。拗ねたついでに、キスくらいしろ」

——河内の事件から、カルロのアプローチが激しくなってる気がする……。

元々スキンシップは多く、普通なら口にしない甘ったるい台詞をさらりと言う性格だが、あれ以来更に酷くなっている。

どうやらカルロとしては蒼一からも『恋人としての感情』をもっと露わにして欲しいようなのだ。けれど公共の場では目立ちたくないし、なにより日本人気質《きしつ》の蒼一としては、人前でべたべたとするような真似は控えたい。

「……せめて、他の人の視線がないところでなら…考えてみます。あとここは豊原商事の本社ビルなんですから、自重して下さい。あなたは専務の、大切なお客様であり、友人なんですよ」

「君まで説教か……まあいい。これから改めて接待してもらうぞ。車は玄関に待たせてある」

最初からそのつもりだったのか、相変わらず用意周到だ。手を掴み歩き出そうとするカルロを、蒼一は慌てて引き留めた。

「その前にカルロ、お話があるんですが」

「なんだ」

彼の手を取り、柱の陰へと連れて行く。ロビーの真ん中で話をするより、向けられる視線は少なくなるはずだ。

咄嗟の行動だったが、結果はかなり上手くいき、柱とパーテーションに区切られた狭い空間を見つけて滑り込む。玄関ドアの並びに作られた空間なので目の前はガラスだけれど、道路との間に常緑樹が植えてあるので、道行く人からは見えないような工夫がされていた。

「確かにここなら、人目を気にせずに済むな」

「カルロ、指輪のことなんですが」

右手を彼の前に出し、指輪を指し示す。

「この指輪、すごく値打ちがあるんだって沙織さんが言ってました」

「だから、なんだ」

怪訝《けげん》そうなカルロは、蒼一の言いたいことが分かってないようだ。

「こんな高価なもの、俺は受け取れません」

「君には受け取る資格があるだろう」

「ありませんよ」

自分はごく普通の会社員で、貴族でもなんでもない。岩崎家の家系も特別な地位の人間などいない。すんなり返せるとは思っていないが、言わないでいるよりマシだろう。

「とにかく、俺には分不相応です」

「この指輪は、代々当主の妻が身につけるものと決まっている。君はガルディア家の伝統に、逆らうのか？」

真顔で言われ、蒼一は理解するのに少しの時間を要した。

「当主……妻って？　まさか、俺のことですか」

「当然だ。蒼一は私の伴侶となる身だぞ。もう軽率なことはするんじゃない」

河内のことを言ってるのだろうが、蒼一の頭の中はパニック寸前でそれどころではない。

——妻って……俺っ？　冗談だろ。

「それに、私の妻になれば発言権が増える。他人に命令できる立場が欲しいのだろう」

楽しげなカルロに、蒼一は恥ずかしさのあまり真っ赤になって反論する。

「……まだ覚えてたんですか？　忘れて下さい。それに権限なんていらないって、言ったじゃないですか」

あのときの会話は、思い出したくもない。

分不相応なことを言ったときの、カルロと柴田の困惑した顔はまだ脳裏にこびりついている。

「あの時、君が権限を欲しいと答えていたら、指輪を渡すのはもう少し待ってからにしていた。だが、待つ理由はなくなった」

「どういうことです」

「蒼一は自分に力量がないと、自覚している。欠点が分かっていれば、力量以上のことはしない」

「どうしてそこまで信じられるんですか！」

しかしカルロは蒼一の訴えに、耳を貸す気はないらしく話を続ける。

「そうやって、私に意見する勇気も持っている。だから私の伴侶兼第一秘書という立場を与えよう。ただガルディア家のしきたりと仕事に関しては、勉強してもらう必要がある。全てをマスターしたら、私の指示を待たず君の考えで行動してもらって構わない」

——ちょっと待って、それって……結局、とんでもない権限があるってことだよな。

余りのことに、蒼一は絶句する。

「それに蒼一は、ガルディアの名を悪用できる性格ではないから大丈夫だ」

「買いかぶりすぎですよ！　危機感持って下さい！」

お人好しなのは、明らかにカルロの方だ。もしも蒼一が、ガルディアの名を使って悪いことをしようと思えば簡単にできてしまう。

「俺が悪人だったら、どうするつもりです。信頼してくれるのは嬉しいですけど、今の俺には荷が重すぎますよ。これからどんな誘惑があるかも分からないのに」

「君は、私以外の人間に惹《ひ》かれるのか？」

どうしてそういう結論になるのか、意味が分からない。だが否定する必要性は感じたから、
蒼一は首を横に振る。

「そんなこと、ありません。俺が愛してるのは、カルロだけです……ともかく今は関係ないでしょう」

答えを聞いて、カルロが口の端を上げる。

「ならいい。君が他の人間に心を奪われなければ、利用したくても無理だろう」

「第三者は関係ありませんよ。俺自身が悪人だったら……」

「あり得ない」

ここまで全幅の信頼をおかれると、逆に怖く感じてしまうから不思議だ。その上、続くカルロの持論に、蒼一は目眩を覚える。

「君は私の選んだ花嫁だぞ。そんな馬鹿げた悪事を働けるわけがない」

「はあ？　俺の話をちゃんと聞いて下さい！」

「そうやって、物怖じせず私に意見するのは君だけだよ。蒼一」

どれだけ怒鳴っても、肝心のカルロは全く気にもしていない。

「ですから……あの、俺は男ですけど」

「知っている。それと妻となることと、なんの関係がある」

話がかみ合わないにも、程がある。いっそ泣き出してしまいたかったが、そんな態度を取ればカルロはまた勘違いして、事態は悪化するに決まっている。

——そうじゃなくて！

心の中で反論しつつカルロを睨むが、この自信家な元公爵《こうしゃく》は微笑むだけだ。どれだけ説明してもカルロは蒼一の気苦労を理解しないだろうと、半ば諦めの境地に達する。

「……分かりました。持っていれば、いいんですね。でも少し緩いし、なくさないように気をつけないと」

指輪を持つ事を半ば無理矢理同意させられたが、どの指に嵌めても隙間《すきま》ができてしまうのでそれが不安だ。骨董品というだけでなく、代々ガルディア家に受け継がれているものだから、そう簡単にサイズを蒼一の指に合わせて直すことも難しい。

悩んでいると、カルロがにこやかに告げる。

「良いことを教えてあげよう。この指輪はなくしたり、故意に捨てても必ず持ち主の元へ戻るという言い伝えがあるんだ。だから蒼一が指輪を大切に想ってる限り、これは何処《どこ》へも消えたりしない」

半信半疑で指輪を眺めていると、カルロが意地の悪い笑みを浮かべた。

「わざと捨てて、戻ってくるか試してみるか？」

「いいです。戻ってきてもこなくても、心臓に悪そうですし」

ありえない状況で戻ってくるのも怖いが、価値を知ってしまった今、これを捨てるなんて恐ろしくてできない。

「俺の将来、どうなるんだろう？」

「蒼一の将来？　私の妻になると今自分で言っただろう。もう忘れたのか」

ぽつりと呟くと、カルロが当然と言った顔で返す。どうやら指輪を持つことを承諾した時点で、花嫁は確定しているようだ。

「私の妻は、物覚えが悪いらしいな」

「いえ、あの……カルロ？」

「体に直接、教えた方が早そうだ」

「待って、カルロ」

「他人の視線が、嫌なのだろう？　ここなら確実に誰も見ていない」

有無を言わせない勢いで頬にキスをされ、蒼一は真っ赤になって俯く。これからも、自分の気苦労は絶えないのだろうなと、ぼんやり考えていると、顎を摑まれて上向かされた。

カルロは蒼一の指輪に口づけてから、至近距離で蒼一を見つめる。

——美人は三日で飽きるなんて、嘘だ。

現に、蒼一の耳は真っ赤で、鼓動は速くなるばかりだ。

「蒼一、誓いのキスを」

促されて蒼一は瞼を閉じる。するとカルロが片手で、蒼一の眼鏡をそっと外すのが分かった。

「愛しているよ、私だけの蒼一……」

甘く名前を呼ばれた蒼一は、自分から薄く唇を開く。

「俺も、愛してます。カルロ」

唇が重なり、熱い吐息が混ざる。我が儘な公爵のお気に入りだった蒼一が、彼の花嫁となった瞬間だった。


そして数日後、『指輪を嵌めてのキスは、略式ながら正式な結婚を意味する』というガルディア家の伝統をカルロから聞いた蒼一は、また頭を抱えてしまった。

あとがき

はじめましてこんにちは、高峰あいすです。ルチル文庫様からは、五冊目の発刊となります。

今回は文庫化にあたり「公爵様のお気に入り」とその続編を収録した結果、大変なボリュームとなっております。一気に読んで頂ければ……との思いで纏めたのですが、まさか自分歴代一位の分厚さになるとは思ってませんでした。

なのでいつも以上に、編集のＦ様にはご迷惑をおかけしました。根気よくご指導して下さり、ありがとうございます。

そして挿絵を描いて下さった中井アオ先生に、大感謝致します。もうもう、カルロが美人で格好良くてきらきらで、素敵です！　そして戸惑い気味の蒼一がまたたまりません！　本当にありがとうございました。

支えてくれる家族と友人達にも、頭が上がりません。

この本を出すにあたって、携わって下さった全ての方。そして読んで下さった皆様にお礼申し上げます。

それではまた、お目にかかれる日を楽しみにしています。

高峰あいす　公式サイト　http://www.aisutei.com/

✦初出　公爵様のお気に入り…………アズ・ノベルズ「公爵様のお気に入り」
（2008年12月刊）を改稿
公爵様のプロポーズ…………書き下ろし

高峰あいす先生、中井アオ先生へのお便り、本作品に関するご意見、ご感想などは
〒151-0051 東京都渋谷区千駄ヶ谷 4-9-7
幻冬舎コミックス　ルチル文庫「公爵様のプロポーズ」係まで。

幻冬舎ルチル文庫

公爵様のプロポーズ

2013年10月20日　第1刷発行

✦著者　高峰あいす　たかみね あいす

✦発行人　伊藤嘉彦

✦発行元　株式会社 幻冬舎コミックス
〒151-0051 東京都渋谷区千駄ヶ谷 4-9-7
電話 03（5411）6431［編集］

✦発売元　株式会社 幻冬舎
〒151-0051 東京都渋谷区千駄ヶ谷 4-9-7
電話 03（5411）6222［営業］
振替 00120-8-767643

✦印刷・製本所　中央精版印刷株式会社

✦検印廃止

ISBN978-4-344-82953-4　C0193　Printed in Japan